ro
ro
ro

Christiane Franke wurde an der Nordseeküste geboren und lebt immer noch gerne dort. Neben ihren gemeinsamen Projekten mit Cornelia Kuhnert schreibt sie weitere Krimis und Romane, die im Emons Verlag und im Goya Verlag erscheinen.

Cornelia Kuhnert lebt in Hannover und hat dort als Lehrerin gearbeitet. Sie hat bereits zahlreiche Kriminalromane veröffentlicht und Anthologien herausgegeben.

Neben ihrer Bestsellerserie um Henner, Rudi und Rosa veröffentlichen die Autorinnen bei rororo eine Krimireihe um Heißmangelbetreiberin Martha Frisch, die in den Fünfzigerjahren in Leer ermittelt.
Mehr über die Autorinnen unter: www.kuestenkrimi.de

«Morden im Norden: spannend und witzig und vor allem mit viel Herz erzählt.» *WDR 5*

«Zum Brüllen komisch, echter ostfriesischer Humor (nicht zu verwechseln mit platten Ostfriesenwitzen). Situationskomik aus dem prallen Leben!» *Klaus-Peter Wolf*

«Das Autorinnen-Duo schreibt fluffig-liebenswerte Geschichten mit viel Sympathie für die Figuren.» *Nicola Förg*

«Wer geglaubt hat, dass er Ostfriesland kennt, der wird hier eines Besseren belehrt – und das mit einer saftigen Portion Spannung und vor allem Humor!» *Margarete von Schwarzkopf*

«Küste ist Kult. Wie so oft macht es die richtige Mischung – und die gelingt Christiane Franke und Cornelia Kuhnert besonders gut.» *Krimi – Das Magazin*

Christiane Franke
Cornelia Kuhnert

FAULE FISCHE FÄNGT MAN NICHT

Ein Ostfriesen-Krimi

Rowohlt Taschenbuch Verlag

Originalausgabe
Veröffentlicht im Rowohlt Taschenbuch Verlag,
Hamburg, März 2024

Covergestaltung yellowfarm gmbh, Stefanie Freischem
Coverabbildungen Igor Stevanovic;
Michelle Willeter/mauritius images; Shutterstock
Satz aus der Kepler Std
bei Pinkuin Satz und Datentechnik, Berlin
Druck und Bindung CPI books GmbH, Leck
ISBN 978-3-499-01166-5

PROLOG

Was für ein herrlicher Frühlingstag. Der Himmel ist blau, nur ein paar Wolkenfetzen werden vom Wind Richtung Meer getrieben. Draußen ist es zwar frisch – das Thermometer zeigte vorhin gerade fünf Grad an –, aber drinnen ist es behaglich warm. Friedrich König legt ein weiteres Holzscheit auf das flackernde Kaminfeuer, setzt sich in seinen Lehnsessel und greift erneut zu dem Ausstellungskatalog, in dem er schon geraume Zeit blättert. Max Beckmann. Eine wunderbare Ausstellung haben die in München auf die Beine gestellt. Er hätte längst einmal wieder dorthin fahren sollen. In den Ort seiner Studienjahre. Der großen Unbeschwertheit. Aber er findet einfach nicht die Zeit dafür. Seine Arbeit nimmt ihn zu sehr in Anspruch. Dabei ist er genau genommen schon im Rentenalter. Aber es ist gar nicht so einfach, einen Nachfolger zu finden.

Es klingelt an der Tür. Nanu, Besuch? Er runzelt die Stirn. Danach ist ihm nun gar nicht. Er liebt es, in aller Ruhe vor dem flackernden Feuer zu sitzen.

Es klingelt erneut.

Widerwillig steht er auf und geht zur Tür.

Er lächelt, als er sieht, wer ihn besucht. «Was für eine Überraschung! Komm rein! Ich hab dich ja ewig nicht mehr gesehen!»

FREITAG,
ZWEI WOCHEN SPÄTER

Henner Steffens wischt sich den Schweiß von der Stirn, nachdem er die beiden Stühle vom Dachboden runtergewuchtet, in die Scheune getragen und an den großen Tisch zu den anderen gestellt hat. Ursprünglich ist nur von sieben Teilnehmern die Rede gewesen. Und – schwups – sind es jetzt neun. Der Kursleiter kann wohl nicht richtig zählen. Aber Muddern stört das nicht, zwei der Teilnehmer kommen ja aus der Gegend und übernachten nicht in den neuen Pensionszimmern auf dem Hof.

Anfangs hat sie noch in Erwägung gezogen, die Malgruppe abends zu bekochen, doch zum Glück hat Vaddern ihr das ausgeredet. Vollverpflegung haben sie genau ein Mal angeboten. Beim Wintergast. Und der hat das total ausgekostet. Das macht er nicht noch mal mit, hat Vaddern gesagt und gedroht, er würde sonst in einem der Gästezimmer schlafen. Das wollte Muddern dann doch nicht, auch wenn sie sich immer über Vadderns Schnarchen beschwert.

«Das ist mega! So authentisch!» Eine aufgedrehte männliche Stimme dringt an sein Ohr, und Henner hebt den Kopf. Vom Sonnenlicht geblendet, sieht er eine große, schlanke Silhouette im weit geöffneten Tor stehen. Über den langen Haaren tanzen Staubpartikel in der Luft. «Ich kann die Kühe fast riechen!»

Das wüsste Henner aber. In diesem Stall stehen schon seit

Jahren keine mehr. Und wenn, wäre er mit seiner extremen Kuhhaarallergie nicht hier.

«Das ist echt der Hammer!» Eine junge Frau tritt neben den Mann. Sie ist fast so groß wie er, ebenso begeistert und hat wunderschöne lange blonde Haare, die lockig auf ihre Schultern fallen. Der Typ hingegen ist ein freakiger Künstlertyp und wirkt deutlich älter als sie. Mit dem Aussehen könnte der bei den Festspielen in Oberammergau glatt den Jesus geben. Henner hat erst kürzlich einen Dokumentarfilm darüber gesehen, weil Muddern sich für so'n Kram interessiert. «Und guck mal den Tisch an! Der ist echt irre! Ideen muss man haben!»

Henner betrachtet das Möbelstück und schüttelt den Kopf. Das sind einfach nur dicke Eichenbohlen auf zwei ausrangierten Holzkabeltrommeln. Was ist denn daran irre?

Nun betreten die beiden den Stall und sehen sich um, ohne Henner wahrzunehmen. Liegt wohl daran, dass es schummrig ist und sie aus dem grellen Sonnenlicht kommen.

«Wow!» Der Langhaarige klingt begeistert. «Spürst du den Spirit dieses Raumes? Die Vibrations?»

Einen Moment herrscht Stille. Henner überlegt schon, was er dazu sagen soll, da klatscht die Frau in die Hände. «Oh ja. Es ist absolut spacig. Das wird ein super Event. Du hattest mal wieder den richtigen Riecher.» Ihr umherschweifender Blick bleibt an Henner hängen. «Ups.»

«Moin», sagt der.

In diesem Moment stürmt seine Obermieterin Rosa Moll wie ein Rauschgoldengel durch das Scheunentor. Ihr folgen zwei mit Koffern bepackte Frauen in wallenden Klamotten. Eine klein und rund, die andere etwas größer.

«Conrad, wie schön, dich wiederzusehen.» Rosa sprintet auf den Langhaarigen zu und fällt ihm um den Hals.

«Rosa! Wie ich mich erst freue.» Der Kerl küsst Rosa rechts, links und dann wieder rechts auf die Wange. «Du siehst unglaublich gut aus, meine Liebe. Die Nordseeluft muss ein wahrer Jungbrunnen sein.»

«Ach, Conrad, du alter Schmeichler.»

Damit hat Rosa den Nagel auf den Kopf getroffen, der Typ erscheint Henner nicht ganz koscher. Überhaupt gefällt ihm diese innige Begrüßung nicht. Das trieft ja alles vor Schmalz. «Ich geh dann mal», murmelt er. «Hast du die Brote fürs Abendessen mitgebracht?»

Rosa hat mindestens eine Scheibe zu viel gegessen, aber das bedauert sie nicht. In Gesellschaft schmeckt es immer besser als allein am heimischen Küchentisch. Sie greift zur Wasserflasche und gießt sich nach.

In diesem Moment klopft Conrad mit einem Löffel an sein Glas. «Ihr Lieben, nachdem wir nun so angenehm gesättigt sind, wird es Zeit für die ausführlichere Vorstellungsrunde.»

Schnell erhebt sich eine spindeldürre Frau und deutet auf ihre Zigarettenschachtel. «Einen Moment. Ich bin gleich wieder da.»

Jetzt erst erkennt Rosa Knöllchen-Karin, bekannt dafür, gnadenlos Strafmandate wegen Falschparkens zu verteilen.

Mechthild verdreht die Augen. «Immer diese Raucher.» Mit der Hand streicht sie ihre pechschwarzen, halblangen Haare hinters Ohr. Als Karin wieder Platz genommen hat, wirft Mechthild ihr einen strafenden Blick zu, bevor sie das Wort ergreift. «Sehr gerne fange ich an, lieber Conrad. Ich bin achtundfünfzig Jahre alt, geschieden und habe zwei erwachsene Kinder, die wie ich in Hannover leben. Ich führe eine

Boutique für starke Frauen, und alles, was ich trage, könnt ihr in meiner Boutique erwerben.» Sie steht auf und dreht sich in ihrem weit geschnittenen geblümten Kleid, das sie über giftgrünen Leggins trägt. «In meiner Freizeit betätige ich mich gern kreativ. Früher habe ich getöpfert, mich aber vor zwei Jahren fürs Malen entschieden.» Sie setzt sich wieder. «Ich nehme an dem Kurs teil, weil ich mir eine Vertiefung meiner bisherigen Kenntnisse erhoffe. Ich möchte maritime Bilder malen, in denen die Kraft der Elemente spürbar wird.» Sie schaut Verena auffordernd an. «Nun bist du dran.»

Verena nickt und stellt sich vor. Nach drei Sätzen ist sie fertig, Erfahrung im Malen hat sie nicht, freut sich aber darauf, es auszuprobieren. Ihre Freundin Mechthild hat sie zu dem Kurs überredet.

Für das Ehepaar Eckhard und Barbara Hövelkamp spricht der Mann. Beide sind frisch pensionierte Gymnasiallehrer für Deutsch und Geschichte und haben das Malen zu ihrem gemeinsamen Hobby erkoren, um ihre neue Freiheit mit Sinn zu füllen. Alle Teilnehmer sollten zur Inspiration ein Bild mitbringen, das sie mögen, und sie haben als Motiv eine Postkarte des Blauen Pferdes von Franz Marc mitgebracht.

Karin ist neunundvierzig, lebt mit ihrem Mann in Neuharlingersiel und hat im Frisörsalon von dem Kurs gehört. Als Malobjekt hat sie ein gerahmtes Fischerboot-Bild im Gepäck, das ihrer Oma gehört. Und weil Karins Kater Elvis vor zwei Tagen operiert worden ist, muss sie während der Kurswoche morgens und nachmittags eine kurze Pause einlegen und nach ihm sehen.

Die rothaarige Andrea Schlasky blickt nervös nach links und rechts, als sie an der Reihe ist. Sie trinkt den ganzen Abend über schon Ingwertee, ist Ende vierzig, alleinstehend und arbeitet am meereswissenschaftlichen Institut Terramare in Wilhelmshaven. Bislang hat sie nur Wandersteine bemalt.

Rosa hat kein Bild dabei, was Conrad enttäuscht. «Meine Liebe, ich verstehe nicht, warum du nicht zumindest ein Foto von einem Gemälde mitgebracht hast. Schließlich hat das in der Kursbeschreibung gestanden.»

Sie ist froh, als Jette das Wort ergreift und von ihrer Galerie in Hannovers Nordstadt berichtet. «Ich bin schon ganz gespannt, was ihr so malt. Conrad hat mir von dem Kurs sooo vorgeschwärmt. Vielleicht können wir eure hier geschaffenen Werke ja im Herbst ausstellen.»

«Stopp!», sagt Conrad. «Es geht in diesem Workshop allein ums Malen! Nicht darum, eure Bilder zu verhökern.» Verärgert blickt er Jette an, die seinen Blick trotzig erwidert.

«Nun blas dich man nicht so auf. Klar kann es sein, dass ein Talent unter deinen Schülern schlummert. Wenn dem so ist, wirst du es sicher entdecken. Und ich werde die Bilder ausstellen und vielleicht sogar verkaufen. Das mache ich mit deinen ja auch.» Sie grinst frech. «Aus diesem Grund hast du mir die Galerie ja eingerichtet.»

Eins zu null für Jette, denkt Rosa amüsiert und ahnt schon jetzt, dass es eine interessante Woche wird, so unterschiedlich, wie die Teilnehmer sind.

Conrad geht nicht weiter darauf ein. «Um halb acht morgen früh ist Aufbruch, wir wollen das Morgenlicht nutzen.» Er wendet sich an Karin. «Ich denke, dein Bild ist zu Beginn genau die richtige Vorlage für alle. Eine Anregung und Inspiration.»

Gleich darauf hält er es hoch. «In den Farben könnt ihr natürlich variieren, aber vom Motiv her wäre es herrlich.»

«Ich will keine Fischerboote abmalen. Deswegen habe ich den Kurs doch nicht gebucht. Ich bin freie Künstlerin mit eigenen Ideen», beginnt Mechthild sofort zu mosern.

Conrad übergeht ihren Einwand. Aufmerksam studiert er das Bild erneut, streicht über die Oberfläche, dreht es um und riecht daran.

Sofort läuft Karin rot an. «Es hängt seit Ewigkeiten in der Küche meiner Oma», sagt sie entschuldigend. «Kann sein, dass es nach Bratkartoffeln und Hausmannskost riecht.»

Nachsichtig guckt Conrad Karin an. «*Dieser* Geruch hat mich nicht interessiert», sagt er. «Ich habe versucht, das Alter zu erriechen. Es könnte schließlich ein echter van Gogh sein», feixt er. «Man weiß ja nie.»

Karin bricht in schallendes Gelächter aus. «Na, das wüsste ich aber! Oma Käthe besitzt garantiert kein wertvolles Kunstwerk. Meine Großeltern waren ganz normale Leute. Das Bild haben sie zur Silberhochzeit geschenkt bekommen.» Sie greift danach.

Doch Conrad hält das Bild fest. «Wir nehmen es morgen als Vorlage mit an den Strand.»

«Ich weiß nicht, ob das meiner Oma recht wäre. Ist zwar kein van Gogh, aber ich habe Angst, dass es zu Schaden kommt.»

«Das lass mal meine Sorge sein. Dem Bild passiert nichts.» Er greift zu seinem halb vollen Glas Weißwein, trinkt es in einem Zug aus und wirft einen Blick auf die Uhr. «Halb zehn. Zeit, ins Bett zu gehen. Mein Wecker klingelt morgen um fünf, ich möchte den jungfräulichen Tag mit dem Morgengruß am Meer beginnen. Gute Nacht allerseits.»

SAMSTAG

Es ist noch verdammt früh, als Rosa auf dem Steffens-Hof ankommt. Vorsichtshalber hat sie sich im Zwiebel-Look angezogen. Untenrum schützen eine wattierte Hose und dicke Schuhe vor der Kälte, obenrum ein Norwegerpulli, eine Steppweste, die blaue Wachsjacke, und den Abschluss bilden die hellblaue Strickmütze, der dazu passende Schal und gestrickte Pulswärmer, die bis zu den Fingern gehen und ein Loch für den Daumen haben. Auch wenn die Sonne schon am Himmel steht, sind es noch längst keine frühlingshaften Temperaturen.

In der gemütlichen Hofdiele ist schon ordentlich was los. Auf dem Holztisch stehen drei Thermoskannen, benutzte Becher, Frühstücksbrettchen, Brot, Aufschnitt und Marmelade. Barbara Hövelkamp klappt gerade eine Stulle zusammen, packt sie in eine Tupperdose und steckt sie in ihre Tasche. Karin sieht blass aus. «Ich hab wahnsinnige Kopfschmerzen», sagt sie, geht vor die Tür und zündet sich eine Zigarette an.

Als Conrad Rosa sieht, klatscht er zufrieden in die Hände. «Dann sind wir ja komplett. Fein! Ihr lauft zum Strand, Jette und ich fahren mit dem Wagen und bringen die Ausrüstung und die Staffeleien zum Parkplatz am Hafen. Von dort müsst ihr die Sachen nur noch über den Deich und an den Strand tragen. Übrigens: Frau Steffens wird uns gegen elf Uhr belegte Brote und Kaffee bringen, ihr braucht also keine Angst haben, dass ihr verhungert.»

Obwohl die Strecke zum Strand ein netter Spaziergang ist, mosert Mechthild schon wieder, aber selbst Verena hat heute keine Lust, sich das anzuhören, und unterhält sich lieber mit Karin, wie Rosa bemerkt. Sie haben den Weg über den neu gestalteten Campingplatz zum Deich eingeschlagen, damit sie gleich schon aufs Meer und hinüber nach Spiekeroog schauen können, während sie Richtung Strand laufen. Und tatsächlich kann man eine der weißen Fähren auf der Fahrt zur Insel im Sonnenlicht glänzen sehen.

Conrad und Jette erwarten sie bereits, als sie ankommen. Jette steht auf dem Weg zwischen Wasser und Strand, die Staffeleien sind aufgebaut, was sogar Mechthild ein zufriedenes «Na bitte, geht doch! Da tut Conrad wenigstens etwas für sein Geld» entlockt. Als sie jedoch das Bild von Karins Oma entdeckt, tippt sie sich an die Stirn. «Was soll denn der Scheiß?»

Erst da sieht Rosa, dass das gerahmte Bild in durchsichtige Folie eingewickelt ist. Verdutzt blickt sie Conrad an.

«Ich merke schon, ihr habt noch sehr viel zu lernen. Dieses Bild», er deutet darauf, «gehört uns nicht, und ich habe Karin versprochen, darauf aufzupassen. Es wird Wind und Sonne nicht schutzlos ausgeliefert sein. Der Wind trägt das Salz des Meeres mit sich und wirbelt ab und zu auch Sandkörner durch die Luft.»

«Ach nee, aber bei unseren Bildern macht es nichts, wenn da Sand draufgewirbelt wird?», fragt Mechthild spöttisch, kassiert jedoch eine scharfe Antwort des Kursleiters.

«Bei euren Bildern, die bewusst hier am Meer entstehen, gehört das sogar dazu! Mikrofeine Salzkristalle, winzige Sandkörner, sie geben euren Bildern das Authentische, das Lebendige, sie gehören zu den Elementen, die ihr für euch und die Nachwelt einfangt.»

Rosa muss schmunzeln. Conrad nun wieder. Er übertreibt gern, das hat er in Hannover schon getan. Andrea hingegen hängt hingebungsvoll an seinen Lippen, die Hövelkamps nicken und stellen die Rucksäcke neben ihre Staffeleien, nur Karin scheinen seine Worte nicht weiter zu beeindrucken. Stattdessen kämpft sie gegen den Wind, um sich ihre Zigarette anzuzünden. Rosa überlegt noch, wo sie ihre Staffelei hinstellen will, da kommt Rudi schnaufend angelaufen.

«Moin, Rosa!» Er trägt Joggingklamotten, Mütze, Handschuhe, Stöpsel in den Ohren und läuft auf der Stelle, als er neben ihr steht, um in Bewegung zu bleiben. «Nun geht's also los mit deinem Malkurs?» Er grinst fast schon unverschämt. «Henner hat mir gestern Abend erzählt, dass euer Kursleiter ein echter Künstler ist.» Bei dem Wort «Künstler» malt er Anführungszeichen in die Luft.

«Gestern Abend?»

«Jo. Bei Berthold im Dattein an der Theke.» Wieder grinst er breit.

«Hab ich tatsächlich nicht dran gedacht», sagt sie und ärgert sich über sich selbst. «Wir hatten eben noch einiges für heute zu besprechen. Ist schließlich kein Anfängerkurs.»

«Conrad, kannst du mir mal helfen?», ruft Andrea in genau diesem Moment. «Ich hab das noch nie gemacht.»

Prompt steigt Rosa die Röte ins Gesicht.

«Na dann, viel Erfolg, du Meisterschülerin!» Rudis Grinsen geht von einem Ohr zum anderen, als er losläuft und wieder Tempo aufnimmt.

Emsig sind alle bei der Sache. Manche zeichnen mit dem Bleistift dünne Linien vor, andere legen bereits mit Pinsel und Farbe los, doch nach einer halben Stunde gibt Karin auf. «Tut mir leid, mir geht's nicht so gut. Ich muss mich hinlegen.»

Strammen Schrittes läuft Karin nach Hause. Ihr Kopf fühlt sich an, als würde er in einem Schraubstock stecken. Der Druck hinter den Augen ist unerträglich. Außerdem jagt eine Hitzewallung die nächste. Sie schließt die Haustür auf, zieht Jacke und dicken Pullover aus und lehnt ihre Schläfe an die kühle Wand. Diese verdammten Kopfschmerzen kann sie nun gerade überhaupt nicht gebrauchen. Im Badezimmer nimmt sie die Schachtel mit den Schmerztabletten aus der Medikamentenschublade, drückt zwei aus dem Blister und schluckt sie trocken herunter. Sie hat sich so auf diesen Malkurs gefreut, und jetzt das. Zurzeit geht wirklich alles schief. Sie beugt sich zu ihrem Kater Elvis herunter und streichelt seinen Kopf. In diesem Moment klingelt es an der Tür.

Vermutlich bringt der Postbote die bestellten Turnschuhe. Sie schaut durch das Guckloch und öffnet die Tür. «Was machst du denn hier?»

Um kurz nach zwölf steuert Henner den elterlichen Hof an und radelt mit Schwung die Auffahrt hoch. Schon von Weitem sieht er Hühni, das älteste Huhn der Steffens, das gemächlich über den Weg trippelt. Als es Henners quietschende Bremsen hört, nimmt es Reißaus in die mit Perlhyazinthen gesäumten Rabatten.

Vaddern sitzt auf der Bank vorm Haus und schmökt seine Selbstgedrehte, Hofhund Butscher liegt zu seinen Füßen. Es ist ein Bild, an dem sich seit Jahr und Tag kaum etwas geändert hat. Außer dass Muddern jetzt immer eine leere Dose ans Bankende stellt, damit Vadderns Kippen nachher nicht auf der Erde liegen.

«Moin, Vadder! All up Stee?»

«Muss ja.» Vaddern nickt und nimmt einen letzten Zug. Bedächtig stößt er den Rauch aus, bevor er den Stummel in die Dose fallen lässt.

«Is was?»

«Ach, Jung.» Bevor Vaddern weitersprechen kann, geht das Küchenfenster auf, und Muddern steckt ihren Kopf heraus. «Essen ist fertig.» Ihr Blick fällt auf Henner. «Schön, dass du schon da bist. Hab heute was ganz Besonderes gekocht. Kommt rin.» Schon schließt sie das Küchenfenster.

Schwerfällig steht Vaddern auf.

Henner mustert ihn beim Reingehen von der Seite. «Also, was is?»

«Was soll sein?»

«Du guckst so muksch.»

«Die Pensionsgäste. Werden immer mehr.» Vaddern bleibt stehen. «Ich hätt dieser spinnerten Idee nicht zustimmen sollen. Man hat ja kaum noch seine Ruhe. Die Gäste machen sich überall breit.»

Stimmt. Auf solche überdrehten Typen wie den Kursleiter kann man gut verzichten. Aber es war nun mal Mudderns Wunsch, und sie müssen ja auch nicht dauerhaft vermieten. Das spielt sich schon ein.

Im Flur schnuppert Henner. Verlockender Bratenduft steigt ihm in die Nase. Aber da ist noch ein anderer Geruch. Scharf und unangenehm.

«Mit was für Zeugs hantiert ihr denn rum? Das stinkt ja wie die Pest.» Zügig schließt Henner die Küchentür hinter sich.

«Du redest doch nicht von meinem Braten?» Empört deutet Muddern auf das Blech mit dem großen Stück Rindfleisch. Knusprig braun, belegt mit Kräutern und Lorbeerblättern. Als besondere Zutat gibt Muddern einen ordentlichen Schuss Glühwein zum Schmoren dazu. Dadurch kriegt die Soße einen ganz eigenen Geschmack.

«Nee», wiegelt Henner gleich ab. «Draußen riecht es, als wenn ihr Türen gestrichen hättet.»

«Ach das ... Das kommt von unseren Künstlern.» Muddern greift zum Messer und schneidet den Braten an. «Die haben gestern Abend wohl schon angefangen. Und heute Morgen sind die um halb acht mit Sack und Pack los zum Strand. Malen.»

«Das war vielleicht ein Getrampel, als die durch die Diele gelaufen sind. Rücksicht darauf, dass in diesem Haus vielleicht noch jemand schlafen will, nehmen die nicht.» Vaddern gibt einen Schlag Rotkohl auf den Teller.

Henner tut es ihm gleich und angelt sich anschließend ein besonders dickes Stück Braten mit der Gabel von der Platte. «Braten mit Glühweinsoße vor Ostern. Das gibt's wohl nur bei uns.» Er grinst breit.

«Ist doch wurscht! Der schmeckt immer.» Vaddern schiebt sich ein großes Stück Fleisch in den Mund und kaut genüsslich.

Muddern tätschelt liebevoll seine Hand. «Man muss nicht alles in Stein gemeißelt sehen. Das hat Conrad auch gesagt, als er mich nach dem Rezept gefragt hat. Traditionen sind nicht gottgegeben, hat er gesagt. Sie müssen sich uns anpassen und nicht umgekehrt. Wir haben nur dieses eine Leben, da sollten wir jeden Tag feiern, als wäre es der letzte.»

Bei Mudderns Worten verzieht Vaddern unwillig das Gesicht. Henner muss ihm recht geben. Seit sie Pensionsgäste haben, ist Muddern wie ausgewechselt. Überhaupt: Conrad. Jetzt ist sie mit dem auch schon per Du. Henner räuspert sich. «Also ich finde den Typen ein bisschen zu abgedreht», sagt er.

«Das ist ein Schwafelheini», sagt Vaddern und hält Muddern seinen Teller hin. «Kann ich noch Soße haben?»

Am frühen Nachmittag geht Rudi mit einer Handvoll getrockneter Mehlwürmer in das Gehege neben seinem Haus. Kaum öffnet er das quietschende Tor, kommen die braunen, schwarzen und weißen Araucanas unter den Johannisbeerbüschen vor und rennen auf ihn zu. Das «putt, putt, putt» kann er sich sparen. Seine Hühnerschar begrüßt ihn freudig. Fast wie ein Rudel Haushunde. Bloß dass das Federvieh nicht an ihm hochspringt.

Rudi beugt sich vor und hält die geöffnete Hand hin. Gleich beginnen die Damen begierig zu picken, die Schnabelspitzen kitzeln ein wenig in der Handfläche. Da nähert sich der schwarze Hahn mit majestätischen Schritten, sein roter Kehllappen schwingt bedächtig hin und her, als wolle er seinen Auftritt noch eindrucksvoller in Szene setzen.

«Na, Zorro, all up Stee?» Rudi wirft ihm die restlichen Mehlwürmer hin. Mit Zorro ist manchmal nicht gut Kirschen essen. Er darf ihm nie den Rücken zudrehen, sonst attackiert der Hahn ihn von hinten, um bei seinen Mädels den Chef herauszukehren.

Zorro legt den Kopf schräg und gönnt Rudi nur einen kurzen Blick, dann pickt er in Windeseile die Würmer vom Boden auf. In diesem Moment schmettert Rudis Fanfare los. Ein Anruf von der Leitstelle. Das verheißt nichts Gutes.

Zehn Minuten später ist Rudi in seine Uniformjacke geschlüpft, hat sich sein Fahrrad geschnappt und fährt mit Höchstgeschwindigkeit zur Deichringstraße, auch wenn alles auf eine reine Routinesache hindeutet. Ein Mann hat seine Frau tot im Sessel vorgefunden. Der Notarzt ist schon vor Ort und hat den Tod festgestellt. Rudi muss die erste Leichenschau vornehmen, was aber wohl nur pro forma geschieht, denn würde Gewalteinwirkung vorliegen, hätten die das ja gleich am Telefon gesagt. Allerdings war die Frau noch keine fünfzig. Und Rudi kennt die Adresse, sie mussten dort schon oft mit dem Einsatzwagen hin. Die Frau hat sich ständig über angebliche Vergehen ihres Nachbarn beschwert.

Vor dem schmucken Einfamilienhaus bremst Rudi ab. Im Vorgarten stehen Dutzende Osterglocken, die einen gelb leuchtenden Farbteppich bilden. Er drückt auf die Klingel. Herr Müller öffnet die Tür. In Joggingklamotten.

«Moin», grüßt Rudi. «Ich wurde gerufen.»

Claas Müller tritt einen Schritt zurück. Schweißflecken sind auf der Brust seines Trikots zu sehen. Rudi weiß, dass Müller für den Marathonlauf trainiert. Ab und zu begegnen sie sich auf ihren Laufrunden.

«Kommen Sie herein. Ich hab Karin gefunden, als ich vom Joggen kam.»

Rudi folgt ihm über den gefliesten Flur ins Wohnzimmer. Der Arzt sitzt am Tisch und notiert etwas auf einem Formular. Die Tote sitzt im Sessel am Couchtisch.

«Moin», wiederholt Rudi.

Der Arzt hebt den Kopf. «Scheint Herzversagen gewesen zu sein. Ganz sicher bin ich mir natürlich nicht. Ist nicht meine Patientin, ich kenne die Krankenakte nicht.» Er wendet sich wieder dem Formular zu, und Rudi tritt an den Sessel.

Betroffen schaut er die Tote an. Der Kopf ist zur Seite gekippt, sie trägt ein ärmelloses T-Shirt zu einer Jeans. Ihre Füße stecken in Birkenstock-Schlappen. Er kennt Karin Müller nicht nur von den vielen Anzeigen, die sie gegen ihren Nachbarn erstattet hat, sie war früher auch die Kindergärtnerin seines Sohnes. Sven hat zwar mittlerweile schon das Abi, aber Rudi hat Frau Müller nicht vergessen. Sie war ja die erste fremde Person, der er Sven anvertraut hat. Wobei es eigentlich Denise gewesen ist, die Sven zum frühestmöglichen Zeitpunkt im Kindergarten angemeldet hat. Seine Ex-Frau hatte es eilig, Sven vormittags loszuwerden, um mehr Zeit für sich zu haben. Dabei hat sie nicht mal gearbeitet. Ihr ging immer alles zu langsam. Besonders hier in Ostfriesland. Deswegen hat sie sich auch vom Acker gemacht, als Sven gerade in der Grundschule war. Weil sie was vom Leben haben wollte.

Rudi lässt seinen Blick durch das Wohnzimmer wandern. Durch die breite Fensterfront schaut er in den großzügigen Garten, der von einer akkurat geschnittenen Hecke eingefasst ist. Das Zimmer selbst wird von einer breiten Eichenholzschrankwand und einer hellen Veloursitzgarnitur mit Fernsehsessel und Couchtisch dominiert. Gegenüber steht ein großer Fernseher mit Drehständer, auf dem gefliesten Fußboden liegt ein beiger Teppich mit dunklen Tupfen. In der Ecke befindet sich ein Katzenkorb. Eine schwarze Katze liegt eingerollt auf dem Kissen und schläft.

Rudi wendet sich Claas Müller zu. «Hatte Ihre Frau gesundheitliche Vorschädigungen?»

«Nein», antwortet Müller tonlos. «Karin war kerngesund. Außer dass sie ab und zu unter Migräneattacken litt. Deswegen hat sie ja auch ihren Beruf an den Nagel gehängt. Das laute Kindergeschrei war ihr auf Dauer zu anstrengend. Jetzt ist sie ... war sie ... viel an der frischen Luft, wie Sie ja wissen.»

So kann man das auch nennen. Karin Müller arbeitete seit einigen Jahren bei der Gemeinde und verteilte Strafzettel. Deswegen war sie allseits bekannt als Knöllchen-Karin. Bearbeitet werden die Dinger allerdings in Esens. Rudi hat dort auf der Polizeistation schon die eine oder andere Beschwerde gegen sie entgegengenommen. Die Leute haben eben immer etwas zu meckern. Die einen, weil die Garage zugeparkt ist, die anderen, weil sie deswegen abgeschleppt werden. Recht machen kann man es eigentlich nie jemandem.

«Wann haben Sie Ihre Frau zuletzt gesprochen?», fragt Rudi.

«Heute Morgen gegen sechs. Ich habe Karin geweckt und ihr eine Tasse Tee ans Bett gestellt. Da war sie wie immer. Allerdings klagte sie schon über Kopfschmerzen und hat eine Tablette genommen. Sie hatte ja diesen Malkurs am Meer. Um halb acht wollten die am Strand loslegen.» Müller streicht sich mit einer fahrigen Handbewegung über das lichte Kopfhaar.

«Wo Sie jetzt hier sind», wendet sich der Arzt an Rudi, «können Sie mir helfen. Ich muss mir die Frau ja noch von hinten angucken.»

«Wieso das denn?»

«Um auszuschließen, dass ein Messer in ihrem Rücken steckt.»

«Hören Sie auf mit so einem makabren Witz», ruft Rudi erbost und hofft, dass Müller es nicht gehört hat.

«Kippen Sie sie mal nach vorn», bittet der Arzt.

Zum Glück ist nichts Auffälliges zu sehen. Kein Messerstich. Keine Schusswunde. Beim Blick auf den linken Oberarm hält Rudi allerdings inne. Was ist das? Er beugt sich vor. Sieht aus wie ein Einstich. «Doktor, gucken Sie mal.»

Der Arzt mustert die Stelle eingehend. «Die ist mir eben gar nicht aufgefallen», murmelt er ein wenig verlegen.

«Vielleicht ein Insektenstich?», fragt Rudi.

Auf einmal steht Müller neben ihm. «Gestern Nacht hatten wir eine Mücke im Schlafzimmer.»

«Im April?», wundert sich der Arzt. «Seltsam. Aber wenn es ein Mückenstich wäre, müsste es drum rum eine Rötung geben. Nein, das sieht eher aus wie ein Einstich. War Ihre Frau in den letzten Tagen beim Arzt?»

«Nicht dass ich wüsste.»

Nachdenklich deutet der Mediziner auf sein halb ausgefülltes Formular. «Tja. Dann weiß ich es auch nicht.» Er blickt Rudi an. «Was anderes als ‹Todesursache unbekannt› kann ich nicht ankreuzen. Ich würde zur Obduktion raten. Aber das liegt natürlich bei Ihnen.»

Rudi nickt. «Jo. Ich kümmere mich.» Er zieht sein Handy aus der Uniformtasche und wählt die Nummer seines Chefs. Anschließend macht er ein paar Fotos. Man weiß ja nie.

Ziemlich durchgefroren und hungrig kehren die Kursteilnehmer gegen halb sechs auf den Steffens-Hof zurück. Während die anderen die Malutensilien in ihre Zimmer bringen, packt Rosa ihren Kram in der Hofdiele des renovierten Stallgebäudes in die hintere Ecke, wo sich auch der Spielbereich für Kinder befindet: ein kleines Bällebad, eine Rutsche, ein großer Korb mit Bilderbüchern sowie ein Kindertisch mit Ausmalbüchern und Buntstiften.

Auf dem großen Holztisch in der Mitte des Raumes stehen

schon Holzbrettchen, Becher, Aufschnitt, Brot und Thermoskannen mit Kaffee und Tee bereit.

Rosa hat gehofft, Karin wäre bereits hier, um zumindest am geselligen Abendessen teilzunehmen, aber von der ist weit und breit nichts zu sehen. Nun ist sie doch etwas beunruhigt. Als Conrad die Hofdiele betritt, fragt sie: «Hat Karin sich eigentlich noch mal bei dir gemeldet? Ich mache mir direkt Sorgen. Sie wirkte heute früh so blass und war gar nicht gut drauf, als sie gegangen ist.»

Conrad schüttelt den Kopf, seine Haare schwingen dabei um sein Gesicht. «Nein. Vielleicht, hat sie ihre Tage oder so. Dann seid ihr Frauen doch besonders empfindlich.»

«Na hör mal», sagt Rosa entrüstet, «was ist das denn für'n Spruch! Karin wird sich genauso auf den Workshop gefreut haben wie wir, sonst hätte sie sich ja nicht angemeldet. Außerdem lassen wir uns nicht so leicht von Hormonen durcheinanderbringen.» Zumindest Rosa nicht. Bei Karin weiß sie das nicht, sie kennt sie ja nicht näher, aber diesen Macho-Spruch kann sie Conrad einfach nicht durchgehen lassen. «Du hast doch bestimmt die Kontaktdaten der Teilnehmer. Gib mir mal ihre Telefonnummer, ich rufe sie an.»

Conrad verdreht die Augen. «Hab ich in meinem Zimmer.»

«Ich hab Zeit.»

Kopfschüttelnd nimmt Conrad eine Scheibe Bauernmettwurst vom Tisch, steckt sie sich in den Mund und geht hinaus. Inzwischen trudeln die anderen Teilnehmer ein. Barbara Hövelkamp übernimmt das Einschenken der Getränke, Conrad kommt mit einem Zettel wieder, und Rosa greift zu ihrem Handy, geht hinten in die Kinderecke und tippt die Festnetznummer ein. Es klingelt siebenmal, bis am anderen Ende abgenommen wird.

«Müller.»

«Moin, Herr Müller. Rosa Moll hier. Ich gehöre zu Karins Malkurs. Wir wollten uns nur eben erkundigen, wie es ihr geht. Sie ist ja heute Vormittag wegen Kopfschmerzen nach Hause gegangen, und weil sie auch zum Abendbrot nicht da ist, wollten wir eben wissen, wie es ihr geht.»

Er atmet hörbar aus. «Sie ist tot.»

Diese drei Worte verschlagen Rosa die Sprache. Sie schluckt und lässt sich auf den kleinen Tisch neben die Malbücher sinken.

«Wie bitte?»

«Sie saß tot im Sessel, als ich vom Laufen zurückgekommen bin.»

«Um Himmels willen!»

Beim Klang ihrer Stimme schauen die anderen alarmiert zu ihr hinüber.

«Der Arzt konnte nur noch ihren Tod feststellen. Und sogar die Polizei war da. Das muss man sich mal vorstellen. Als hätte ich ihr was getan.» Müller atmet tief durch.

«Mein Beileid», murmelt Rosa. Sie ist vollkommen schockiert. «Wenn ich etwas für Sie tun kann, sagen Sie bitte Bescheid. Ich kann Ihnen Karins Sachen bringen und …»

«Ich brauche erst mal Ruhe», unterbricht Müller sie. «Und nun entschuldigen Sie bitte.» Damit ist das Gespräch beendet.

Wie betäubt bleibt Rosa sitzen.

«Was ist los?», fragt Conrad angespannt.

Rosa kehrt zum Tisch zurück, wo die heißen Getränke in den Bechern dampfen. Mechthilds Appetit scheint groß zu sein, sie ist die Einzige, die schon von ihrem Schmalzbrot abbeißt.

«Karin ist tot. Ihr Mann hat sie gefunden, als er nach Hause kam.»

«Ach du Scheiße.» Conrad schnaubt verärgert. «Das hat mir gerade noch gefehlt. Bestimmt will ihr Mann das Bild zurückhaben, dabei brauchen wir das noch bis Ende der Woche.»

«Ich kann auf das Bild gut verzichten», sagt Mechthild mit vollem Mund.

«Ich nicht», widerspricht Andrea, und auch die Hövelkamps würden das Bild gern noch weiter als Vorlage haben.

«Nein, das geben wir erst mal nicht her. Das werde ich dem Mann schon klarmachen.» Genervt greift er zu seinem Becher.

«Conrad!» Rosa ist entsetzt. «Karin ist tot! Heute Morgen war sie noch quicklebendig. Sie ist von einer auf die andere Minute gestorben! Wo bleibt denn dein Mitgefühl?»

Der Kursleiter lehnt sich auf seinem Stuhl zurück, greift in seine langen Haare, fasst sie zu einem Pferdeschwanz und lässt sie wieder los. «Rosa. Jeden Tag sterben Menschen von jetzt auf gleich. Deshalb predige ich immer: Genießt euer Leben. Jeden Moment. Es kann schneller vorbei sein, als man denkt.»

«Wahrscheinlich hat sie sich über irgendetwas so aufgeregt, dass sie einen Herzschlag gekriegt hat», vermutet Mechthild und belegt ungerührt die nächste Scheibe Brot mit Deichkäse. «Gesund sah die ohnehin nicht aus. Ganz grau im Gesicht. Kein Wunder bei der Raucherei. Da verstopfen die ganzen Gefäße. Und zuzusetzen hatte die auch nichts, klapperdürr, wie die war.»

«Mechthild.» Rosa ist fassungslos über so viel Gefühllosigkeit.

«Nun spiel dich mal nicht so auf, Rosa. Du tust ja gerade so, als wär Karin deine beste Freundin gewesen. Du hast gestern Abend selber gesagt, dass du nicht gern neben ihr sitzt, weil sie wie ein kalter Aschenbecher riecht.»

Rosa wird rot. «Entschuldigt mich. Ich möchte jetzt lieber nach Hause.» Schon verlässt sie die Hofdiele.

In der Steffens-Küche wird viel und laut gelacht. Henner, seine Eltern, seine Schwestern Adelheid und Bärbel, nebst deren Lebenspartnerin Caro, sitzen am Küchentisch und spielen das Quiz «JUST MUSIC». Gerade steht Adelheid auf Zehenspitzen, die Hände hoch über dem zur Seite abgeknickten Kopf gefaltet. Bärbel muss erraten, was sie darstellt. «Bist du ein Blasinstrument?», fragt sie, aber Adelheid schüttelt den Kopf. Noch immer auf Zehenspitzen dreht sie sich und wackelt dabei.

«Bist du eine Balletttänzerin?», fragt Bärbel weiter.

Adelheid nickt.

«Schwanensee», prustet Bärbel los. «Nicht ganz so elegant wie die Primaballerina, die ich im Fernsehen gesehen habe, aber passt schon.»

Henner kann da nicht viel mit anfangen, Ballett ist nicht so sein Ding.

«Du bist dran», sagt Adelheid und deutet auf den Kartenstapel.

Er zieht eine Karte und hält sie so, dass alle bis auf ihn den Begriff sehen können.

«Welchen Begriff suchst du dir aus?», fragt Bärbel.

«Nummer zwei.»

Die andern kichern los, als Rosa hereinstürmt.

Völlig ermattet lässt sie sich neben Henner auf die Eckbank plumpsen.

«Rosa! Was ist passiert?» Erschrocken lässt Henner die Karte sinken.

«Karin Müller ist tot.»

«Knöllchen-Karin?», fragt Adelheid. «Die hab ich doch grad letzte Woche auf der Beerdigung von Doktor König gesehen. Der ist ja ganz überraschend gestorben. Da sah die zwar verkniffen aus, war aber ansonsten putzmunter. Was hast du denn mit der zu tun?»

«Die macht auch bei dem Malkurs mit», sagt Mudder Steffens.

«Knöllchen-Karin und Malkurs», wundert sich Adelheid. «Aber gut, im Verteilen von Strafzetteln ist sie ja auch kreativ.»

«Du nun wieder mit deiner spitzen Zunge», sagt Bärbel leicht amüsiert, wird aber sofort wieder ernst. «Wie ist sie denn gestorben?»

«Ihr Mann hat sie tot im Sessel gefunden. Sie ist heute Morgen wegen Kopfschmerzen vom Malen am Strand nach Hause gegangen. Ich dachte, spätestens zum Abendbrot ist sie wieder da, aber sie kam nicht. Da hab ich bei ihr angerufen. Ich bin total fertig.»

Vaddern steht auf, geht zum Kühlschrank und kehrt mit einer Buddel Korn und einem Schnapsglas zurück. Er gießt ein und stellt das Glas vor sie. «Hier. Trink man erst 'nen Schluck. Das beruhigt die Nerven.» Er guckt in die Runde. «Sonst noch jemand?» Kurz darauf hat jeder bis auf Muddern ein Schnapsglas vor sich.

«Prost. Auf Karin.» Rosa hebt das Glas. «Das war so 'ne Liebe.»

«Prost.»

Kaum stehen die Gläser wieder auf dem Tisch, sagt Adelheid: «Von wegen das war 'ne Liebe. Die konnte ganz schön Gift spritzen. Frag mal ihren Nachbarn. Mit dem hatte sie sich ordentlich in den Haaren. Eigentlich hat sie sich mit jedem angelegt. Wenn die ihre Runden in Neuharlingersiel drehte, hagelte es Knöllchen am laufenden Band. Selbst wenn jemand die Parkzeit nur um zehn Minuten überzogen hat. Die kannte keine Gnade. Vor Kurzem stand ein Leserbrief im Anzeiger für Harlingerland. Da hat die tatsächlich einem Auto ein Knöllchen verpasst, das fast allein auf dem riesigen Parkplatz beim Fähranleger stand. Nicht auf dem gepflasterten. Nee, auf dem anderen, dem Schotterplatz. Der hat sich vielleicht aufgeregt.»

«Recht hatte sie aber», wirft Bärbel ein.

«Und tierlieb war sie auch. Ihr Kater war ihr Ein und Alles», ergänzt Caro, die die Tierarztpraxis in Neuharlingersiel betreibt. «Erst vor drei Tagen musste ich ihren Elvis nähen. Er hatte eine tiefe Bisswunde. Die Müller hat unglaublich mit dem Tier gelitten und laut geflucht, der Hundebesitzer würde das noch büßen.»

«Das passiert, wenn Katzen frei rumlaufen», erwidert Adelheid. «Aber glaub man, da werden manche Leute gar nicht so böse sein, dass Knöllchen-Karin nun keine Bußgelder mehr verhängen kann. Und ihr Nachbar schickt sicher ein Dankgebet zum Himmel. Endlich hat er Ruhe. ‹Es kann der Frömmste nicht in Frieden leben, wenn es dem bösen Nachbarn nicht gefällt.› Ihr kennt doch den Ausspruch von Schiller?»

«Ich dachte, das ist ein Lied von Roland Kaiser», sagt Henner.

«Jaja, der hat da ein Lied draus gemacht. Aber ursprünglich stammt es von Schiller. Jedenfalls hat Hadi nun wohl endlich seine Ruhe. Mit Claas hat er sich ja immer ganz gut verstanden. Karin hat den Unfrieden in die Nachbarschaft gebracht. Hoffen wir, dass das nun vorbei ist.»

«Hadi?», fragt Rosa.

«Hans Dieter Döpke.» Adelheid schaut Rosa an, als müsse sie das wissen. «Du kennst ihn doch. Er ist Apotheker in Esens.»

MONTAG

Die Ente springt auf Anhieb an. Zufrieden gondelt Rudi mit dem Oldtimer zur Polizeistation nach Esens. Beim Betreten des Gebäudes schnuppert Rudi. Frischer Kaffeeduft. Sein Kollege Bernie Bütefisch ist im Kaffeekochen einsame Spitze, sein Tee ist allerdings meist viel zu stark. Deswegen sind sie übereingekommen, dass Bernie nur für Kaffee sorgt. Heute hat er sogar ein halbes Mettbrötchen für Rudi mitgebracht.

«Wenn du das nicht magst, musst du es nicht essen», sagt Bernie, als beide die Kaffeebecher und Brötchen an ihren Schreibtisch bringen. «In dem Fall würde ich mich glatt opfern.»

Rudi grient innerlich. Bernies Frau Marga hat ihn auf Diät gesetzt, aber Bernie findet immer Möglichkeiten, sie auszutricksen. «Nee, passt schon, esse ich gerne», antwortet er gut gelaunt. «Danke fürs Besorgen. Wie war dein Wochenende?»

«Hör bloß auf! Marga hatte sich vorgenommen, die Kleiderschränke auszumisten. Du hast keine Ahnung, was das für eine Arbeit war. Sie hat jedes Kleidungsstück angezogen, ich musste gucken, ob es noch richtig passt, ob es noch gut aussieht, ob sie es behalten soll … und umgekehrt hat sie das Gleiche von mir verlangt. Du kannst dir gar nicht vorstellen, wie erniedrigend das war, als ich die erste Hose nicht mehr schließen konnte. Und die nächsten drei auch nicht. Einige hab ich nicht mal mehr über die Oberschenkel gekriegt.» Beherzt beißt Bernie von seinem Brötchen ab. «Das hat sie absichtlich gemacht, um mich zu demütigen. Damit ich auch wirklich weniger esse. Aber, mal ehrlich: Was hat man denn sonst noch vom Leben, wenn man nicht mal mehr gut essen darf?»

«Na ja, da gibt es schon so einiges», meint Rudi. «Bewegung in frischer Natur, Treffen mit Freunden und der Familie.»

«Bei diesen Treffen wird aber auch gegessen», wirft Bernie ein und beißt erneut ab. «Und wie war's bei dir?», fragt er mit vollem Mund. «War Sven da?»

«Nee, der ist in Emden geblieben. Die haben da so ein Umweltschutzprojekt, an dem er begeistert mitarbeitet.»

«Der hat sich echt abgenabelt, oder?»

«Das ist der Lauf der Dinge. Aber wir telefonieren ja viel. Und über Facetime können wir uns auch sehen. Und ... sooo weit ist Emden ja nun auch nicht weg. Aber klar, ist schon was anderes, dass ich ihn jetzt nicht mehr jeden Tag sehe.» Rudi greift zum Becher und trinkt einen Schluck. «Ich bin am Samstag zu einer Toten gerufen worden. Stell dir vor, das war Karin Müller.»

«Knöllchen-Karin?»

«Jo. Ihr Mann hat sie gefunden, als er vom Joggen heimkam. Saß leblos im Sessel. Der Notarzt meinte, es könnte ein Herzinfarkt gewesen sein. Mir ist dann ein Einstich am Oberarm aufgefallen. Pöppelmeyer hat die Tote abgeholt und nach Oldenburg in die Rechtsmedizin verfrachtet.» Rudi zuckt mit der Schulter. «Wird bei der Obduktion aber bestimmt nichts rauskommen.»

«Wart's ab.» Bernie rührt in seinem Kaffeepott. «Vielleicht hat sie sich drüber geärgert, dass sie am Wochenende keine Knöllchen verteilen kann.» Seit sie ihm zwei Strafmandate verpasst hat – unberechtigt, wie er findet –, ist er nicht gut auf sie zu sprechen. «Und wie war dein Wochenende sonst so?»

«Sonst war es ruhig. Bin Sonntag tatsächlich fünfundzwanzig Kilometer gelaufen. Den Halbmarathon krieg ich locker hin. Abends dann wie üblich Tatort gucken mit Henner. Ich hab ein Blech Pizza gemacht, das haben wir beide gemütlich verputzt.»

«Pizza ...», schwärmt Bernie und steckt sich den Rest des Mettbrötchens in den Mund, als das Telefon klingelt.

«Polizeistation Esens, Kommissar Bakker am Apparat», meldet sich Rudi.

«Haueisen hier.» Sein Chef. «Wir haben das Ergebnis der Obduktion von Frau Müller. Emterbäumler konnte sie sich schon heute in aller Frühe vornehmen. Und nun halten Sie sich fest: Die Frau ist zwar an Herzversagen gestorben, das wurde aber vorsätzlich herbeigeführt. Ausgelöst durch das Narkosemittel Ketamin. Das wurde ihr in den Oberarmmuskel gespritzt. Daher die Einstichstelle.»

«Ist nicht wahr.» Rudi ist geplättet.

«Doch. Außerdem meint Emterbäumler, dass der- oder diejenige, die ihr das verabreicht hat, keine medizinische Fachausbildung hat, denn wenn man Ketamin intravenös spritzt, setzt der Tod schon nach circa dreißig Sekunden ein. So hat es aber wohl fünf bis zehn Minuten gedauert. Sie werden jetzt mit Schnepel zum Witwer fahren und dem noch mal auf den Zahn fühlen. Irgendwer muss der Frau das Zeug schließlich verabreicht haben. Ich hab die Spurensicherung auch schon losgeschickt.»

«Alles klar.» Vielleicht sind die Handyfotos, die er am Samstag gemacht hat, doch noch für was nütze. Aber das wird man zu gegebener Zeit sehen. «Eins noch, Chef: Holt Schnepel mich ab, oder treffen wir uns vor Ort?»

«Schnepel ist auf dem Weg zu Ihnen. Bis später.» Damit beendet Haueisen das Telefonat.

Was für ein Schlamassel. Rudi schiebt den Teller mit dem halben Mettbrötchen zur Seite. Ihm ist der Appetit vergangen.

Schon um kurz vor acht trägt Rosa Pepe in seinem Vogelkäfig zu ihrem Auto. Laut kreischt der Beo seinen Protest heraus, es ist ihm viel zu kalt, und sein Gefieder wird vom Wind aufgeplustert. Rosa hätte eine Decke über den Käfig hängen sollen.

«Ist gleich vorbei.» Schnell öffnet sie die Beifahrertür ihres Fiat 500 und bugsiert den Vogelbauer auf den Sitz. Vorschriftsmäßig schnallt sie ihn an.

Als sie losfährt, kreischt Pepe erneut. Dieses Mal klingt er aber begeistert.

«Magst du Auto fahren?»

«Halt die Klappe», kommt als Antwort. Das ist auch der einzige Satz, den er beherrscht. Wenige Minuten später betritt Rosa die Tierarztpraxis. Caro ist noch in Jeans und Pullover. «Geh schon mal ins Wartezimmer vor, ich brauche noch einen kleinen Moment.»

Zu Rosas Überraschung sitzt dort bereits eine blonde Frau mit Dutt und einer angeleinten Französischen Bulldogge auf dem Schoß. Über seiner Nase und über dem Auge klebt eine Mullbinde mit Pflaster, um den Hals trägt der Hund eine weiße Kunststofftülle, damit er mit der Pfote nicht an den Verband kommt.

Das Tier sieht Rosa traurig an. Die Frau wendet sich mit

ebensolchem Blick an Rosa. «Da haben wir ja beide Glück, dass die Frau Doktor heute so früh da ist.» Sie krault der Bulldogge den Nacken. «Lucie hat die ganze Nacht vor Schmerzen gejault. Das hat mir fast das Herz zerrissen. Drum hab ich gedacht, ich komme ganz früh, dann bin ich gleich als Erste dran.»

Rosa verkneift sich die Bemerkung, dass Caro ihr Samstagabend angeboten hat, ein bisschen früher zu öffnen, damit sie sich Pepe vor den regulären Terminen ansehen und Rosa pünktlich zum Malkurs gehen kann. «Was ist Ihrem Hund denn passiert?», fragt sie stattdessen voller Mitgefühl, nimmt gegenüber der Frau Platz und stellt den Vogelkäfig auf den Stuhl neben sich.

«Ich hatte Besuch von meiner Freundin, und wir haben draußen auf der Veranda eine geraucht. Bea und ich haben Hundekekse für Lucie gebacken, da sind alle Hunde bei uns im Salon immer ganz verrückt nach. Lucie war gerade dabei, sich über die Leckerlis herzumachen, da wurde sie von dem bösartigen Kater aus der Nachbarschaft attackiert. Der hat ihr einfach seine Krallen ins Gesicht gehauen. Voll aggressiv. Ich bin zur Nachkontrolle da, Frau Doktor hat sich Lucie bereits angeschaut. Ich hab solche Angst, dass ihr Auge dauerhaft verletzt ist! Aber wenn das der Fall ist, dann *gnade dem Gott*. Zum Glück hat Lucie ihm einen ordentlichen Denkzettel verpasst.» Liebevoll streichelt sie den kleinen, muskulösen Hund. «Dabei ist sie lammfromm. Die kann nicht mal einer Fliege was zuleide tun.»

Wie zur Bestätigung bellt Lucie kurz und fiepsig.

«Halt die Klappe», kontert Pepe mit schräg gelegtem Kopf.

«Wie ist der denn drauf?» Argwöhnisch sieht die etwa dreißigjährige Frau Rosa an.

Die lacht. «Machen Sie sich nichts draus. Das ist alles, was er sagen kann.»

In diesem Moment öffnet Caro die Tür und bittet Rosa ins Sprechzimmer.

«Stell den Käfig hier auf den Tisch», sagt sie. «Was genau hat er denn?»

«Pepe putzt sich dauernd. Es sieht so aus, als ob ihn etwas juckt. Außerdem verliert er seit Tagen Federn.»

Caro greift in den Käfig, fasst nach Pepe, der sich das widerstandslos gefallen lässt, und holt ihn heraus. «Na, mein Kleiner. Ganz ruhig.» Eingehend begutachtet die Tierärztin sein Gefieder und entdeckt die schwarzen und weißen Punkte, die Rosa auch schon gesehen hat.

«Das sind eindeutig Eier der roten Vogelmilbe. Dieser Parasit ernährt sich vom Blut des Wirts.»

Rosa schüttelt sich. «Iiih, das sind ja kleine Vampire. Ist das ansteckend?»

«Du meinst, ob das auch auf den Menschen übergeht?»

Rosa nickt.

«Nein, da brauchst du keine Angst zu haben. Auf jeden Fall kannst du das schnell in den Griff kriegen.» Caro holt eine Medizinflasche aus dem Schrank und gibt Pepe mit der Pipette einen Tropfen in den Nacken. «Das machst du in den nächsten Wochen einmal täglich. Ganz wichtig ist, dass du den Käfig gründlich säuberst. Die Milben können sonst bis zu einem Monat überleben, und alles geht wieder von vorne los.» Sie reicht Rosa die Flasche, die sie in ihre Jackentasche steckt. «Danke, dass du schon so früh für mich Zeit hattest. Ich bringe Pepe jetzt nach Hause und kümmere mich um den Käfig.»

«Und viel Spaß bei deinem Malkurs», fügt Caro lächelnd

hinzu, als sie auf den geräumigen Flur gehen. Dort nimmt ein junger Mann im weißen Kittel der Bulldogge gerade die Plastikmanschette ab. «Danke, Phillip, bring Lucie jetzt rein», sagt Caro. «Wollen wir doch mal schauen, wie das Auge heute aussieht.»

Als Rudi und Schnepel beim Haus der Müllers ankommen, parkt der weiße Bulli der Spurensicherung bereits davor.

Mit Schwung knallt Schnepel die Fahrertür zu und fährt sich mit der linken Hand über den dunklen Haarkranz seines sonst kahlen Kopfes, schlägt seinen Mantelkragen hoch und marschiert los. Sein heller Trenchcoat hat einen großen dunklen Fleck, genau am Hintern. Rudi überlegt noch, ob er seinen Kollegen darauf hinweisen soll, als der sich die Hände reibt. «Dann wollen wir doch mal schauen, was uns der Witwer zu erzählen hat.» Schon strebt er auf den Eingang zu. Rudi lässt ihn laufen. Er ist schließlich nicht Schnepels Zeugwart.

Die Haustür ist lediglich angelehnt. Rudi drückt trotzdem kurz den Klingelknopf, bevor sie eintreten.

Im Flur stapeln sich blaue Säcke, die bis oben mit Klamotten gefüllt sind. Nanu, was hat das denn zu bedeuten? Vorgestern war davon noch keine Spur. Rudi lässt seinen Blick automatisch zur Garderobe wandern. Wo am Samstag noch ein Mantel und Jacken von Karin Müller hingen, herrscht heute Übersichtlichkeit. Auch die Schuhe unterhalb der Garderobe gehören dem Herrn des Hauses, wie er auf den ersten Blick erkennt. Claas Müller scheint den Kleiderschrank seiner Frau bereits ausgemistet zu haben. Tja, jeder trauert wohl anders. Manche können sich gar nicht von den Habseligkeiten des

Verstorbenen trennen, andere schmeißen sofort alles raus. Schnepel hat keinen Blick dafür, aber er war am Samstag ja auch erst später hier. Und er hat die Tote nicht persönlich gekannt.

«Moin», ruft sein Kollege jetzt laut durchs Haus. Er steht an der Treppe, die ins Obergeschoss führt. Statt einer Antwort kommt der schwarze Kater majestätisch aus dem Wohnbereich, gönnt Schnepel und Rudi nur einen verächtlichen Blick, dann verschwindet er in der Küche.

«Kröver», ruft Schnepel. «Wo steckt ihr?»

«Hier oben.» Krövers erhitzter Kopf erscheint am oberen Treppenabsatz, vom Scheitel bis zur Sohle steckt er in einem weißen Schutzanzug. «Im Wohnzimmer sind wir fertig. Eine Spritze haben wir nicht gefunden.»

«Was nicht verwunderlich ist», ruft Schnepel lauter, als es nötig wäre. «Wo ist der Ehemann?»

«Hier.» Die Tür neben dem Eingang öffnet sich, man hört das Rauschen einer Toilettenspülung. «Was wollen Sie denn noch? Reicht es nicht, dass Ihre Kollegen mein ganzes Haus umkrempeln? Was werfen Sie mir eigentlich vor?»

«Ihre Frau ist an einer Überdosis Ketamin gestorben», erklärt Schnepel trocken. «Das hat zum Herzversagen geführt.»

«Wie bitte?» Claas Müller wird leichenblass.

Rudi macht einen Schritt in seine Richtung. «Lassen Sie uns irgendwohin gehen, wo wir in Ruhe reden können», schlägt er vor. «In die Küche? Oder ins Wohnzimmer?»

«Wir nehmen das Wohnzimmer.» Müller deutet auf den Esstisch, und alle drei nehmen Platz. «Wieso ist meine Frau durch ... wie heißt das noch?»

«Ketamin», wiederholt Rudi.

«...durch Ketamin gestorben? Was ist das überhaupt?»

«Ein Narkosemittel. Das aber gern auch anstatt Kokain genommen wird. Ist eine angesagte Partydroge», sagt Schnepel mit geschürzten Lippen. «Hat Ihre Frau Drogen genommen, Herr Müller?»

«Drogen? Meine Frau? Niemals! Warum sollte sie das getan haben? Sie war eine ganz normale Frau. Wir leben ... lebten ein ganz normales Leben.»

«Na ja», sagt Schnepel süffisant, «so normal würde ich es nicht nennen. Immerhin hat Ihre Frau eine wahre Flut von Anzeigen gegen Ihren Nachbarn erstattet.» Er blickt erst Müller, dann Rudi an. «Die Liste ist beachtlich, nicht wahr, Kollege?»

Rudi nickt. «Wie es aussieht, hat Ihre Frau das Mittel per Spritze in den Oberarm verabreicht bekommen.» Rudi überlegt einen Moment. «War Ihre Frau eigentlich Rechts- oder Linkshänderin?»

«Linkshänderin. Warum?»

«Die Einstichstelle befand sich am linken Oberarm. Ein Linkshänder würde sich vermutlich rechts spritzen. Es deutet also darauf hin, dass eine andere Person die Spritze mit der Überdosis gesetzt hat.»

Müller braucht einen Moment, bis er begreift. Schließlich räuspert er sich. «Das heißt ... Karin wurde getötet?»

«Genau!» Schnepel beugt sich zu ihm vor. «Wo waren Sie am Samstagmittag?»

«Das habe ich doch schon gesagt. Ich war joggen. Bereite mich auf den Küsten-Marathon vor.»

«Kann das jemand bezeugen?»

«Sicher einige, aber gesprochen hab ich mit niemandem.»

«Also haben Sie kein Alibi.» Schnepel grient zufrieden.

«Das kann man so nicht sagen.» Müller blickt Rudi an. «Sie

sind doch gekommen, kurz nachdem ich den Notruf abgesetzt habe. Ich hatte meine Joggingklamotten an, und völlig verschwitzt war ich auch.»

Rudi nickt. «Das stimmt. Ihr Trikot war klatschnass.»

Schnepel verdreht die Augen. «Bakker. Der kann sich auch Wasser aufs Trikot gespritzt haben, um den Schweiß vorzutäuschen.»

«Halt», sagt Müller. «Jetzt erinnere ich mich. Mein Nachbar hat mich gesehen, als ich nach Hause kam. Der war gerade an der Mülltonne.»

«Welcher Nachbar?», will Rudi wissen.

«Hadi Döpke.»

«Der, den Ihre Frau so oft angezeigt hat?»

Müller nickt verschämt. «Sie war nicht davon abzuhalten. Ich hab auch keine Ahnung, weswegen sie sich dermaßen über Döpke aufgeregt hat. Früher haben wir uns ganz gut verstanden. Mittlerweile spricht der mit mir auch kein Wort mehr.»

«Aber er könnte bezeugen, wann Sie vom Sport nach Hause gekommen sind?», fragt Rudi.

«Er könnte. Ich weiß nur nicht, ob er *will*.»

«Das werden wir herausfinden.» Schnepel strotzt mal wieder vor Selbstsicherheit. «By the way ... im Flur stehen einige blaue Säcke. Was befindet sich darin?»

«Karins Sachen. Ich halte es nicht aus, überall auf ihre Kleidung zu stoßen. Die Unmengen von Schuhen, die sich vor der Garderobe gestapelt haben, all die Klamotten ... Das ertrage ich nicht. Darum habe ich alles in Säcke gepackt und bringe sie morgen zur Diakonie. Sicher haben die Verwendung dafür.»

«Sie werden die Säcke nirgendwohin bringen», entgegnet

Schnepel mit scharfer Stimme. «Die Kriminaltechniker werden sie mitnehmen und untersuchen.»

Rudi glaubt ja nicht, dass sie sich wirklich durch die Klamottenberge der Toten wühlen müssen, aber er grätscht Schnepel besser nicht dazwischen.

Entrüstet richtet Müller sich auf. «Das ist doch ...»

«Üblich in einem Mordfall», unterbricht Schnepel ihn. «Was machen Sie eigentlich beruflich?»

«Was hat das denn mit dem Tod meiner Frau zu tun?»

«Beantworten Sie meine Frage.»

«Ich arbeite fürs Finanzamt. Nehme Betriebsprüfungen vor.»

«Haben Sie mit Narkosemitteln zu tun?»

«Natürlich nicht! Aber fragen Sie mal lieber unsern Nachbarn. Hadi ist Apotheker. So einer kommt garantiert an so was heran. Dann können Sie den auch gleich fragen, ob er derjenige war, der uns die Drohbriefe in den Briefkasten geworfen hat.» Müller wird beim letzten Satz laut, und sein Gesicht läuft vor Aufregung rot an.

«Drohbriefe?», fragt Rudi verblüfft.

«Jawoll. Karin solle aufhören, Strafzettel wegen Falschparkens zu verteilen. Man wisse, wo sie wohnt. Wenn sie so weitermachen würde, hätte das unschöne Konsequenzen für sie. Das waren eindeutige Drohungen. Und man weiß nicht, wie weit so jemand geht.» Ein abgehacktes Nicken folgt, so, als wolle Claas Müller sich selbst recht geben.

«Haben Sie die Briefe noch?»

«Nein. Karin wollte die nicht im Haus behalten. Sie hat sie im Feuerkorb verbrannt.»

«Schade», rutscht es Rudi raus.

«Das ist aber noch nicht alles. Letzte Woche war unser Kater Elvis plötzlich verschwunden. Er ist am Abend nicht nach Haus gekommen. Karin war außer sich vor Sorge. Am nächsten Mittag war er wieder da. Verletzt. Er blutete am Bein. Karin ist sofort mit ihm zur Tierärztin gefahren. Er musste genäht werden. Sechs Stiche.»

Rudi erinnert sich. Von der Tierarztpraxis ist Karin Müller letzten Donnerstag direkt in die Polizeistation gekommen und wollte Anzeige erstatten. Gegen Döpke. Aber sie hatte keinen Beweis, dass er etwas damit zu tun hatte. Deswegen hat sie zähneknirschend Anzeige gegen Unbekannt erstattet.

«Ach ja, und am Donnerstagabend ist Karin dem Tod gerade noch so von der Schippe gesprungen», fährt Müller fort. «Irgendjemand wollte sie anfahren, als sie über die Straße ging. Sie hat sich in letzter Minute auf den Bürgersteig gerettet, und das Auto ist mit hohem Tempo davongefahren.»

«Konnte sie den Wagen oder den Fahrer beziehungsweise die Fahrerin erkennen?», fragt Rudi erschüttert. Dass es so was in Neuharlingersiel gibt, hätte er nie für möglich gehalten.

Müller schüttelt den Kopf. «Leider nicht. Aber schwarz ist der Wagen gewesen. Das hat sie gesagt.»

Als Rosa endlich den Strand erreicht, sind die anderen schon fleißig am Malen. Conrad geht von Staffelei zu Staffelei und kommentiert die Bilder.

«Das hast du sehr gut gemacht, Andrea», lobt er. «Deine Linienführung beim Bootsrumpf ist exzellent. Du könntest noch etwas weiße Farbe ganz sacht mit einem Q-Tip daraufsetzen. Das schafft tolle Lichtpunkte. Ich hab euch doch gestern Abend gezeigt, wie das geht.» Conrad wendet sich dem

Ehepaar Hövelkamp zu, die dicht nebeneinander stehen, und zeigt auf die Boote, die Barbara gemalt hat. «Sehr schön eingebaut. Die Farbwahl ist überaus interessant. An das Original angelehnt, aber eher zitierend als nachahmend.» Er deutet auf den Rand von Eckhards Bild. «Wirklich gut, wie die Farbe hier verläuft. Ich denke, ihr braucht die Vorlage jetzt nicht mehr, nun könnt ihr eurer Fantasie freien Lauf lassen und dem Pinsel und den Farben die Freiheit gewähren, nach denen sie lechzen.»

«Aber ...», widerspricht Eckhard, doch Conrad schüttelt den Kopf. «Es ist wichtig, dass du dich jetzt von der Vorlage löst und deiner Hand und dem Pinsel vertraust. Du musst dich von deinem Gefühl tragen lassen.» Das Ehepaar guckt Conrad verständnislos an, doch der lächelt nur und geht weiter zu der Staffelei, auf der die Vorlage von Karins Großmutter steht. Er nimmt sie herunter und steckt sie in eine große blaue Kunststofftragetasche. «Das muss jetzt auch ohne gehen. Spürt in euch hinein, fühlt den Flow.»

«Genau», stimmt Mechthild ihm zu und lässt rote Aquarellfarbe über ihr gewässertes Blatt laufen. «Dieses Kopieren bringt einen doch nicht weiter.»

«Jetzt hör aber auf», widerspricht Verena. «Mir hat das gutgetan.»

«Und jetzt gehst du einen Schritt weiter», sagt Conrad mit plötzlich matter Stimme. Er schwankt ein wenig und fasst sich an die Stirn. Erst jetzt bemerkt Rosa die tiefen Ringe unter seinen Augen. Blass ist er auch.

«Was hast du denn, Conrad?» Jette ist neben ihn getreten und legt ihm besorgt die Hand auf die Schulter.

«Nichts», murmelt Conrad. «Mir ist nur ein wenig schwindelig.»

Fürsorglich legt Jette den Arm um ihn. «Setz dich am besten einen Moment in einen Strandkorb. Nicht, dass du hier einen Klappmann machst.»

«Ist nichts weiter», wiegelt er ab. «Ich brauche wohl nur eine Pause. Am besten fahre ich auf den Steffens-Hof und lege mich hin. Bleib du so lange hier bei den anderen.»

Die Tüte mit dem Bild noch immer in der Hand, geht er in Richtung Parkplatz.

Bei kräftigem Gegenwind radelt Henner zum Hof seiner Eltern. Er muss sich nicht mal anstrengen, obwohl er eine Menge Päckchen dabeihat. Das neue E-Trike, das er heute einweiht, ist wirklich prima. Mit seiner Berta – so hat er sein altes Postrad liebevoll getauft – musste er manchmal ordentlich gegen den Wind ankämpfen. Mit diesem gelben Flitzer ist auch die leichte Steigung zum Hof ein Kinderspiel. Ohne langsamer zu werden, braust Henner hoch, Hühni ist zum Glück nicht zu sehen. Dafür parkt ein grüner Geländewagen halb auf dem Weg. Henner kann gerade noch ausweichen. «Verdammt, das hätte ins Auge gehen können», murmelt er, bremst und steigt ab.

Muddern sitzt auf der Bank vorm Haus, Hofhund Butscher liegt zu ihren Füßen. Ein seltener Anblick. Sie sieht ihn verwundert an. «Was kommst du denn hier in einem solchen Affenzahn angebraust? Und was ist das überhaupt für 'n Ding?»

«Ist ein E-Trike. Mit leistungsfähigem Motor. Brauchen tu ich es natürlich nicht. Aber es ist schon praktisch. Vor allem, weil wir ja ständig Wind von vorn haben. Außerdem gibt's bei dem Ding mehr Fläche für die Post. Guck ...» Als wolle er sich für das neue Gefährt entschuldigen, zeigt er auf dessen Vorzüge: die geräumige Tasche für Briefe und Zeitungen vor dem Lenker und den großen Behälter auf der breiten Achse hinter dem Sattel, in dem Päckchen und Pakete Platz haben.

Muddern nickt beeindruckt. «Hat das Ding denn auch schon einen Namen?»

«Nee. Ich glaub auch nicht, dass ich ihm einen gebe. Berta und ich ... das war was Besonderes. Aber mit ihr habe ich die vielen Pakete nicht mehr geschafft. Bestellen ja jetzt alle wie blöd online», fügt Henner fast ein bisschen trotzig hinzu, denn wenn er ganz ehrlich zu sich selbst ist, hatte er heut früh echt ein schlechtes Gewissen, als er Berta im Schuppen stehen gelassen hat. So viele Jahre hat sie ihm treue Dienste geleistet – Henner wird sie in Ehren halten. Das hat er ihr versprochen.

«Tja. Da gehört deine Berta nu zum alten Eisen. Genau wie wir.» Seine Mutter scheint Gedanken lesen zu können.

«Muddern, hör auf. Ihr seid doch in den besten Jahren», schmeichelt Henner, dem es manchmal selbst schon im Kreuz zieht. Er deutet auf den Geländewagen. «Ihr solltet die Pensionsgäste daran erinnern, den Carport zu benutzen. Der Schlurren parkt ja mittenmang auf dem Weg. Ich wäre da fast reingefahren.»

«Das ist Conrads Auto. Der ist vorhin ganz schnell in sein Zimmer gegangen und wollte sich hinlegen. Ihm geht es nicht gut.»

«Quatsch, der telefoniert die ganze Zeit», sagt Vaddern, der gerade aus dem Garten kommt. Er hat ein Büschel frischer Pfefferminze in der Hand.

Henner sieht ihn verwundert an. «Woher weißt *du* das denn?»

«Hab den gehört, als ich hinten am Haus das Unkraut aus

den Rabatten gerupft hab. Macht Muddern ja nicht mehr, seit sie Pensionswirtin ist.» Er zwinkert Henner zu. «Sein Fenster stand auf Kipp. Der hat vielleicht gebrüllt! Das hab ich sogar gehört, ohne mich anstrengen zu müssen. Der hat ...»

Vaddern redet weiter, aber Henner hört nur mit halbem Ohr hin.

«Du stehst ja in letzter Zeit öfter vor den Fenstern unserer Gäste. Belauschst du die etwa?», fährt Muddern Vaddern an. Die findet sein Gehorche anscheinend überhaupt nicht komisch.

«Also, Gerda», empört sich Vaddern. «Im Unterschied zu dir halte ich nur Augen und Ohren offen. Der Wintergast hatte *dich* jedenfalls ordentlich um den Finger gewickelt, falls du dich noch erinnerst.»

«Heinrich!» Muddern springt auf. «Da wollten wir doch nie wieder drüber reden.»

«*Ich* hab ja nicht damit angefangen.» Vaddern drückt ihr die Minze in die Hand und dreht sich um. «Hier. Für deinen Tee. Ich bin bei den Alpakas, falls du mich suchst.»

Henner verkneift sich jeden Kommentar und holt einen Brief aus der vorderen Klapptasche. «Ist ein Angebot für einen kostenlosen Hörtest für Vaddern. Den braucht der aber, glaube ich, nicht.» Grinsend steigt Henner auf.

«Willst du gar nichts essen, min Jung? Is in 'ner halben Stunde fertig.»

«Ein andermal. Vertrag dich lieber mit Vaddern», sagt er und fährt winkend davon.

Die Seehund-Apotheke in Esens liegt in der Fußgängerzone, darum haben Rudi und Schnepel den Einsatzwagen bei der

Polizeistation abgestellt und sich zu Fuß auf den Weg gemacht. Rudi kennt den Apotheker durch einige Gespräche, die er mit ihm wegen Karin Müllers Anzeigen hat führen müssen. Als Kunde kennt er ihn eher weniger, zum Glück waren weder er noch Sven oft krank, sodass sie selten Medikamente kaufen mussten.

Die Glöckchen über der hölzernen Eingangstür bimmeln melodisch, als sie eintreten. Der Raum ist rustikal und mit Einbaumöbeln in dunklem Holz aus dem Anfang des letzten Jahrhunderts eingerichtet, obwohl die Apotheke erst vor zwanzig Jahren gegründet worden ist. Hans-Dieter Döpke hat ein Faible für Traditionen. Die Schränke mit den zahllosen Schubladen und den breiten Verkaufstresen mit den Holzschnitzereien hat er einer anderen Apotheke abgekauft, die sich durch einen Umbau moderner präsentieren wollte.

«Moin. Kann ich Ihnen helfen?», begrüßt sie eine Frau mittleren Alters in weißem Kittel.

«Kripo Wittmund», stellt Schnepel sich vor und zeigt seinen Dienstausweis. «Wir möchten Herrn Döpke sprechen.»

Die Frau nickt dienstbeflissen. «Einen Moment, bitte.» Schon verschwindet sie durch einen Rundbogen in den hinteren Bereich der Apotheke, und kurz darauf erscheint Hans-Dieter Döpke. Rudi vermutet, dass er altersmäßig haarscharf am Rentenalter kratzt. Döpke trägt zum weißen Kittel einen blau karierten Schal. Am Hinterkopf sind seine blonden Haare noch voll, vorne haben sie einer hohen Stirn Platz gemacht. Sein kleines Bäuchlein zeugt davon, dass er leiblichen Genüssen nicht abgeneigt zu sein scheint.

«Moin. Womit kann ich dienen?»

«Es geht um Ihren Nachbarn, Herrn Müller», kommt Schnepel direkt zur Sache.

Verdutzt blickt Döpke sie an. «Um *Herrn* Müller? Ist denn nicht *Frau* Müller gestorben?»

«Doch, Sie haben recht. Frau Müller ist tot. Auf sie kommen wir gleich noch. Zunächst geht es aber um ihn. Wann haben Sie ihn zuletzt gesehen?»

«Hm, das war am Samstag. Ich hab den Müll rausgebracht, als er angetrabt kam. Wir grüßen uns aber nicht mehr. Und das lag an *ihr*, wie Sie ja wissen.» Döpke guckt Rudi an. Der nickt.

«Um wie viel Uhr war das?»

«Das muss gegen halb zwei gewesen sein.»

Die Glöckchen bimmeln erneut, und mit einem Schwall frischer Luft tritt eine junge Mutter ein, einen kleinen Jungen auf dem Arm. Sofort erscheint die Angestellte und nimmt das Rezept entgegen.

«Oh. Fiebersaft», murmelt sie. «Sie haben Glück. Ist gerade wieder reingekommen.» Sie eilt nach hinten.

«Frau Müller ist der andere Grund, weswegen wir mit Ihnen sprechen möchten», sagt Schnepel, ohne die Stimme zu senken. Augenblicklich hat er die Neugier der jungen Mutter geweckt.

«Das müssen wir aber nicht hier tun.» Döpke klingt ungehalten, was Rudi verstehen kann. Sie folgen ihm in sein Büro, das ebenfalls mit alten Möbeln ausgestattet ist.

Ohne ihnen Platz anzubieten, lehnt sich der Apotheker gegen den Schreibtisch, der vor einem antiken Bücherschrank steht, in dem sich medizinische Fachbücher stapeln. Der Schreibtischstuhl ist jedoch modern und ergonomisch geformt, wie Rudi auf den ersten Blick erkennt. Das ist ein ganz anderer Schnack als die Drehstühle, auf denen Bernie und er in der Polizeistation sitzen müssen.

«Sie wollten mich wegen Frau Müller noch etwas fragen.» Es ist eine Feststellung. Keine Frage.

Schnepel nickt. «Wir können nicht ausschließen, dass es sich in diesem Fall um Tod durch Fremdverschulden handelt.»

«Ach nee.» Ein leichtes Schmunzeln erhellt Döpkes Gesicht, es verschwindet jedoch so schnell, wie es gekommen ist. «Deswegen die Frage nach Claas.»

«Ja.»

«Na, wenn ich das gewusst hätte ...» Wieder zuckt es verräterisch um Döpkes Mund, aber auch jetzt wird er wieder ernst. «Das tut mir leid. In dieser Hinsicht kann ich Ihnen nicht weiterhelfen. Sonst habe ich an dem Tag niemanden bemerkt. Ich habe schließlich Besseres zu tun, als Samstagmittag meine Nachbarn zu beobachten. Im Unterschied zu Karin. Die hatte da keine Skrupel. Die hat es genossen, jeden mit Knöllchen zu drangsalieren, selbst wenn man die Parkzeit nur zwei Minuten überzogen hat. Irgendeiner hat mal gesagt, die müsse total frustriert sein, so biestig wie sie ist. Übrigens hat man das ja schon an ihrem Äußeren gesehen. Die hat sich in den letzten Jahren mit ihrem Schlankheitswahn regelrecht dürr gehungert. Meiner Meinung nach hätte die bei einem Psychiater auf die Couch gemusst. Und gequalmt hat die, das ging auf keine Kuhhaut. Ich hab sie ständig draußen auf der Terrasse stehen sehen mit dem Glimmstängel in der Hand.»

«Aber früher haben Sie sich doch gut verstanden?», wirft Rudi ein, der zwar nicht alles, aber einiges vom Neuharlingersieler Klatsch mitbekommt.

«Ja. Das ist aber etliche Jahre her.»

«Wieso ist es zu diesen heftigen Streitereien und zum Bruch gekommen?»

Döpke zuckt mit den Schultern. «Wie das eben so ist. Erst sind es Kleinigkeiten. Dann häuft es sich, und irgendwann kann man nichts mehr machen, ohne dass der andere – in diesem Fall Karin – es als Angriff betrachtet.»

«Na ja. Der Vorwurf, Sie hätten die Reifen von Müllers Auto aufgeschlitzt, ist keine Kleinigkeit gewesen», gibt Rudi zu bedenken.

«Ich habe es aber nicht getan, das habe ich auch ausgesagt. Ich vermute ja viel eher, dass Karin es selbst war und es mir in die Schuhe schieben wollte. Als man mir nichts nachweisen konnte, hat sie laut über den Gartenzaun hinweg gebrüllt, ich würde schon noch meine gerechte Strafe kriegen. Alle Nachbarn haben das mitbekommen, vor allem hat ihr Gebrüll aber meiner Frau Angst gemacht. Ich sag Ihnen, da war es mit meiner Gutmütigkeit und Geduld vorbei.»

«Und deswegen haben Sie Frau Müller zum Schweigen gebracht», sagt Schnepel triumphierend.

Verdattert schaut Döpke ihn an. «Wie bitte?»

«Sie haben Sie getötet. Herr Müller war unterwegs, und Sie haben die Gunst der Stunde genutzt.»

Für einen Moment hält Döpke den Atem an und blickt von Schnepel zu Rudi und wieder zurück. Dann bricht er in schallendes Gelächter aus. «Sie haben ja 'ne Macke.»

In diesem Moment kommt die Angestellte herein. «Herr Döpke, vorn ist die Hölle los. Könnten Sie vielleicht doch helfen?»

Döpke stößt sich vom Schreibtisch ab. «Natürlich, Frau Frohwein.» Er wendet sich an Schnepel und deutet Richtung Ausgang. «Ich denke, das war's, oder? Sie merken ja, ich habe zu tun.»

Schnepel kneift die Augen zusammen. «Wir sprechen uns

noch. Glauben Sie nicht, dass ich mit Ihnen schon fertig bin. Wir sehen uns wieder. Komm, Rudi.»

Am späten Nachmittag ist der Wind stärker geworden, und schließlich fängt es auch noch an zu nieseln. Rosa friert und zieht sich die dicken Handschuhe über, obwohl sie den Pinsel damit nicht gut halten kann.

«Ich hab keine Lust mehr», sagt Andrea. Nasse Haarsträhnen baumeln vor ihrer beschlagenen Brille. «Mir ist kalt.»

«Mir auch.» Mechthild klappt ihre Staffelei zusammen. «Außerdem hätte ich Conrads Rat gebraucht. Ich weiß gar nicht, was der sich einbildet. Immerhin haben wir nicht eine Menge Kohle dafür hingeblättert, dass wir hier alleine rumpinseln.»

«Wer ist noch dafür zurückzugehen?», fragt Jette. «Wir können ja in der Hofdiele weitermalen.» Schnell sind sich alle einig, dass sie ins Haus wollen.

«Ich rufe Frau Steffens an», sagt Jette. «Vielleicht ist sie so nett und setzt schon mal Tee für uns auf.»

Als sie den Hof endlich erreichen – sie müssen alles schleppen, weil Conrad den Wagen genommen hat –, kommt Mudder Steffens aus dem Haus, drei große Thermoskannen in den Armen.

Hinter ihr läuft Conrad mit einem Tablett voller Tassen.

«Ach nee, geht's dir wieder besser?», giftet Mechthild. «Während wir uns nass regnen lassen und alles zurückschleppen mussten, lässt du es dir hier gut gehen? Da ist das letzte Wort noch nicht gesprochen, mein Lieber.» Wütend stellt sie ihre Staffelei ab, ihre Leinwand setzt sie vorsichtig darauf, schmeißt ihren Rucksack aber mit Schmackes daneben.

«Mechthild, bitte», versucht Jette zu beschwichtigen, aber Mechthild ist stinksauer.

Mudder Steffens versucht, die Wogen zu glätten. «Nun trocknet euch man alle erst mal ab, ich hab 'ne schöne ostfriesische Knüppeltorte in der Küche. Die bring ich rüber, und dann könnt ihr euch ordentlich stärken. Da kommt bestimmt die gute Laune zurück.»

Mit wehendem Trenchcoat stürmt Schnepel in Haueisens Büro. «Chef, wir brauchen einen Haftbefehl für den Nachbarn der Müllers. Der war's. Er ist Apotheker, hat garantiert Zugang zu Ketamin und allen Grund, sauer auf die Müller zu sein. Die hat ihn ja sogar beschuldigt, ihre Autoreifen zerstochen zu haben.»

Haueisen blickt von den Papieren auf, über denen er brütet.

«Was haben wir für Beweise?»

«Noch keine», gibt Schnepel zu, «aber glauben Sie mir: Er war's. Das habe ich im Urin.» Er lässt sich auf den Stuhl vor Haueisens Schreibtisch fallen und dreht den Kopf zu Rudi. «Stimmt doch, Rudi, oder?»

Abwägend verzieht der das Gesicht. «Ich weiß nicht ... Döpke ist ja sogar von sich aus auf die Reifensache zu sprechen gekommen. Hätte er nicht machen müssen.»

Schnepel haut sich mit den Fingerspitzen gegen die Stirn. «Das war Taktik, du Eumel! Der weiß doch, dass wir das wissen. Ihr habt in Esens ja schließlich alle Anzeigen der Müller aufgenommen. Da hat er sich gedacht, er schmeißt uns ein paar Brocken hin, damit wir glauben, er wäre ehrlich und unschuldig. Isser aber nich.»

«Haben Sie diese Anzeigen denn schon durchgesehen?», will Haueisen wissen.

«Äh, nee. Also, ich nicht. Aber Bakker. Nich, Rudi? Du kennst die doch alle.»

«Na ja. Manche hab ich aufgenommen, manche Bernie. Alles weiß ich jetzt auch nicht mehr. Können wir aber nachgucken.» Rudi kratzt sich im Nacken. «Ist auf jeden Fall 'ne ganze Menge.»

«Gut. Sie gehen noch einmal alle Anzeigen durch, die Frau Müller gemacht hat. Was haben Sie sonst?»

«Der Apotheker hat das Alibi des Ehemanns bestätigt», beeilt sich Rudi zu sagen.

«Was nichts heißen muss», meint Haueisen. «Müller hätte seiner Frau die Ketaminspritze setzen können, nachdem er zurück war. Laut Emterbäumler wird der Tod durch die intramuskuläre Verabreichung nach circa fünfzehn Minuten eingetreten sein. Müller hätte geduldig warten und erst danach den Notruf absetzen können.»

«Laut Emterbäumler hat es keine Abwehrspuren gegeben», wendet Rudi ein, der noch immer im Türrahmen steht.

«Nun kommen Sie schon rein.» Haueisen winkt mit der linken Hand. «Und machen Sie die Tür zu.» Er deutet auf den leeren Stuhl neben Schnepel.

«Müller ist Finanzbeamter», sagt Rudi, während er sich setzt. «Es gibt keinen logischen Grund, weswegen er seiner Frau eine Spritze geben sollte. Da müsste sie sich mindestens gewundert, wenn nicht sogar gewehrt haben, als er mit dem Teil ankam. Sie saß aber friedlich im Sessel. Emterbäumler hat auch nichts von anderen Einstichstellen gesagt. Interessant ist aber, dass die Spritze fehlt, was ein deutlicher Hinweis darauf ist, dass jemand in tödlicher Absicht gehandelt hat.»

«Und das ist wiederum ein sehr deutlicher Hinweis auf den Apotheker», sagt Schnepel mit neuem Elan.

«Ärzte haben auch Zugang zu so was», entgegnet Rudi.

«Haben Sie denn inzwischen mit dem behandelnden Arzt der Müllers gesprochen?», unterbricht Haueisen ihn. Er sieht total müde aus, die Ringe unter seinen Augen sind heute noch dunkler als sonst. Vielleicht müsste er sich mal gründlich durchchecken lassen, denkt Rudi.

«Nein», gesteht Schnepel widerwillig. «Wir waren zunächst bei Döpke, weil es mit dem ja diese außergewöhnlichen Streitereien gab.»

Haueisen seufzt schwer. «Also gut. Wenn Sie von allein nicht draufkommen, die Dinge in der logischen Reihenfolge abzuarbeiten, dann hören Sie mir jetzt zu. Als Erstes sprechen Sie mit Müllers Arzt. Vielleicht hatte die Frau irgendeine Krankheit, von der wir noch nichts wissen, bei der man dieses Narkosemittel geben muss – in sehr geringer Dosierung natürlich. Und dann sprechen Sie noch mal mit dem Ehemann der Toten. Wenn seine Frau so ein Drachen war, hat sie sich vielleicht auch anderweitig Feinde gemacht. Und gucken Sie in den Anzeigen in Esens, ob die Müller noch andere Personen angeschwärzt hat. Und zum Schluss sprechen Sie in Gottes Namen noch mal mit dem Apotheker. Wenn Sie all das erledigt haben, und erst dann», Haueisen hebt den rechten Zeigefinger, «kommen Sie wieder zu mir. Haben wir uns verstanden?»

Nachdem alle umgezogen wieder zurück sind – Rosa hat ein Handtuch von Mudder Steffens bekommen und auch einen Jogginganzug, der zwar zu weit, aber immerhin trocken ist –, schneidet Conrad die Knüppeltorte an, die aus geschichteten Pfannkuchen besteht.

«Wer möchte?»

Jeder hält ihm den Teller hin, Rosa beginnt, Tee und Kaffee einzuschenken. Als Conrad ihr das schmale Tortenstück auf den Teller gibt, bemerkt sie bunte Farbreste an seinen Fingern. Seltsam, er hat heute doch nicht mitgemalt.

Während Mechthild, Barbara und Verena nach den ersten Bissen lauthals vom Kuchen schwärmen, wirft Jette einen fragenden Blick zu Conrad, der daraufhin zweimal fast unmerklich nickt. Das findet Rosa seltsam. Überhaupt läuft der Kurs ganz anders ab, als sie es sich vorgestellt hat. Aber vielleicht ist sie etwas zu empfindlich nach dem plötzlichen Tod von Karin. Und es kann ja nun niemand aus der Gruppe etwas dafür, dass bei Rosa alle Sirenen losschrillen, wenn jemand in ihrer Umgebung stirbt.

Conrad klopft mit der Kuchengabel an seine Tasse. «Ich sehe, dass ihr heute sehr fleißig gewesen seid. Tolle Ergebnisse.» Er deutet auf Mechthilds Staffelei. «Es tut mir wirklich sehr leid, dass ich euch nicht zur Seite stehen konnte. Aber so, wie ich mich heute gefühlt habe, wäre ich euch draußen keine Hilfe gewesen. Ich brauchte Ruhe. Ich hoffe, ihr versteht, dass die Gesundheit vorgeht.» Bei diesen Worten lässt er seinen Blick durch die Runde schweifen, seine Augen bleiben auf Mechthild ruhen. Die nickt, woraufhin er mit einem jungenhaften Grinsen fortfährt: «Kommen wir zum weiteren Ablauf! Morgen geht es mit dem Schiff nach Spiekeroog. Vom Fährhafen wandern wir zur Hessenmauer, und dort soll es noch kreativer zugehen.» Er lächelt Mechthild an. «Ich glaube, das wird dir besonders gefallen.»

Geschmeichelt fährt sich Mechthild mit der Zunge über

die Lippen und leckt sich die kleben gebliebene Sahne ab. «Bestimmt.»

Die Küchenuhr klingelt. Henner schnappt sich die gehäkelten Topflappen, die Tante Hildegard ihm zu Weihnachten geschenkt hat, hebt den Topfdeckel leicht an und gießt das Kartoffelwasser ab. Der heiße Dampf trifft ihn schmerzhaft im Gesicht, schnell kneift er die Augen zusammen. Da klingelt es dreimal an seiner Wohnungstür. Das ist das mit Rudi verabredete, geheime Zeichen.

«Is offen», ruft Henner und stellt den gusseisernen Topf mit Schwung auf die wellige Chromplatte neben der Spüle.

«Was kochst du denn Leckeres?», fragt Rudi, als er eintritt. In der Hand hält er den Troyer, den Henner gestern beim Tatortgucken liegen gelassen hat.

«Pellkartoffeln. Mit Sahneheringen. Sind noch Reste von heute Mittag. Da war bei meinen Eltern irgendwie dicke Luft, drum hab ich mich noch vorm Essen verdünnisiert und mir was von der Fischereigenossenschaft mitgebracht. Irgendwie hab ich geahnt, dass du heute Abend noch vorbeikommst.» Henner holt grienend zwei Flaschen Ostfriesenbräu aus dem Kühlschrank. «Danke, dass du meinen Pulli mitbringst.» Er wirft ihn auf die Lehne des alten Sofas, das in seiner Küche steht. «Den hab ich heute früh schon vermisst. Prost.»

Die Bügelverschlüsse ploppen, und beide stoßen an. «Dicke Luft bei deinen Eltern? Das kennt man ja gar nicht. Was war denn los?»

Henner seufzt. «Ach, nur das Übliche wegen der neuen Pensionsgäste. Die gehen Vaddern gehörig auf den Senkel. Er ärgert sich mittlerweile, Mudderns Plan mit der Pension überhaupt zugestimmt zu haben. Die Gäste bringen nichts als Unruhe, findet er. Ich übrigens auch. Du müsstest den Typen sehen, der diesen Malkurs leitet!» Henner verdreht die Augen. «Der ist echt 'ne Marke für sich.»

Bevor Rudi einen Kommentar dazu abgeben kann, klingelt es erneut dreimal an der Tür.

«Is offen», ruft Henner und grinst Rudi an. Ihr geheimes Zeichen hat Rosa längst durchschaut. Eigentlich könnten sie es sich auch sparen. Aber der Mensch ist eben ein Gewohnheitstier – und für Henner und Rudi gilt das ganz besonders.

Im Ostfriesennerz, unter dem eine Daunenjacke zum Vorschein kommt, marschiert Rosa herein, als wäre es tiefster Winter und nicht kurz vor Ostern. «Das ist gut, dass ihr beide hier seid.» Sie deutet auf die Bierflaschen. «Kann ich auch eins haben?»

Nanu, seit wann trinkt Rosa denn Bier statt Weißweinschorle? Henner reicht ihr eine Flasche aus dem Kühlschrank. Nachdem sie einen ersten, durstigen Schluck getrunken hat, lässt sie sich mit einem lauten Seufzer aufs Küchensofa fallen.

«Meine Güte! Was für ein Drama! Ich bin immer noch ganz fassungslos, dass eine aus unserem Malkurs so plötzlich von uns gegangen ist. Grad stand Karin noch an der Staffelei neben mir – und zack ist sie tot. Dabei war die doch noch gar nicht alt.»

«Freiwillig hat sie sich nicht verabschiedet.» Rudi nimmt ebenfalls einen großen Schluck aus der Flasche. «Da hat wohl jemand nachgeholfen.»

Henner sieht ihn verwundert an. «Davon hast du gestern Abend beim Tatortgucken gar nix gesagt.»

«Da war das ja auch noch nicht klar. Emterbäumler hat sie sich erst heute Morgen genauer vorgenommen.» Rudi zieht den Küchenstuhl heran und setzt sich ebenfalls. «Ich hab diesen Einstich am Oberarm entdeckt und Haueisen gemeldet. Eine Frage der Gründlichkeit, wenn ihr versteht. Aber ich hab nie im Leben damit gerechnet, dass bei der Obduktion tatsächlich was rauskommt.»

Rosa richtet sich kerzengerade auf dem Sofa auf. «Nun mach's mal nicht so spannend. Was hat er denn herausgefunden?»

«Sie starb an einer Überdosis Ketamin.»

Henner und Rosa öffnen fast gleichzeitig den Mund, jeder eine Frage auf der Zunge, doch Rudi spricht weiter: «Ketamin ist sowohl ein Narkosemittel als auch eine beliebte Partydroge. Hat Emterbäumler erklärt. Angeblich steht man total neben sich, wenn man das Zeug intus hat. Bei einer Überdosis kann man allerdings schnell hinüber sein.» Rudi lehnt sich zurück und streckt die Beine weit von sich. «Offen ist jetzt allerdings, wer ihr das Zeug verabreicht hat.»

«Feinde hatte die ja nun genug, so viele Strafzettel, wie sie verteilt hat», sagt Henner und schnippelt mit der Schere dünne Scheiben Schnittlauch über die Sahneheringe.

«Aber wegen eines Strafmandats wird man doch nicht gleich ermordet», widerspricht Rosa. «Das macht sie vielleicht unsympathisch. Aber das ist doch kein Grund ... nein, wirklich!»

«Na ja, aber sie hat außerdem diesen Rosenkrieg gegen ihren Nachbarn geführt», meint Henner. «Darüber wurde doch vor einiger Zeit sogar im Anzeiger für Harlingerland berichtet. Habt ihr mit dem Nachbarn schon gesprochen, Rudi?»

Sein Kumpel nickt.

«Ist er verdächtig?»

Wie immer hat Rosa blitzschnell geschaltet, dafür bewundert Henner sie. So weit hat er selbst noch gar nicht gedacht. Rosa ist eben eine echte Spürnase.

«Was heißt schon verdächtig?», sagt Rudi. «Wir ermitteln in alle Richtungen. Müssen wir ja. Auch wenn Schnepel sich natürlich gern auf Döpke konzentrieren würde. Aber Karin Müller hat jede Menge Anzeigen gegen jede Menge Leute losgelassen. Haueisen hat uns dazu verdonnert, sämtliche Anzeigen noch mal genau zu überprüfen, ob da irgendwo ein Motiv liegen könnte. Bei der Ansammlung ist das eine Sisyphusarbeit. Zwei Tage vor ihrem Tod hat Karin Müller noch Anzeige gegen Unbekannt erstattet. Ihr Kater ist schwer verletzt worden und musste mit mehreren Stichen genäht werden. Sie hatte mal wieder ihren Nachbarn im Verdacht und wollte den anzeigen. Aber das haben Bernie und ich ihr ausgeredet. Es gab dafür nicht den geringsten Anhaltspunkt.»

«Stimmt. Sie hatte einen Kater.» Rosas Stirn legt sich in Falten, und Henner sieht direkt, wie ihr Gehirn auf Hochtouren arbeitet.

«Elvis heißt er», sagt Rudi. «Ich hab den gestern eingerollt in einem Katzenkorb liegen sehen, als ich zum Haus der Müllers kam. Ein prächtiger Kerl. Bis auf die Macke am Bein.»

«Es könnte sein, dass der Kater von einem Hund attackiert worden ist.»

Verwundert schaut Rudi Rosa an. «Wie kommst du denn darauf?»

«Ich war heute Morgen mit Pepe beim Tierarzt. Neben mir saß eine Frau mit ihrer Französischen Bulldogge. Die hat von einem angriffslustigen Kater ordentlich einen mit der Pranke auf die Schnauze bekommen. Nase und Auge sind verletzt.» Rosa nickt Henner auffordernd zu. «Denk mal nach, Henner! Du warst doch Samstag auch dabei, als Caro von Karins

Kater erzählt hat, der am Hinterbein genäht werden musste. Vermutlich haben die Bulldogge und der Kater sich beim Austeilen nichts genommen.»

Überrascht sieht Rudi auf. «Ach nee. Hat Caro denn gesagt, ob Karin Müller wusste, dass ein Hund für die Verletzung verantwortlich war?»

«Das weiß ich nicht mehr. Wir waren ja alle zu geschockt von der Nachricht, dass Karin tot ist.»

«Ist jedenfalls eigenartig. Die Müller hat am Donnerstagnachmittag einen Mordsaufstand wegen ihrer verletzten Katze bei uns in der Polizeistation gemacht und Rache geschworen.»

«Das hat die Hundebesitzerin übrigens auch.»

«Das ist aber noch nicht alles. An dem Donnerstagabend wäre Karin fast von einem Auto überfahren worden. Sie konnte gerade noch auf den Fußweg springen, um sich zu retten. Hat ihr Mann ausgesagt. Das kann natürlich ein Zufall ein. Ich hab mich allerdings gewundert, dass sie deswegen ausnahmsweise mal nicht zu uns gekommen ist. Sie ist ja sonst wegen allem da gewesen.» Rudi streicht sich nachdenklich übers Kinn. «Wie heißt denn die Hundebesitzerin?»

«Das weiß ich nicht. Aber die Hündin heißt Lucie. Frag doch Caro, die hat die Adresse garantiert.»

Henner stellt die Schüsseln mit Pellkartoffeln und Sahneheringen auf den Tisch. «Hat noch jemand Hunger? Die Kartoffeln reichen wahrscheinlich nicht für drei, aber ich hab noch Schwarzbrot.»

«Ich ess gern mit», sagt Rudi grinsend.

«Ich muss passen. Leider.»

Amüsiert sieht Henner das Bedauern in Rosas Gesicht.

«Ich hab heute Nachmittag in der Hofdiele zwei Stücke

Knüppeltorte von deiner Mutter gegessen und bin noch immer pappsatt.»

«Muddern hatte eine Knüppeltorte?» Henner spürt einen kalten Hauch in sich aufsteigen. Wieso backt Muddern für wildfremde Leute seine Lieblingstorte?

«Deine Mutter wollte Conrad wohl eine Freude machen. Es ging ihm heute Vormittag nicht gut, da ist er vom Strand zurück zum Hof.»

«Na, so schlimm kann das nicht gewesen sein», sagt Henner sarkastisch. «Vaddern hat den nämlich lange telefonieren hören, als er Unkraut in der Rabatte vor den Fenstern gezupft hat. Ging wohl hoch her.»

«Ach wirklich?», fragt Rosa verblüfft. «Ich hab gedacht, dem geht es echt schlecht.»

«Na, *so* schlecht wohl nicht. Der muss sich ziemlich aufgeregt haben. Du weißt doch, Vaddern hört auf dem einen Ohr nicht mehr so gut. Aber der Typ war so laut, dass Vaddern gesagt hat, der hätte ja auch gleich nach Holland rüberrufen können, statt zu telefonieren.»

«Nach Holland? Wie hat er das denn gemeint?», fragt Rosa verdutzt.

«Keine Ahnung. Vaddern hat wohl irgendeinen holländischen Namen aufgeschnappt.»

DIENSTAG

Das Morgenrot ist in zartes Lila übergegangen und verspricht einen wunderbaren Frühlingstag. Gähnend steht Rosa vor der Garderobe und überlegt, zieht sich aber doch den Ostfriesennerz über die Daunenjacke, setzt ihre Mütze auf und packt dazu passende Handschuhe ein. Als sie das Haus verlässt – den Rucksack mit ihren Malutensilien auf dem Rücken – stellt sie fest, dass sie alles richtig gemacht hat, so frisch, wie es ist. Mit schnellen Schritten macht sie sich auf den Weg. Am Fährhafen herrscht dichtes Gedränge. Kein Wunder, die Osterferien haben begonnen. Einige ältere Ehepaare ziehen ihre Rollkoffer zu den nummerierten Gepäck-Containern, etliche junge Leute marschieren mit Rucksäcken. Familien sind mit Kind und Kegel unterwegs und verstauen von der Schaufel über das Strandzelt bis zum Kinderfahrrad alles in den großen Metallcontainern, die nachher mit dem Lastenkran aufs Schiff gehievt werden. Rosa hält Ausschau nach ihrer Gruppe. Das ist in diesem Abfahrtstrubel gar nicht so einfach.

«Huhu, Rosa! Hier sind wir!»

Rosa entdeckt Mechthild in einem lilafarbenen Umhang neben Conrad am Anfang der Warteschlange vor der Kette, die noch den Einlass auf die Fähre verwehrt. Auch die anderen Kursteilnehmer sind schon da und haben sich warm angezogen, obwohl für heute sonniges Wetter angesagt ist.

Im Bordbistro der *Spiekeroog* II ergattern sie eine der großen Sitzecken, und schnell hat jeder eine dampfende Tasse Kaffee oder Tee vor sich. Mechthild packt ihr Proviantpaket aus, als das Schiffshorn ertönt und die Fähre ablegt.

«Das hat ja alles schon mal gut geklappt», sagt Conrad mit jungenhaftem Grinsen. Manchmal hat Rosa den Eindruck, dass er genau um die Wirkung dieses Lächelns weiß und es gezielt anknipst.

«Wir sind vor allem froh, dass es dir wieder besser geht», sagt Mechthild zufrieden.

«Das tut es. Und ich danke dir wirklich für deinen Tipp. Ich hab das gestern noch ein paarmal gemacht. Genau so, wie du es mir erklärt hast», sagt er. «Aufs Bett setzen, zack nach links fallen lassen, aufsetzen, zack nach rechts fallen lassen. Das hat super gewirkt.»

Rosa versteht nur Bahnhof. Aber sie ist ja auch schon vor dem Abendbrot weggegangen. Nicht nur, weil sie von der Knüppeltorte noch pappsatt gewesen ist, sondern vor allem, weil sie ihre Ruhe haben wollte. Da hätte sie aber besser nicht noch bei Henner vorbeischauen sollen. Denn was sie da von Rudi erfahren hat, hat sie heute Nacht um den Schlaf gebracht. Karin wurde ermordet! Publik ist das alles noch nicht, und sie hat Rudi versprechen müssen, das erst einmal für sich zu behalten, bis Haueisen die Pressekonferenz abgehalten hat. «Kleine Übung mit großer Wirkung», sagt Mechthild mit Stolz in ihrer Stimme.

«Von welcher Übung redet ihr?» Rosa sieht die beiden fragend an.

«Mechthild hat mir gezeigt, wie ich diesen blöden Schwindel loswerden kann.» Er streicht sich seine langen Haare bedächtig hinters Ohr.

«Und das funktioniert?» Rosa mag das gar nicht glauben.

«Ja, gegen Lagerungsschwindel schon», sagt Mechthild knapp. Als sie Rosas verständnislosen Blick sieht, fährt sie fort: «Dabei drücken kleine Steinchen im Ohr auf das Gleichgewichtsorgan. Durch das Hin- und Herwerfen des Oberkörpers bringt man sie wieder in die richtige Position.»

«Lasst uns nun den Tagesplan besprechen», sagt Conrad. «Wenn wir von Bord sind, gehen wir in Richtung Campingplatz. Das ist der schnellste Weg zur Hessenwand, dort ...»

«Mo-ment! Zunächst sollten wir ein paar Worte über diese Wand verlieren und sie nicht einfach nur als Ort betrachten, an dem man gut malen kann.» Eckhard setzt sich gerade hin, es wirkt, als sei er um mindestens zwanzig Zentimeter gewachsen. «Bei dieser Wand aus Sandsteinquadern handelt es sich um eine Meisterleistung hessischer Steinmetze, die 1881 damit beauftragt wurden, ein wirksames Dünenschutzwerk zu errichten.»

Alle nicken ohne sichtbare Begeisterung, Conrad übergeht die Ausführung. «Die historischen Fakten sind sicher überaus interessant, Eckhard. Aber mir geht es um das Farbspiel zwischen den Nuancen des Sandsteins und des Sonnenlichts. Man kann dort den Eindruck gewinnen, als hätt' die Sonne die Steine still geküsst.»

Conrad in Höchstform. Jetzt vereinnahmt er auch noch Eichendorff, denkt Rosa.

Das laute Signal des Schiffshorns ertönt. Sie haben die Hafeneinfahrt von Spiekeroog erreicht. Aus dem Fenster sieht Rosa die Stämme junger Birken, die als Seezeichen im Wattenmeer eingesetzt werden. Gleich sind sie da.

Heute ist Rudi mit seiner Ente nach Wittmund gefahren, Bernie hat darauf bestanden, dass Rudi ihm die Dienst-Ape lässt.

«Wie sieht das denn aus, wenn ich irgendwohin gerufen werde und verschwitzt auf dem alten Fahrrad ankomme. Außerdem ist der Hinterreifen nicht richtig aufgepumpt», hat Bernie argumentiert, als Rudi in Esens den Autoschlüssel rausholen wollte.

Haueisen sitzt schon in seinem Büro, die Tür ist nur angelehnt. «Ist gut, Volker, das passt bei mir», sagt er zu jemandem, doch da er keine Antwort hört, geht Rudi davon aus, dass sein Chef telefoniert. Einen Moment lang überlegt er, ob er vor der Tür warten soll, bis Haueisen das Gespräch beendet hat, aber dann klopft er kurz und schubst die Tür auf. Soll ihn schließlich niemand der Lauscherei bezichtigen.

Haueisen sitzt am Schreibtisch, legt die Hand auf die Sprechmuschel. «Bin gleich fertig. Nehmen Sie schon mal Platz.» Dann wendet er sich wieder seinem Gesprächspartner zu. «Also, heute Abend bei dir. Ich bin pünktlich.» Er beendet das Gespräch, steht auf und kommt an den Besprechungstisch. «Und? Gibt's was Neues?»

Rudi hat das Gefühl, als würde sein Chef am liebsten mit den Fingerspitzen auf den Tisch trommeln. Doch davon lässt er sich nicht unter Druck setzen. «Jo. Ich hab gestern mit Karin Müllers Arzt gesprochen. Wegen möglicher Vorerkrankungen. Sie hatte zwar etliche mehr oder weniger stark ausgeprägte Wehwehchen, Schilddrüsentabletten musste sie nehmen, und die Lunge war durch die starke Raucherei auch nicht gerade in Bestform, aber Ketamin hat sie nicht genommen. Mit dem Ehemann haben wir auch noch mal gesprochen. Beim Finanzamt müsste man arbeiten! Der war um vier schon zu Hause. Wir sind vorher natürlich die Berge von Anzeigen durchgegangen, die Karin Müller in den letzten zwei Jahren erstattet hat. Da war zwar einiges, aber Claas Müller wusste nicht, ob es mit einem anderen außer Döpke großen Ärger gegeben hat.»

«Er sprach doch von Drohbriefen», wendet Haueisen ein. «Wissen wir inzwischen, wer die geschrieben hat?»

Rudi schüttelt den Kopf. «Leider nicht. Die Müllers haben keinen aufgehoben. Seine Frau wollte die nicht im Haus haben.»

«Eigenartig. Wo sie doch jeden Kleinkram angezeigt hat. Sie kannten die Frau doch. Passt das zusammen?»

«Jetzt, wo Sie das sagen ...» Rudi spitzt die Lippen und denkt nach. Warum ist sie mit den Briefen nicht auch in die Dienststelle gekommen? Sie war doch sonst ständig da. Schiet, das hätte Rudi selbst auffallen können.

Während er noch grübelt, fragt Haueisen: «Haben Sie bei den Anzeigen tiefer gegraben? Ist eine der involvierten Personen in der letzten Zeit irgendwie auffällig geworden? Könnte Frau Müller in ein Wespennest gestochen und so die Tat ausgelöst haben?»

Rudi wird ganz wuschig von Haueisens Fragen. «Nein, daran haben Schnepel und ich gestern gar nicht gedacht ... also ich zumindest wusste nicht, dass wir so weit ...»

«Wo bleibt Schnepel eigentlich?», unterbricht Haueisen Rudi mit einer Schärfe, die seinen Unmut verrät. «Sie hätten doch beide an solche einfachen Sachen denken müssen. Herrschaftszeiten, muss ich denn alles selber machen?»

Nun wird Rudi auch sauer. Da hat er sich so viel Mühe gegeben, alle Aufgaben zu erledigen, aber nie ist es genug. Beleidigt presst er die Lippen aufeinander.

«Was ist los, Bakker? War das etwa alles? Ich hätte ein wenig mehr von Ihnen erwartet. Sie sind doch sonst so investigativ unterwegs.»

Augenblicklich setzt Rudi sich gerade hin. «Bin ich auch», sagt er trotzig. «Ich habe erfahren, dass Müllers Kater einen Hund schwer verletzt hat, der hat fast ein Auge verloren. Die Hundehalterin war so wütend, dass sie Rache angedroht hat, wenn der Hund auf dem Auge erblinden sollte.»

«Und, ist er blind geworden?»

«Weiß ich nicht.»

«Dann finden Sie es heraus, zum Donnerwetter! Da hätten wir doch schon mal ein Motiv und eine Verdächtige.» Haueisen legt den Kopf in den Nacken und stöhnt auf. «Kümmern Sie sich darum. Ich muss schließlich irgendwann an die Presse. Und da brauche ich Ergebnisse. Das wissen Sie doch.»

In diesem Moment kommt Schnepel hereingestürmt. «Was wissen wir?»

Jetzt kann Rudi seinen Trumpf ausspielen. Er wollte unbedingt, dass Schnepel das auch hört. «Ich habe herausgefunden, dass Claas Müller doch nicht nur so ein Bürohengst im Finanzamt ist», sagt Rudi.

Sofort nimmt Haueisen den Kopf wieder nach vorn und schaut ihn an. «Sondern?»

«Müller führt Betriebsprüfungen durch. Und zwar bevorzugt höchstpersönlich vor Ort.» Bewusst lässt Rudi die Informationen jetzt nur häppchenweise raus. Haueisen soll schließlich merken, mit welcher Intensität er arbeitet. Nur dann hat er eine Chance auf einen Job in Wittmund. Auch wenn er Bernie dann allein in Esens zurücklassen muss.

«Und das heißt?»

«Die Unternehmen sind Arztpraxen und Apotheken. So ist er vielleicht an das Ketamin gekommen.»

Der Pfad zum Campingplatz ist auf der rechten Seite mit üppig wachsenden Heckenrosenbüschen gesäumt, die aber noch keine Knospen zeigen. Dahinter erstreckt sich eine weite Heidefläche, die im Spätsommer prachtvolle Farbakzente in Lila setzt, jetzt aber im verwelkten Zustand eher trist erscheint. Davon lenkt auch der moderne Kirchturm nicht ab, der auf der sanft ansteigenden Düne thront. Auf der anderen Seite des Weges erstrecken sich die Salzwiesen. Schafe grasen gemächlich, auch ein paar Pferde sind zu sehen. Im Unterschied zum Festland braucht hier niemand Angst vor Wolfsrissen zu haben. Da ist das Wattenmeer ein natürlicher Schutz.

Die Gruppe trägt die Rucksäcke, am Hafen stand eine Wippe für die Staffeleien bereit. Eckhard zieht den länglichen Hänger an der Deichsel. Schon bald taucht linker Hand ein kleines, verwinkeltes Gebäude auf. «Kennst du das Old Laramie?», fragt Rosa Conrad.

«Klar. Ich hab hier schon jede Menge Konzerte gehört ... Jonny Glut und Fury in the Slaughterhouse ... da ging die Post ab.»

«Kann ich mir vorstellen. Mit Drogen waren die hier bestimmt auch nicht zimperlich», stößt Rosa ins Blaue vor, damit sie endlich das Thema Ketamin ansprechen kann.

«Keine Ahnung. Ist ja 'ne Szene-Kneipe. Damals wie heute. Kann sein, dass der eine oder andere was genommen hat. " Er zwinkert ihr zu.

«Kennst du eigentlich Special K?», hakt Rosa nach.

Conrad kneift verblüfft die Augenbrauen zusammen. «Wie

kommst du denn von Drogen auf Cornflakes? Aber klar. Ich liebe diese Sorte von Kellogg's.»

Rosa tippt sich an die Stirn. «Ich rede immer noch von Drogen.»

Conrad grinst wortlos.

«Also: Kennst du es, oder nicht? Ich hab gestern Abend mal alles zum Thema Drogen gegoogelt. Wenn man das Zeug einnimmt, verlässt man angeblich seinen Körper und macht einzigartige Erfahrungen. Die Farben, die man dann sieht, sollen überwältigend sein. Und das müsste ja gerade für dich als Maler total inspirierend sein.»

Conrad bleibt stehen. «Einfach nur so gegoogelt? Das glaub ich nicht. Nun sag schon, wie kommst du jetzt darauf?»

Rosa wird ein wenig warm. Ist sie auf der richtigen Spur? «Nur so. Ein alter Bekannter aus Hannover sagt, das soll mega sein. Du kennst ihn übrigens auch.» Sie zwinkert. «Pjotr.»

Conrad wird blass. «Pjotr. Na, der erzählt viel, wenn der Tag lang ist. Lass besser die Finger von diesen Sachen. Nimm es als gut gemeinten Rat von mir.»

Mechthild schiebt sich von hinten zwischen sie. «Welchen Rat hast du für Rosa?»

Bühnenbildwechsel in Conrads Gesicht. Er zwinkert Mechthild zu, obwohl er immer noch kalkweiß im Gesicht ist. «Es ist beim Malen wichtig, seinen Gefühlen zu vertrauen. Wahrhaftig zu bleiben. Offen und aufmerksam. Im Hier und Jetzt. Sich nicht selbst zu belügen. Das ist sogar extrem wichtig.»

Stimmt, pflichtet Rosa ihm bei. Offenheit und Ehrlichkeit. Aber sie hat das Gefühl, dass Conrad ihr gegenüber gerade alles andere als offen und ehrlich ist.

«Na, ob jemand für so'n Köter wirklich zum Mörder wird, will ich mal arg bezweifeln», sagt Schnepel, als der Chef sie mit diversen Aufgaben entlassen hat.

«Es gibt Menschen, die lieben ihr Haustier wie ein Kind», entgegnet Rudi. Er erinnert sich an ein Schild, das bei seiner Lehrerin, Fräulein Klostermann, in der Küche hing.

Dass mir der Hund das Liebste ist,
sagst du, o Mensch, sei Sünde.
Der Hund blieb mir im Sturme treu,
der Mensch nicht mal im Winde.

Mittlerweile lebt Fräulein Klostermann, wie sie immer noch genannt werden möchte, in der neu eröffneten Seniorenresidenz im Wasserschloss. Der Hund von damals ist längst tot, und einige seiner Nachfolger auch.

«Ich ruf in der Tierarztpraxis an und frag nach dem Namen und der Adresse der Hundehalterin.» Rudi greift zum Telefon auf Schnepels Schreibtisch. «Sag mir mal die Nummer.»

Missmutig brummend schaut Schnepel nach. Nach viermaligem Klingeln meldet sich eine Männerstimme. «Tierarztpraxis Bellmann, Phillip am Apparat.»

«Kripo Wittmund, Kommissar Bakker am Apparat. Ich hätte gern Frau Doktor Bellmann gesprochen.»

«Das tut mir leid, sie ist gerade … ah, da kommt sie. Einen Moment, bitte.»

Rudi hört, wie der junge Mann sagt: «Die Kripo für dich, Caro.»

«Bellmann?»

Rudi erklärt sein Anliegen, und gleich darauf hat er die gewünschte Auskunft.

«Aber die kriegst du nur, weil ich dich gut kenne», sagt Caro. «Sonst hätte ich das nicht gedurft. Du kennst ja das Datenschutzgesetz.»

«Ist klar, Caro. Ich dank dir auch dafür. Schönen Tag noch.» Er legt den Hörer auf. «Mercedes Schneider wohnt in Neuharlingersiel, ihr Hundesalon befindet sich in Esens, am Anfang der Fußgängerzone. Von da aus können wir dann ja zu Döpke nach Hause fahren, wir passen ihn in der Mittagspause ab.»

Zwischen dem Strandhafer, der an den Ausläufern der weißen Dünen wächst, führt ein Weg zum Strand. Mit der einsetzenden Flut schwappt die salzige Nordsee gemächlich heran. Noch sind die Segelboote, die sich bei Ebbe haben trockenfallen lassen, nur von wenigen Zentimetern Wasser umspült. Sie liegen auf der Seite und warten auf das Ansteigen des Meeres, damit sie sich wieder aufrichten und davonfahren können. Was für ein Bilderbuchwetter! Das Wasser glitzert geradezu um die Wette mit den Metallmasten der Segelboote.

Begeistert zieht sich Rosa im Gehen die Mütze vom Kopf und freut sich, endlich liegt die Hessenwand vor ihnen. Obwohl Rosa schon oft auf Spiekeroog gewesen ist, hat sie dieses Bauwerk nie richtig wahrgenommen. Vermutlich ist sie als Kind in den Urlauben mit ihren Eltern einfach vorbeigelaufen. Falls sie überhaupt so weit gegangen sind. Sie hat eigentlich am liebsten in der Sandburg gespielt, die ihr Vater mühevoll mit dem kleinen Spaten um den Strandkorb herum errichtet hat. Stundenlang hat sie Muscheln gesammelt, damit den Schutzwall der Burg verziert und mit einer kleinen Plastikgießkanne Wasser herangeschleppt, um den Sand damit zu begießen und zu verfestigen. Diese Sandfestungen werden heute nur noch selten von Eltern mit ihren Kindern gebaut. Die Zeit ist darüber hinweggegangen. Wie über vieles. Und auf einigen Inseln ist der Bau mittlerweile sogar verboten.

«So groß habe ich mir die Hessenmauer gar nicht vorgestellt.» Barbara Hövelkamp bleibt staunend stehen.

«Sie ist 238 Meter lang», beginnt Eckhard zu dozieren.

Barbara wirft ihrem Mann einen genervten Blick zu. «Ist schon gut. Wir wissen mittlerweile alle, dass du deine Hausaufgaben gemacht hast.»

«Ich mein ja nur.» Eckhard steht beleidigt neben seiner Frau.

«Ihr klappt jetzt am besten die Staffeleien auf», ergreift Conrad das Wort, «vergesst für einen Moment alles um euch herum und lasst euch auf eine Zwiesprache mit den Steinen ein. Fühlt die Energie.» Conrad breitet beide Arme aus und reckt sie zum Himmel. «Geht näher heran. Berührt die Steine. Steigt die Stufen hoch, bis der grüne Bewuchs beginnt. Überlegt, aus welcher Perspektive ihr malen wollt. Sollen die Steinquader im Vordergrund stehen, und spannt sich darüber der Himmel? Oder steht ihr oben und seht herab auf die Nordsee mit ihrer so eigenen welligen Linienführung am nassen Strand? Versucht zu erspüren, welches Bild bei diesem Anblick in euch aufsteigt. Vertraut eurem Gefühl.»

Atemlos hält Conrad inne. Er fasst sich an die Brust. Ist regelrecht ergriffen. So viel echte Leidenschaft für dieses Motiv hätte Rosa ihm gar nicht zugetraut. Dann stutzt sie. Schweißperlen treten auf seine Stirn. Außer Rosa scheint das aber niemand zu bemerken. Alle halten stumme Zwiesprache mit der Mauer und der Landschaft. Mechthild ist die Einzige, die tatsächlich hochklettert. Als sie oben steht, hebt sie die Arme zur Gebetshaltung. Gequält stöhnt Rosa auf.

Zwanzig Minuten später betreten Rudi und Schnepel den Hundesalon. Klassische Musik schwingt dezent durch den Raum, eine Frau sitzt in einem Sessel und trinkt Kaffee, auf einem höhenverstellbaren Tisch liegt entspannt ein Dackel mit Kopfhörern auf den Ohren. Rudi glaubt, seinen Augen nicht zu trauen. Das sieht ja schräg aus. Davor steht, mit dem Rücken zu ihnen, eine junge Frau in engen Jeans und einem halblangen Kittel. Mit einer Hand hält sie den Dackel fest, in der anderen hat sie ein grobzahniges Gerät. Es sieht ein bisschen aus wie Rosas Gemüsehobel. Auf dem Fußboden liegen büschelweise dunkle Haare. In einem pinkfarbenen Hundekorb in der Ecke gegenüber liegt eine Französische Bulldogge mit Halskrause. Das muss besagte Lucie sein.

«Moment», sagt die junge Frau mit einem kurzen Blick über die Schulter zum Eingang, stutzt dann aber. «Polizei?» Sie dreht sich um, fixiert den Hund dabei mit einem kräftigen Griff. Das scheint ihm nicht zu gefallen, er jault auf.

«Ganz ruhig, Django», ruft das Frauchen des Dackels, auch sie beäugt Schnepel und Rudi neugierig.

«Frau Schneider?»

«Ja, um was geht es?»

«Wir hätten nur ein paar Fragen wegen des Unfalls Ihres Hundes», sagt Rudi schnell, bevor Schnepel wieder loslegt.

«Das war kein Unfall. Das war ein Angriff», sagt die junge Frau wütend. «Dauert nicht mehr lang, ich bin hier gleich fertig mit dem Trimmen. Sie können sich schon einen Kaffee einschenken, wenn Sie mögen.»

«Das ist ja mal ein nettes Angebot», sagt Schnepel und geht in die geflieste Ecke des Ladens, wo sich ein größeres Waschbecken neben einer Edelstahlplatte befindet. In dem Regal darüber stehen eine Kaffeemaschine, mehrere Becher, Zucker und Milch. Ein Föhn steckt in einer Steckdose daneben.

Schnepel kippt sich den Becher randvoll, Rudi verzichtet. Ihm ist nicht nach Kaffee.

Wenig später ist Django fertig und dessen Halterin um neunzig Euro ärmer. Als beide den Laden verlassen haben, meint Schnepel: «Na, Sie sind aber ganz schön teuer. Neunzig Öcken. Da kann ich ja sechsmal für zum Frisör.»

Die Hundefrisörin lacht. «Sie haben auch weniger Haare. Und das Trimmen eines Dackels dauert bis zu zwei Stunden. Ich erspare Ihnen aber einen Vortrag über Trimmmesser, Unterhaar und darüber, wie viel Erfahrung man für Hundehaarpflege braucht. Was wollen Sie denn nun von mir wissen?»

«Sie waren ziemlich sauer auf den Kater, nicht wahr?», sagt Schnepel, den heißen Becher in der Hand haltend.

Argwöhnisch sieht Mercedes Schneider ihn an. «Was soll denn die Frage? Muss ich dem Vieh noch dankbar sein, dass der meine Lucie so zugerichtet hat? Und wieso kommen Sie überhaupt her?»

«Sie haben mit Vergeltung gedroht», sagt Schnepel ungerührt.

«Ach nee. Das wird ja immer besser!» Wütend kaut Mercedes Schneider auf ihrem Kaugummi herum. «Was unterstellen Sie mir eigentlich?» Plötzlich scheint ihr ein Gedanke zu kommen. «Sagen Sie bloß, dem Scheißkater ist was passiert?» Sie grient. «Schau, Lucie», wendet sie sich an ihren Hund. «Manchmal gibt es doch so was wie Gerechtigkeit. Hat's nun also den Elvis erwischt.»

«Sie kennen den Namen des Katers, der Ihren Hund verletzt hat?»

«Hör'n Sie mal, ich wohne in Neuharlingersiel. Jeder im Viertel kennt Elvis. Jedem hat er schon mal in die Rabatte geschissen. Auf den ist kaum jemand gut zu sprechen. Das hat er mit seinem Frauchen gemeinsam. Sie sollten mal den Artikel in der Mitmach-Zeitung lesen. Sie würden staunen, was da so alles an Kommentaren zusammengekommen ist.» Wieder kaut sie emsig, geht zu ihrem Hund und beugt sich zu ihm runter. «Ich hab dem Vieh jedenfalls nix getan.»

«Es geht nicht um den Kater. Dem geht's gut», sagt Rudi. «Es geht um Karin Müller. Sie ist tot.»

Mercedes Schneider hält mitten in der Bewegung inne. Ihre Kiefer traktieren weiterhin das Kaugummi. «Ach nee.»

«Also, jetzt mal Klartext», übernimmt Schnepel wieder das Ruder. «Wo waren Sie am Samstagmittag, so zwischen halb eins und zwei?» Geräuschvoll trinkt er einen Schluck aus dem Kaffeebecher.

«Das ist jetzt ein Scherz, ne? Ist hier irgendwo 'ne versteckte Kamera, oder was?» Suchend blickt die junge Frau sich um.

«Kein Scherz. Wo waren Sie?» Schnepels Stimme wird lauter.

«Ich war zu Hause. Hab Hundekekse gebacken.»

«Ist das Ihr Ernst?»

«Na klar. Auch vegane mit Möhren. Die sind derzeit der Renner. Da schmuggel ich aber trotzdem immer ein bisschen Mett rein, sonst würden die Hunde die gar nicht fressen.»

«Kann das jemand bezeugen?»

«Nur Lucie.»

«Dann haben Sie also kein Alibi.» Schnepel hebt die Augenbrauen.

Mercedes Schneider schluckt. «Nein.» Das Wort kommt heiser, schnell schiebt sie energisch nach: «Ich brauche aber auch keines. Denn ich hab mit dem Tod dieser hinterhältigen Ziege nichts zu tun.»

«Haben Sie eigentlich ein Auto?», fragt Rudi und ignoriert den verwunderten Blick von Schnepel. Im Unterschied zu Rudi hat er wohl vergessen, dass Karin an diesem Abend fast von einem schwarzen Kleinwagen angefahren worden ist.

«Ja, einen Toyota Yaris.»

«Welche Farbe hat der?»

«Schwarz. Wieso?»

«Wo waren Sie am Donnerstagabend?»

«Hier im Laden», sagt sie und hat ein seltsames Flackern in den Augen.

«Gibt es dafür Zeugen?», bohrt Rudi weiter.

«Ich war alleine und habe Buchhaltung gemacht. Aber bis neunzehn Uhr war noch eine Kundin hier.»

«Wir brauchen den Namen der Kundin.» Rudi notiert sich die Angaben. Er wird Müller noch einmal fragen, wann genau der Vorfall mit dem Auto stattgefunden hat. Aus dem Stegreif kann er sich nicht erinnern. Kann aber auch keiner verlangen, dass er an alles denkt.

Die Sonne strahlt vom blauen Himmel und taucht alles in gleißendes Licht. Richtig warm ist es geworden. Die Kursteilnehmer haben sich am Strand aufgestellt und lassen ihre Pinsel mehr oder weniger gekonnt über die Leinwände fliegen.

Jette hantiert die ganze Zeit auf ihrem Handy herum, Conrad wandert von Staffelei zu Staffelei, gibt hier einen Tipp, greift da selbst zum Pinsel, findet lobende Worte oder mahnt zu etwas mehr Genauigkeit.

«Ich möchte Strand, Mauer und Himmel aber auf meine Art malen», sagt Verena, als Conrad ihr Bild als verwaschenes, undefinierbares Etwas bezeichnet. «Es ist *meine* Art, mich auszudrücken. Der Betrachter soll sich hineinfühlen, soll nachempfinden, was ich gefühlt habe beim Malen. Auf diese Art werden der Betrachter und ich zu einer Einheit, ohne dass wir nebeneinanderstehen müssen, ja mehr noch, ohne dass wir uns überhaupt kennen.»

Conrad starrt sie an, sieht aber eher durch sie durch. Endlich gibt er sich einen Ruck. «Nee. So wird das nichts. Mach am besten eine Dreiteilung. Tupf helle und dunkle Brauntöne auf die Mitte der Leinwand. Oben blaue Tupfen in verschiedenen Nuancen für den Himmel. Helles Gelb und Beige unten für den Strand. Danach alles mit dem Borstenpinsel verstreichen.»

«Also ich werde die Impressionen mit den Booten vor der Mauer als Aquarell festhalten», ruft Mechthild von ihrer Staffelei, die einige Meter entfernt steht.

Mit immer noch blassem Gesicht wendet Conrad sich ihr zu. «Du ...»

Er spricht so leise, dass Rosa nicht versteht, was er sagt. Klar. Mechthild braucht immer eine Extrawurst. Mann, geht die ihr auf die Nerven. Rosa schnappt sich ihre Staffelei. «Ich brauche mehr Ruhe, um *meine* Gefühle fließen zu lassen», lügt sie und geht einige Meter weiter Richtung Campingplatz. Sie drückt die Farbkleckse so auf die Leinwand, wie Conrad es geraten hat, tupft dann mit ihrem Pinsel über die Fläche und vermischt die Farbtöne, als sie einen Schrei hört.

«Conrad, was ist?» Mechthild. Eindeutig.

Rosa dreht sich um.

Mit vor Schmerz verzerrtem Gesicht steht Conrad am Flutsaum, die Hände presst er zu Fäusten geballt an seine Brust. Die heranrollenden Wellen umspielen seine Füße. Im nächsten Augenblick sackt er zusammen und liegt gekrümmt auf dem Boden. Der Schaum einer Welle berührt ihn beinahe zögerlich. Rosa denkt nicht lange nach und sprintet los. Hinter ihr ein schriller Hilfeschrei. Sie beschleunigt noch einmal und kniet sich gleich darauf neben ihn in den nassen Sand.

«Was ist? Sag doch was!» Conrad rührt sich nicht.

Auch Jette kommt angerannt, hockt sich neben ihn. Sie legt ihre Finger auf sein Handgelenk. «Sein Puls ist ganz schwach.»

Rosa fackelt nicht lange, schließlich ist sie als Lehrerin erprobt in Erster Hilfe. Im letzten Monat haben sie sogar einen Kurs zur Wiederbelebung mit ihren Grundschülern durchgeführt. Sie legt die Hände auf Conrads Brust, beginnt zu pressen und singt das Lied, mit dem der Arzt aus dem Wittmunder Krankenhaus ihnen gezeigt hat, wie man in den richtigen Rhythmus kommt: «Hey, Pippi Langstrumpf.» Nach dem zehnten Pressen hat Conrads Atmung immer noch nicht wieder eingesetzt. «Los, singt mit», ruft sie den anderen zu. «Ich brauche eure Unterstützung. Hey, Pippi Langstrumpf, trallari trallahey tralla hoppsassa.»

Während alle laut den Refrain des Kinderliedes singen und Rosa im Rhythmus mit ganzer Kraft auf seine Brust drückt, telefoniert Jette mit dem Rettungsdienst. «Kommen Sie schnell. Es geht um Leben und Tod.»

Als hätten sie auf ihren Einsatz gewartet, kommen Augenblicke später zwei junge Männer von der DLRG mit ihrem Equipment angerannt. Der große Blonde löst Rosa ab, der

Dunkelhaarige mit dem Haarknoten auf dem Kopf fordert übers Handy den Rettungshubschrauber an.

Wie versteinert stehen die Kursteilnehmer im Kreis um Conrad und beobachten schweigend, wie sich sein Körper unter den Stromstößen des Defibrillators ruckartig hebt. Ein eisiges Gefühl macht sich in Rosa breit. Das ist ein Herzanfall. Ein plötzlicher. Kein Zweifel. Und genau an so einem ist Karin am Samstag gestorben. Was zum Teufel ist hier los? Eine Hitzewelle löst die Kälte in ihrem Inneren ab, während ihr die irrwitzigsten Ideen durch den Kopf schießen. Die Sekunden werden zu Minuten. Irgendwann, es kommt Rosa wie eine Ewigkeit vor, hört sie das Geräusch eines herannahenden Hubschraubers. Sie hebt den Kopf, um den dunklen Punkt am Himmel zu suchen. Schnell nähert er sich dem Westende der Insel. Jetzt kreist er über ihnen. Gleichzeitig rufen die beiden Lebensretter der Malgruppe zu: «Platz da. Der Hubschrauber landet hier.»

Sofort rennen alle fort. Nur Rosa und Jette bleiben trotz mehrmaliger Aufforderungen bei Conrad stehen. Das Rattern der Rotoren wird lauter, je weiter der Hubschrauber herabsinkt. Der Luftsog haut sie beinahe um. Fast hat Rosa Angst, dass sie sich nicht halten kann. Nach vorne gebeugt, drückt sie ihre Füße mit voller Kraft in den Boden. Die zierliche Jette klammert sich an ihren Rücken. Rosa schwankt und lässt sich zusammen mit ihr in den Sand fallen. Mit Jette im Huckepack. Sie presst ihre Brust dicht an ihre Oberschenkel. Der Krach ist jetzt ohrenbetäubend. Vorsichtig hebt sie den Kopf und sieht, wie die Landekufen des Hubschraubers aufsetzen. Der feinkörnige Sand wird in alle Richtungen katapultiert. Rosa schließt schnell die Augen und senkt den Kopf, weil jedes Sandkorn in ihrem Gesicht schmerzt.

Das neue Postfahrrad ist breiter als seine alte Berta. Henner stellt es an der Hafenmauer ab. Wo bleibt denn da der Vorteil von diesem Dreirad, wenn er deswegen weitere Wege gehen muss. Die Rechnung vom Arzt hat er bereits bei Bäcker Hinrichs reingereicht und dabei den Duft von frischem Brot und Hefestuten tief eingeatmet – sich aber nichts bestellt. Wo er jetzt nicht mehr so kräftig in die Pedale treten muss, kann er auch nicht mehr so viel essen. Das hat Rosa ihm erklärt, die aus dem Kalorienzählen eine Wissenschaft macht. Dünner geworden ist sie davon allerdings nicht. Was ja eigentlich ihr Ziel ist. Was Henner sowieso nicht versteht. Sie ist doch genau richtig, so wie sie ist.

Bevor er bei Ludwig klingeln kann, erschallt von oben bereits der Ruf «Is offen». Alles wie immer. Ludwig verlässt das Haus so wenig wie möglich. Und wenn, dann ist er mit seinem E-Scooter unterwegs.

Mit der Post für die Twenges stapft Henner die Stufen hoch. Auf seine Krücken gestützt, erwartet ihn Ludwig im Türrahmen. «Moin. Magst du einen Tee?» Schon dreht er sich um und schlurft voran ins Wohnzimmer.

Meist lehnt Henner dieses Angebot ab, denn bei Ludwig muss sich der Besuch den Tee selber kochen. Er spannt nämlich alle gerne zu Hilfsdiensten ein. Die letzten Male hatte seine Frau Sigrid die Kanne allerdings schon aufs Stövchen gestellt, bevor sie zu Henners Schwester ins Andenkenlädchen um die Ecke gegangen ist, wo sie als Verkäuferin arbeitet.

«Zu zweit schmeckt er einfach besser», legt Ludwig nach und blickt über die Schulter zurück, weil Henner immer noch nicht geantwortet hat.

Er gibt sich einen Ruck. «Ja, warum nicht?»

Zufrieden grinst Ludwig. «Dann setz doch das Wasser auf. Sigrid ist schon los.»

Auch Henner muss grinsen. Ob er will oder nicht. Da ist er mal wieder auf Ludwig reingefallen. Aber es gibt wahrlich Schlimmeres, als ihm diesen kleinen Gefallen zu tun.

Nachdem er den Wasserkessel aufgesetzt hat, geht er ins Wohnzimmer und legt den Brief auf den Tisch am Fenster, auf dem Ludwigs Laptop steht. «Post von der Rentenkasse.»

«Das hat Zeit.» Ludwig schiebt den Brief zur Seite und deutet auf den Bildschirm. «Ich bin mitten in dem Artikel über den Mord.»

«Mord?», fragt Henner scheinheilig. Rudi hat doch gesagt, dass alles vorerst unter dem Teppich bleiben soll.

«Hast du das noch gar nicht mitgekriegt?» Ludwig wirft ihm einen listigen Blick zu. «Du steckst doch sonst immer ganz eng mit Rudi zusammen, da dachte ich ...»

Zum Glück pfeift in diesem Moment der Wasserkessel, und Henner verschwindet in der Küche. Mit dem frisch aufgegossenen Tee und der Teeuhr in Form einer Eieruhr kommt er zurück. Ludwig hat immerhin die Kerze im Stövchen angezündet.

«Setz dich.» Sein Kumpel deutet auf den niedrigen runden Couchtisch. «Ich schreibe gerade den Nachruf für Knöllchen-Karin. Ist gar nicht so einfach. Man soll ja nur Gutes über Tote schreiben, aber bei der fällt mir das echt schwer. Die hat ja sogar an meinen Scooter ein Strafmandat geklemmt, bloß weil ich den vor einer Feuerwehreinfahrt abgestellt habe. Dabei kennt sie meinen Behindertenausweis. Den musste ich ihr mindestens zehnmal zeigen. Reine Schikane.» Ludwig lässt sich in seinen curryfarbenen Sessel fallen und stellt die

Krücken daneben ab. «Kein Wunder, dass sie ermordet worden ist. Da hatte wohl jemand die Schnauze voll von den ewigen Strafzetteln. Vielleicht warte ich mit dem Nachruf noch, bis der Täter verhaftet wurde.» Er zeigt auf die Teekanne. «Schenk doch mal ein.»

Henner verteilt die Kluntjes und gießt Tee in die Tassen. «Steht denn schon fest, wer es war?»

Ludwig lächelt ihn verschmitzt an. «Erwischt. Du weißt also, dass es Mord war.»

«Hab ich nix von gesagt.»

«Aber gewundert hast du dich auch nicht.» Ludwig deutet auf das Sahnekännchen. «Gib noch einen Schuss in jede Tasse.»

Was bleibt Henner anderes übrig, als weiterzumachen, wo er nun schon mit der Teezeremonie angefangen hat. Wie es sich gehört, lässt er die Sahne gegen den Uhrzeigersinn in die Tasse rinnen.

«Ist ja auch egal», sagt Ludwig in einlenkendem Tonfall. «Nach meinem Artikel in der Mitmach-Zeitung wissen sowieso alle Bescheid.»

«Worüber denn?», fragt Henner entsetzt.

«Dass es der Apotheker war!» Ludwig nippt zufrieden an seiner Teetasse, seine Augen sind zu kleinen Schlitzen zusammengekniffen. «Ich hab Claas Müller vorhin beim Bäcker getroffen. Da hat er laut herausposaunt, dass sein Nachbar Karin wohl eine Überdosis von einer Droge gespritzt hat. Karin und Hadi hatten schon lange richtigen Krieg. Das weiß ja jeder.»

«So, das hat Claas Müller erzählt.» Henner sieht Ludwig eindringlich an. «Hast du das etwa schon veröffentlicht?»

«Nee. Nur vorbereitet, aber nach dem Tee geht das online.

Die Öffentlichkeit muss schließlich darüber informiert werden. Ich muss mir den Text nur noch einmal durchlesen.»

Henner ist der Appetit auf eine Tasse Tee vergangen. «Du kannst doch nicht einfach jemanden des Mordes bezichtigen.» Seine Stimme ist mit jedem Wort lauter geworden. «Das ist Rufmord. Dafür kann Döpke dich belangen, wenn er will. Solange die Schuld nicht bewiesen ist, gilt jemand in unserem Staat als unschuldig. Das müsstest du doch wissen! Wo bleibt denn da deine Verantwortung.»

«Wieso Verantwortung?» Mit einem Ruck stellt Ludwig die Tasse auf dem Tisch ab. «Ich hab nur geschrieben, was Claas gesagt hat. Nicht mehr und nicht weniger.»

«Eben.» Henner blickt hinunter zu Ludwig. «Es ist die Sache der Polizei, festzustellen, wer der Mörder ist. Das ist nicht die vom Ehemann. Und deine schon mal gar nicht.» Wütend verlässt Henner die Wohnung und schlägt die Tür hinter sich zu.

In der Apotheke treffen Rudi und Schnepel Hadi Döpke nicht mehr an. Er ist heute früher nach Hause gefahren, weil es seiner Frau nicht so gut geht, hat ihnen seine Mitarbeiterin gesagt. Also fahren sie auf direktem Weg nach Neuharlingersiel.

«Für mich ist diese Mercedes Schneider raus, auch wenn sie kein richtiges Alibi hat. Wegen so einer Katzenattacke bringt doch niemand einen anderen Menschen um», sagt Rudi. «Trotzdem sollten wir versuchen, Ihre Kundin zu erreichen.»

«Machen wir später. Erst mal kümmern wir uns um Döpke, der ist für mich eindeutig tatverdächtiger.» Schnepel fischt einen Bonbon aus seiner Manteltasche. «Karamell. Magst du auch einen?»

«Nee, danke. Das klebt so an den Zähnen. Ich hab erst vorletzte Woche eine Wurzelbehandlung gehabt. Ist noch ein Provisorium drauf. Nicht, dass das im Bonbon kleben bleibt.»

In der Küche der Döpkes riecht es verlockend nach Hühnersuppe, als Rudi und Schnepel den Apotheker in seiner Mittagspause zu Hause aufsuchen. Eine Frau sitzt auf einem Stuhl an der Stirnseite, eine andere auf der Eckbank, direkt daneben.

«Nehmen Sie Platz. Wir möchten gern zu Ende essen», sagt Döpke unwirsch. «Das ist meine Frau Alice und ihre Pflegerin, Wiktoria. Was gibt es denn noch?» Er setzt sich und greift zum Suppenlöffel.

«Sie haben gestern unsere Fragen zum Streit mit Karin Müller nicht vollständig beantwortet.» Schnepel zieht einen Stuhl zu sich heran und nimmt mit einem ordentlichen Abstand zum Tisch Platz.

«Guten Appetit erst mal», sagt Rudi und schnappt sich den übrig gebliebenen Stuhl.

«Über Karin gibt es nicht viel zu sagen. Sie ist einfach gemein», sagt die ältere der beiden Frauen. «Immer schreit sie rum.»

«Alice. Bitte.» Döpke spricht mit strengem Tonfall.

«Ist doch wahr. Ständig steht sie am Zaun, raucht und keift rum.» Seine Frau nimmt ihren Löffel, will ihn in die Suppe tunken, hält jedoch inne. «Aber gestern und heute hab ich sie noch nicht gehört. Ist ja fast verwunderlich.» Nun wandert der volle Löffel in ihren Mund.

«Was ist denn eigentlich genau der Grund Ihres Nachbarschaftskriegs?», fragt Schnepel.

«Karin hatte an allem und jedem was zu meckern. Das müssten Sie doch wissen.» Döpke schaut Rudi an. «Sie ist doch ständig zu Ihnen aufs Revier gerannt. Hat sich bei Westwind über unseren Komposthaufen beschwert, weil der Geruch zu ihr rüberwehte.»

«Da ging es aber auch nicht nur um Gemüseabfälle», korrigiert Rudi, «sondern um stinkenden Fisch. Frau Müller hatte den Eindruck, dass Sie sogar den Fischabfall Ihrer Anglerfreunde auf den Kompost schmeißen, weil Sie wissen, wie sehr sie das ekelt.»

«Das stimmt nicht. Ich angle gerne, und irgendwo muss ich die Innereien schließlich entsorgen. Außerdem habe ich keine *Anglerfreunde*, ich angele immer allein und kümmere mich nur um meinen Fang. Und wenn Fischreste nicht bio sind, dann weiß ich nicht, was bio ist.»

«Als pflanzliche Abfälle geht das aber nicht durch.»

«Herr Bakker, Sie wissen doch genau, dass es ihr nicht nur um meinen Komposthaufen ging. Mal beschwerte sie sich, weil die Äste meines Apfelbaumes zu weit über die Grundstücksgrenze hingen, mal war ihr der Rasenmäher zu laut – ich habe einen Benzinmäher –, suchen Sie sich was aus, wegen jeder Kleinigkeit hat sie mich angezeigt.» Nun blickt er Schnepel an. «Ihr Kollege kennt das, er hat ja sämtliche Anzeigen aufgenommen.»

Rudi nickt.

«Bei den Anzeigen hat sie es aber nicht belassen.» Döpke streicht sich mit der Hand über seine Haare, die zu allen Seiten abstehen. «Manchmal hat sie stinkende Sachen vor ihren Gartenzaun gelegt, damit ich den Gestank abkriege. Einmal verwesende Hähnchenschenkel, dann mit Fliegenmaden durchsetztes Katzenfutter oder tote Mäuse, die schon ... ich will das gar nicht weiter ausführen. Wir sitzen schließlich zu Tisch.» Er wirft seiner Frau einen Seitenblick zu. «Aber damit nicht genug. Sie hat Schmuddelzeitschriften auf meinen Namen bestellt.» Er senkt die Stimme. «Pornos. Dann wieder hat sie Dinge auf Rechnung geordert und hierherschicken lassen. Ich hab erst gar nicht gewusst, worum es ging, als ich Mahnungen wegen zugestellter, aber nicht bezahlter Sachen bekam. Das müssen Sie sich mal vorstellen: Sie hat den Postboten abgefangen und dann die Pakete in Empfang genommen. Gut, das eine oder andere habe ich auch mal selbst bestellt. Aber auch das hat sie einkassiert und einfach irgendwo verschwinden lassen. Das war vielleicht ein Theater, ach was, es war die Hölle.»

Schnepel, der die Geschichten aus den Akten kennt, geht nicht weiter darauf ein, sondern fährt ungerührt fort: «Herr Müller sagte uns, seine Frau sei bedroht worden. Sie hat Briefe erhalten, in denen sie aufgefordert wurde, ihre Anzeigen zurückzuziehen, sonst ...» Schnepel lässt den Satz in der Luft hängen und sieht Döpke mit stechendem Blick an. «Geben Sie zu, dass Sie diese Briefe geschrieben haben?»

«Hab ich nicht.» Döpke guckt zu den beiden Frauen. «Wiktoria, ich glaube, Alice ist satt. Sei doch so nett und bring sie nach oben, sie muss ihren Mittagsschlaf halten.»

«Ich bleibe hier», widerspricht Alice mit fester Stimme. «Und rede nicht immerzu in der dritten Person von mir. Ich kann zwar nicht mehr gut laufen, aber im Kopf ist bei mir alles in Ordnung.»

«Ich denke trotzdem ...», versucht es Döpke erneut, doch dieses Mal fährt Schnepel dazwischen.

«Moment», sagt er. «Ich wüsste gerne, was Sie am Samstagnachmittag gemacht haben, Herr Döpke.»

«Ich war hier. Zu Hause. Hab ein wenig im Garten gearbeitet. Den Kompost umgeschichtet.»

Schnepel wendet sich an Frau Döpke und die Pflegerin. «Können Sie das bezeugen?»

Alice Döpke nickt. «Ja, ich habe ihn von meinem Zimmer aus gesehen. Ich schaue gern aus dem Fenster in den Garten. Früher habe ich das meiste selbst gemacht, doch nun müssen Hadi und Wiktoria sich um meine Gemüsebeete und vor allem meine Rosenstöcke kümmern.» Sie lächelt ihren Mann an.

«Waren Sie auch im Garten?», fragt Schnepel die junge Frau.

«Nein. Ich war frei. War shoppen in Oldenburg. Hadi war ja da, und Alice kann Bescheid geben über Babyfon, wenn sie braucht Hilfe. Darf ich bringen Alice jetzt nach oben?»

Schnepel nickt. Döpke schiebt den Stuhl zurück und hilft seiner Frau beim Aufstehen. Untergehakt von Wiktoria verlässt Alice Döpke mit schleppenden Bewegungen die Küche.

«Meine Frau hat Multiple Sklerose», erklärt Döpke. «Wiktoria unterstützt sie, da sie vieles allein nicht mehr bewältigen kann. Mit Hilfe jedoch macht sie alles, was sie möchte, zumindest halbwegs selber. So wie diese Suppe. Ich bin ja während der Woche in der Apotheke und müsste Alice sonst tagsüber in eine Pflegeeinrichtung geben.»

«Wo Sie gerade die Apotheke erwähnen», sagt Schnepel mit einem verräterischen Funkeln in den Augen, «geht bei Ihnen auch Ketamin über den Ladentisch?»

«Was ist das denn für ein Ausdruck?», fragt Döpke empört. «‹Über den Ladentisch›. Als wäre ich ein Drogendealer! Um Ihre Frage zu beantworten: Ja, ich gebe auch Ketamin raus. Auf Rezept. Es wird als Antidepressivum eingesetzt.»

«Aha.» Schnepel grinst breit. «Dann werden Sie sicher nichts dagegen haben, wenn wir Ihre Bestände einer Prüfung unterziehen.»

Bedröppelt stehen die Mitglieder der Malgruppe vorm Hafengebäude in Neuharlingersiel und sehen Jette hinterher, die in den Geländewagen steigt, um sich auf den Weg ins Krankenhaus nach Wittmund zu machen. Heute Morgen hat Conrad noch das Auto gefahren, mit dem sie die Staffeleien zum Hafen transportiert haben.

«Was sollen wir denn nun tun?», fragt Verena, deren Augen vom Heulen schon ganz rot sind. Sie haben die Rückfahrt mehr oder weniger schweigend hinter sich gebracht, alle waren beherrscht von der bangen Frage, wie es Conrad geht. Wenn Rosa es sich recht überlegt, war Jette im Unterschied zu den anderen Frauen ziemlich gefasst. Aber sie scheint eh mehr der taffe Typ zu sein, den nichts so schnell aus der Ruhe bringt. In den letzten Tagen hat sie selten eine emotionale Regung gezeigt. Nicht mal der Anblick der Alpakas hat sie jubeln lassen. Vom Typ her ist sie das Gegenteil von Conrad. Aber Gegensätze ziehen sich bekanntlich an.

«Wir können hier schlecht stehen bleiben», sagt Barbara pragmatisch.

«Stimmt», pflichtet ihr Eckhard dabei. «Dann werde ich mal die Führung des Rudels übernehmen. Wir gehen erst einmal zurück auf den Steffens-Hof. Dort überlegen wir gemeinsam, wie es weitergehen soll.»

Niemand widerspricht. Auch Rosa nicht, die sich insgeheim über Eckhard amüsiert. Aber wenn man wie er jahrzehntelang Lehrer gewesen ist, kann man es wohl nicht ablegen, sich wie einer aufzuführen. Das hat sie heute bei der Hessenmauer auch schon gedacht. Hoffentlich wird sie nicht auch mal so besserwisserisch.

Mit den Staffeleien unter dem Arm und den Rucksäcken auf dem Rücken stiefeln sie schweigend hinter Eckhard her. Am Sieltor überlegt Rosa einen Moment, ob sie ihre Sachen schnell zu sich nach Hause bringen soll, entscheidet sich aber dagegen. Besser, sie bleibt jetzt bei der Gruppe. Die sind ja alle ganz schön durch den Wind. Sogar die aufmüpfige Mechthild.

Im Gänsemarsch läuft die Gruppe vom BadeWerk auf dem Deich entlang, den sie hinter dem Campingplatz verlassen, um dann über den Trampelpfad auf schnellstem Weg zum Steffens-Hof zu gelangen.

Schon von Weitem sieht Rosa Mudder Steffens die Wäsche von der Leine nehmen.

«Da kommen ja unsere Inselausflügler», sagt sie gut gelaunt. Sie faltet ein Bettlaken und legt es in den Korb.

«Ach, Mudder Steffens», sagt Rosa traurig.

«Was ist denn los? Muddern schaut die Heimkehrer fragend an. «Ihr seht ja alle aus wie sieben Tage Regenwetter. Dabei hat die Sonne heute doch gezeigt, was sie kann.»

«Conrad hatte einen Herzanfall am Strand. Er wurde mit dem Rettungshubschrauber nach Wittmund gebracht.»

«Ach herrje!» Muddern schüttelt fassungslos den Kopf. «Der arme Kerl. Dem ging es ja gestern schon nicht gut. Er hätte sich wohl heute noch schonen sollen.»

Verena nickt. «Ja, das hätte er. Und schwindlig war ihm auch.»

Muddern fackelt nicht lange und zeigt aufs Haus. «Ihr kommt jetzt zu mir in die Küche. Ich koch euch erst mal einen schönen Tee. Danach sieht die Welt schon ganz anders aus.» Sie deutet auf Eckhard. «Und Sie können meinen Wäschekorb ins Haus tragen.»

In der gemütlichen Wohnküche duftet es verführerisch nach frischem Kuchen. Rosa entdeckt die mit Puderzucker bestäubte Ostfriesentorte auf der Anrichte des geschnitzten Küchenschrankes. Muddern stellt den Wasserkocher an, und schon bald sitzen alle vor einer Tasse Tee. Trotzdem herrscht eine eigentümliche Stille.

Muddern drückt Rosa eine Flasche mit einer braunen Flüssigkeit in die Hand und stellt kleine Likörgläser auf den Tisch. «Na, nun guckt man nicht alle so traurig. Rosa, schenk jedem einen ordentlichen Schluck Teelikör ein, dazu gibt es ein Stück Torte. Die hat Hildegard heute Mittag extra für euch vorbeigebracht. Manchmal hilft das mehr als viele Worte.»

Henners Tante backt für ihr Leben gern und bereitet anderen gerne eine Freude damit. Kaum haben sich alle ein wenig gestärkt, kommt tatsächlich wieder Leben in die Runde.

«Was wollen wir denn nun machen?», fragt Barbara, nachdem sie die Tasse Tee und den fantastischen Likör ausgetrunken hat und von beidem einen Nachschlag haben möchte.

«Genau, darüber sollten wir reden», pflichtet Mechthild ihr bei, «wir können ja nicht ewig auf einen Anruf von Jette warten.»

Rosa wirft einen Blick auf ihre Uhr. Jette ist seit über einer Stunde fort. «Wer weiß, ob sie überhaupt schon einen Arzt sprechen konnte.»

«Das ist auch wieder wahr», sagt Mechthild. «Aber selbst wenn Conrad schnell wieder auf den Beinen ist, den Kurs wird er nicht länger leiten können. Wir müssen überlegen, wie wir ohne ihn weitermachen. Ist ja morgen schon Mittwoch.»

«Wie bist du denn drauf?» Verena hat nicht nur rot geweinte Augen, jetzt hat sie auch noch rote Flecken im Gesicht. Der Alkohol scheint ihr zu Kopf gestiegen zu sein. «Ich kann doch nicht einfach weitermalen, als wäre nichts geschehen, während Conrad um sein Leben ringt.»

Um sein Leben ringt. Na hoffentlich nicht, denkt Rosa. Aber Verena wirkt ohnehin, als hätte sie ein Faible fürs Theatralische.

«Das hat ja auch niemand gesagt», entgegnet Mechthild lapidar, sticht beherzt mit der Gabel in den Kuchen und schiebt sich ein großes Stück in den Mund.

Für einen Moment ist es still.

Rosa räuspert sich. «Ich finde, wir führen den Kurs wie geplant weiter. Die Zimmer sind bis zum Wochenende gebucht, Conrad hat uns schon einiges an Input gegeben, was wir jetzt umsetzen sollten. Wir können uns gegenseitig motivieren und beraten. Es wäre doch sicher in Conrads Sinn, wenn wir weitermachen. Und wer weiß, vielleicht war alles nur eine große Aufregung, aber morgen geht es ihm schon wieder besser.»

«Das sehe ich auch so», sagt Mechthild. «Ich habe bezahlt, also bleibe ich und möchte das volle Programm. Wenn wir keinen Unterricht haben, behalte ich mir vor, einen Teil der Gebühr zurückzufordern. Aber vielleicht kann Jette ja einspringen. Sie ist doch angeblich auch vom Fach.»

Rosa ist perplex über so viel Mangel an Sensibilität. Vor allem, weil weder Mechthild noch sonst wer von Karin redet. Die ja immerhin am Sonnabend gestorben ist. Dass sie ermordet wurde, wissen die anderen allerdings nicht. Ist vielleicht auch besser so. Nicht, dass jetzt noch mehr Unruhe entsteht. Rosa hatte schließlich am Samstag den Eindruck, dass sich Verena und Karin auf dem Weg zum Strand sehr angeregt unterhalten haben. Zu gern wüsste sie, worüber. Sie nimmt sich vor, Verena in einem geeigneten Moment danach zu fragen.

In diesem Augenblick ertönt die Miss-Marple-Melodie ihres Handys. «Ruhe», ruft sie. «Das ist Jette.» Schnell nimmt sie das Gespräch an. «Wie geht es Conrad?», fragt sie statt einer Begrüßung und schaltet den Lautsprecher an.

«Die Ärzte wissen nicht, ob er es schafft», sagt Jette mit leiser Stimme. «Sie sagen, es entscheidet sich in den nächsten Stunden. Ich bleibe hier. Falls es was Neues gibt, melde ich mich.»

«Wir drücken alle ganz fest die Daumen», sagt Rosa, und die anderen nicken. «Grüß ihn ganz lieb von uns, wenn du zu ihm darfst!»

«Das ist lieb. Aber ich darf nicht rein. Ich sitze auf dem Flur. Die sind hier alle sehr nett zu mir. Das tut gut. Sie haben mir Kaffee gebracht.»

«Gibt es jemanden, den wir benachrichtigen sollen?», fragt Rosa. «Irgendjemanden von seiner Familie, der kommen soll?»

«Nein. Conrad hat niemanden mehr. Ich bin quasi seine ganze Familie.»

Rosa sieht, wie bei Verena die Tränen wieder in Strömen fließen. «Er schafft es», sagt sie zuversichtlicher, als sie sich fühlt. «Er schafft es ganz bestimmt.»

Dann legt Jette auf, und selbst Mechthild hört kurz auf, die Torte in sich hineinzustopfen.

«Das muss ein ganz schwerer Herzanfall gewesen sein.»

Andrea schiebt ihre Brille ein Stück höher auf die Nasenwurzel. «Hoffentlich trägt er keinen bleibenden Schaden davon. Das war bei meinem Mann so. Der lag erst lange im Koma, und als er erwachte, musste er alles wieder lernen. Das war aber nicht das Schlimmste. Sein Gehirn und sein Wille haben nicht mitgespielt. Er hatte sich aufgegeben. Man darf es zwar nicht laut sagen, aber ich war froh, als er nach einem weiteren Schlaganfall gestorben ist. Sein Leiden war nicht mit anzusehen.» Andrea streicht sich seufzend eine Haarsträhne aus dem Gesicht, die vor ihre Brille gefallen ist. «Seid mir nicht böse, aber ich kann nicht bleiben. Ich verkrafte das mit Conrad nicht. Das erinnert mich zu sehr an meine eigene Geschichte. Morgen früh reise ich ab.»

Henner hat zu Fuß eine gemächliche Runde durch den Ort gedreht und dann das Dattein angesteuert. Manchmal hat er einfach keine Lust, abends allein in seiner Küche zu sitzen. Als Kind ist ihm der Trubel mit den vielen Geschwistern auf dem Steffens-Hof gehörig auf den Senkel gegangen, aber ab und zu vermisst er das. Heute ist einer dieser Tage, wo er Menschen um sich braucht.

Kaum hat er dem Wirt hinter der Theke ein Zeichen gemacht, steht schon ein frisch gezapftes Jever vor ihm auf der Theke. «Wohl bekomm's!» Dann deutet Berthold auf die blonde Frau, mit der er eben geredet hat. «Ihr kennt euch?»

Henner nickt.

«Aber nur vom Sehen», sagt die Frau. «Ich bin Anja.»

«Henner.» Henner weiß gar nicht, was das soll. Will Berthold ihn verkuppeln?

«Anja ist die Gründerin unserer Dattein-Facebook-Gruppe», erklärt Berthold stolz. «Die Gruppe hat inzwischen über 6000 Mitglieder. Bist du auch dabei?»

Henner schüttelt den Kopf.

«Dann wird's ja Zeit, dass du beitrittst», sagt Berthold und zapft nebenbei weiter.

Den Sinn davon versteht Henner zwar nicht ganz, er ist ja sowieso mindestens dreimal die Woche hier und trifft Rudi, oft auch Rosa, gar nicht zu reden von seinen zahlreichen Schwestern und dem Häkelbüdel-Club. Dazu spielt er manchmal Karten mit den Krabbenfischern. Aber Henner will nicht als Stiesel dastehen, der sich Neuerungen verschließt. Das hat Rosa ihm schon mehr als einmal vorgeworfen.

«Also gut, ich mach da mit.» Er hält Anja sein Handy hin. «Und wie geht das?»

Anja zeigt ihm die einzelnen Schritte auf dem Handy und hat seine Mitgliedsanfrage gerade abgesendet, da fällt die Eingangstür krachend ins Schloss. Schon hievt Rosa ihren Allerwertesten auf den Barhocker neben ihm.

«Machst du mir einen Gin Tonic, ich bin ganz fertig», bittet Rosa Berthold.

«Oh.» Henner sieht sie verwundert an. Sie ist ganz blass um die Nase. «Der Ausflug nach Spiekeroog war wohl nicht so dolle.»

«Du ahnst es nicht! Conrad ist am Strand zusammengebrochen.»

«Nee.»

«Doch. Einfach so. Ich hab gleich mit der Herzmassage begonnen, aber wir hatten Glück, zwei von der DLRG waren in der Nähe und haben versucht, ihn zu reanimieren. Es war so furchtbar.»

Schwungvoll stellt Berthold das hohe Glas vor sie, und sofort nimmt Rosa einen kräftigen Schluck. «Das tut gut.» Sie seufzt. «Der Rettungshubschrauber hat ihn abgeholt und nach Wittmund ins Krankenhaus geflogen.» Langsam kommt wieder Farbe in ihr Gesicht.

Den Hubschrauber hat Henner auf seiner Postrunde auch gesehen, sich aber nichts dabei gedacht. Der ist ja häufiger im Einsatz zu den Inseln. Wer kann schon ahnen, dass es nun diesen überdrehten Künstler erwischt hat. Wie der am Freitag um Rosa herumscharwenzelt ist und wie der sie bei der Begrüßung umarmt und geküsst hat ... Ein Spruch seiner Mutter fällt Henner ein: Kleine Sünden bestraft der liebe Gott sofort. Henner erschrickt über sich selbst. Nein, so etwas darf man nicht denken. Gut, dass Rosa nicht in seinen Kopf schauen kann, er schämt sich direkt ein bisschen. Verlegen greift er nach seinem Bier und nimmt einen ordentlichen Zug.

«Wir haben dann natürlich zusammengepackt und sind zurückgefahren.» Rosa leert ihr Glas. «Jette ist direkt vom Hafen aus nach Wittmund weiter. Sie will im Krankenhaus warten, was die Ärzte sagen.» Sie wischt sich eine Träne aus dem Augenwinkel. «Es sieht aber wohl nicht gut aus. Hoffentlich schafft er es.» Rosa zieht schniefend die Nase hoch.

«Noch ein Bier und so 'n Gin Tonic», bestellt Henner. Als Bruder von acht Schwestern weiß er, es ist besser, auf die Heulerei erst mal nicht einzugehen. Manchmal neigen die Mädels ja zum Übertreiben. Bestimmt beruhigt sie sich gleich wieder. Zur Sicherheit reicht er ihr sein auf Kante zusammengelegtes Taschentuch. Muddern lässt es sich nicht nehmen, seine Wäsche zu bügeln, obwohl er schon ein paarmal versucht hat, ihr das auszureden. Gut, vielleicht waren seine Bemühungen ein bisschen halbherzig.

«Was ist denn nur los? Liegt irgendwas in der Luft? Zwei Zusammenbrüche. Anderthalb Tote in meinem Kurs», sinniert Rosa, kaum hat sie sich die Nase geputzt. «Das ist doch nicht normal! Aber ... bei Karin hat es anfangs auch nach einem Herzinfarkt ausgesehen.» Rosa stutzt. «Und dann stellte sich heraus, dass sie mit Ketamin umgebracht wurde. Hm.» Sie starrt ihr frisch gefülltes Glas mit der hauchdünnen Gurkenscheibe an, die sich in der durchsichtigen Flüssigkeit kringelt. «Ob es bei Conrad auch ein Anschlag war? Aber dann müsste es ja einer aus unserer Gruppe gewesen sein ... Nee. Ich hätte gesehen, wenn dem jemand eine Spritze verpasst hätte. Ach was. Ich seh schon wieder Gespenster.» Sie wendet sich an Berthold. «Bringst du mir einen Wattwurm? Ich brauch Energie.»

«Mir auch einen», sagt Henner. Die dünne lange Salami schmeckt immer.

«Wieso ist Rudi denn nicht hier?», fragt Rosa kurz darauf mit vollem Mund.

Henner sieht sie verblüfft an. Gerade war sie noch am Boden zerstört, jetzt hat sie nach einem Bissen in den Wattwurm alles ganz schnell abgeschüttelt. Rosa überrascht ihn immer wieder.

«Der ist zu Hause und völlig neben der Spur. Haueisen hat ihn für Zeugenbefragungen kreuz und quer durch die Gegend gejagt, und dann musste er heute auch noch die Protokolle schreiben.» Auf seiner Feierabendrunde hat er Rudi natürlich als Erstes einen Besuch abgestattet. Aber sein Kumpel war nicht aufgelegt für einen Kneipenbesuch. Was äußerst selten der Fall ist. Und wenn das so ist, muss man ihn in Ruhe lassen. «Ich hab ihm nicht mal erzählen können, was Ludwig heute beinahe gebracht hat.» Henner schüttelt den Kopf.

«Hab den nämlich grad noch vor einer Riesendummheit bewahren können.»

Neugierig blickt Rosa ihn an. «Was war denn los?»

«Stell dir vor, Ludwig wollte Hadi Döpke allen Ernstes in seiner Mitmach-Zeitung als Mörder an den Pranger stellen. Bloß weil Claas Müller das beim Bäcker behauptet hat. Er wollte den Artikel gerade hochladen, als ich ihm die Post gebracht hab. Döpke hätte ihn garantiert verklagt.»

«Boah. Da hat Ludwig ja noch mal Glück gehabt, dass du da warst.» Sie lächelt ihn beinahe liebevoll an. «Du bist eben der Fels in der Brandung für uns alle, Henner. Und strahlst eine Ruhe aus, die uns guttut.»

MITTWOCH

Unentschlossen steht Rosa vor ihrem Kleiderschrank. Besser, sie zieht sich warm an, wer weiß, was der Tag heute noch bringt. Die Nacht ist jedenfalls beschissen gewesen. Rosa ist bestimmt jede Stunde aufgewacht, weil die Gedanken einfach nur so durch ihren Kopf zirkulierten. Mal waren sie bei Karin, dann bei Conrad und Claas Müller, schließlich tauchten auch noch Ludwig und Döpke auf. Irgendwann am frühen Morgen ist sie aber doch eingeschlafen.

Rosa zieht sich die Fleecejacke über den Rolli mit Reißverschluss. Kein Wunder, dass sie so schlecht geschlafen hat, gleich zwei Herzattacken in *einer* Gruppe sind mehr als seltsam. Karin und Conrad. Karin und Conrad. Die beiden Namen drängen sich ihr immer wieder auf. Während Rosa sich vor dem Spiegel über ihrer Kommode die Wimpern tuscht, versucht sie, sich an alles zu erinnern, was ihr in den letzten Tagen aufgefallen ist. Ob das Bild von Karins Oma vielleicht doch eine Rolle spielt?

Eigentlich glaubt sie das nicht. Niemand hat ein wertvolles Gemälde zu Hause und weiß nichts davon. Aber andererseits ist auf ihre Intuition Verlass. Sie sollte Rudi informieren. Der weiß ja noch nichts von Conrads Zusammenbruch. Sie greift nach ihrem Handy und drückt seine Kurzwahl.

Augenblicke später nimmt er das Gespräch an. «Moin, Rosa. Was gibt's denn so früh? Sag bloß, es ist schon wieder jemand gestorben.»

«Hör auf, diese blöden Witze zu machen, Rudi. Ich finde das nämlich gar nicht lustig, wenn ich über eine Leiche stolpere.» Leider ist ihr das schon des Öfteren passiert. «Aber du hast in gewisser Weise recht – und ich will ja keinen Staub aufwirbeln –, aber irgendwie kommt es mir komisch vor, dass erst Karin und nun Conrad einen Herzanfall bekommen haben», fällt sie mit der Tür ins Haus. «Conrad ist gestern am Strand zusammengebrochen. Und ich frage mich die ganze Zeit, ob das ein Zufall sein kann. Conrad lebt zumindest noch. Das heißt, ich hoffe, dass er noch lebt, aber es sieht nicht gut aus.» Sie holt Luft und redet dann ohne Punkt und Komma weiter. «Es gibt da etwas, was mir keine Ruhe lässt: Conrad war geradezu auffällig begeistert von dem Bild, das Karin aus der Küche ihrer Oma mitgebracht hat. Ich hab geglaubt, er macht nur einen Spaß, als er gesagt hat, es könnte vielleicht ein echter van Gogh sein. Jedenfalls hat er es uns allen als Vorlage für unsere Bilder empfohlen.

Wir haben ziemlich verblüfft geguckt, als er es in Zellophan eingewickelt mit an den Strand brachte, um es vor Sand und Sonne zu schützen. Als Karin gesagt hat, die Folie könne ruhig ab, hat er sich dagegen gewehrt. Das ist doch seltsam. Und nun denke ich, was ist, wenn das Bild tatsächlich ein echter van Gogh ist? Kann man das nicht irgendwie überprüfen?»

«Nun mach mal halblang, Rosa. Du willst mir doch nicht allen Ernstes erzählen, hier verübt jemand Anschläge wegen eines Kunstwerks?»

«Doch. Genau das meine ich. Vielleicht ist das Bild der Schlüssel zum Mord an Karin.»

«Ich glaub, deine Fantasie geht mal wieder mit dir durch», wiegelt Rudi ab. «Außerdem: Erstens lebt dein Kursleiter noch, wie du sagst, zweitens hängen van Goghs nicht einfach bei irgendeiner Oma in der Küche, und drittens muss ich jetzt zur Besprechung nach Wittmund. Da muss ich pünktlich sein. Wir können ja heute Abend noch einmal darüber reden. Hab einen schönen Tag.» Schon ist die Leitung tot.

Die Malgruppe erinnert an eine traurige Schicksalsgemeinschaft, als Rosa mit einem «Moin!» die Hofdiele betritt.

Die anderen grüßen leise zurück.

«Habt ihr Nachricht von Jette?»

«Nein. Wir warten auch noch.» Überraschenderweise ist es Barbara, die antwortet. Verena reicht die Teekanne herum, die Gespräche schleppen sich dahin. Eckhard versucht alle mit einem Vortrag über die historische Bedeutung der Häuptlinge in Ostfriesland aufzumuntern, aber niemand hört ihm zu.

Andrea steht auf und klopft mit ihrem Messer gegen ihre Teetasse. «Ich möchte mich jetzt von euch verabschieden. Ich ...»

In diesem Moment öffnet sich die Tür.

Jette kommt herein. Jegliche Farbe ist aus ihrem Gesicht verschwunden. Sie bleibt vor dem langen Tisch stehen und starrt zum leeren Platz am Kopfende. «Conrad kommt nicht zurück. Er ist tot.»

«Oh Gott!», schreit Verena und springt auf. Fast sieht es so aus, als wolle sie zu Jette rennen, aber dann bleibt sie mit hängenden Schultern mitten in der Bewegung stehen.

Barbara hingegen geht auf sie zu und nimmt sie in die Arme. «Das tut mir so leid.»

Auch die anderen murmeln eine Beileidsbekundung. Rosa ist wie erstarrt. Nun ist auch Conrad tot. Sie will verdammt sein, wenn diese beiden Todesfälle nicht zusammenhängen!

«Ich packe unsere Sachen und fahre zurück nach Hannover», sagt Jette mit leiser Stimme. «Es tut mir leid. Ihr müsst allein weitermachen. Ihr werdet verstehen, dass ich einiges zu regeln habe.»

«Wir haben den Kurs aber bis Freitagmorgen gebucht und bezahlt», meldet sich Mechthild zu Wort.

Jette sieht sie regungslos an. «Ob du es glaubst oder nicht, dieser Kurs ist mir gerade so was von scheißegal.» Sie blickt in die Runde. «Ich gehe packen.»

Mechthild verstummt.

«Kann ich dir helfen?», fragt Rosa.

«Lasst mich einfach alle in Ruhe.»

Ohne die von Barbara angebotene Tasse Tee anzunehmen, verschwindet Jette ins Haupthaus.

Rosa steht ebenfalls auf. Sie muss Rudi über Conrads Tod informieren. Vielleicht nimmt er ihre Überlegungen nun ernst.

Auf dem Weg zur Polizeiinspektion in Wittmund legt Rudi einen kurzen Stopp in Esens ein.

«Moin, Bernie. Alles in Ordnung?»

«Jo. Keine besonderen Vorkommnisse.» Bernie beißt zufrieden in sein Mettbrötchen. «Karin Müller kann ja nicht mehr mit irgendwelchen Anzeigen kommen.»

«Nu sei mal nicht so zynisch.» Rudi öffnet erneut den Vorgang zu Karin Müller auf seinem Computer. Er will sich die Anzeigen schnell noch einmal ansehen. Den Anranzer des Chefs will er schließlich nicht auf sich sitzen lassen. Er überfliegt Anzeige für Anzeige. Die meisten gingen gegen Döpke, aber es waren auch andere dabei.

Eine druckt er aus und steckt sie ein.

«Ich bin dann mal wieder weg», verabschiedet er sich. «Haueisen hat eine Besprechung anberaumt, da will ich nicht zu spät kommen. Der ist ziemlich schlecht gelaunt in den letzten Tagen.»

Um Punkt neun betritt Rudi das Polizeikommissariat in Wittmund. Schnepel ist bereits in Haueisens Büro, als Rudi hereinkommt, und schon ganz in seinem Element. Der Chef sitzt zurückgelehnt auf seinem Schreibtischstuhl, die Arme vor der Brust verschränkt. Eine leere Tasse steht vor ihm. Der Geruch des Kaffees hängt verlockend in der Luft.

«Was haben Sie herausbekommen?», fragt Haueisen und lässt den Blick auf seinen beiden Mitarbeitern ruhen.

«Die Hundesalonbesitzerin hat kein Alibi für Samstagmittag», antwortet Schnepel prompt. «Im Übrigen fährt sie einen schwarzen Kleinwagen und hat für den frühen Donnerstagabend auch kein Alibi.»

«Bis neunzehn Uhr war sie nach Zeugenaussage im Hundesalon. Das wurde mir gestern Abend noch bestätigt», ergänzt Rudi.

«Allerdings ist das Motiv auch nicht sonderlich schwerwiegend», meint Haueisen. «Je länger ich darüber nachdenke, desto konstruierter finde ich es. Eine Katze verpasst einem Hund einen Krallenhieb. Das kommt doch alle naselang vor. Die Dame können wir erst mal vernachlässigen.»

«Das sehe ich auch so. Den Döpke sollten wir uns noch genauer anschauen», regt Schnepel an. «Als Apotheker hat er Zugang zu Ketamin. Es gibt allerdings keinen Fehlbestand, das haben wir gestern noch mit seiner Mitarbeiterin überprüft. Aber vielleicht hat er da irgendwie getrickst. Beim Motiv steht er ganz vorne. Er hat allen Grund, stocksauer auf die Müller zu sein. Bei den Bergen von Anzeigen, die sie gegen ihn erstattet hat, war es nur eine Frage der Zeit, bis dem die Hutschnur platzt.»

Haueisen hebt fragend die Augenbrauen. «Es ist aber etwas anderes, ob jemandem die Hutschnur platzt oder ob jemand zum Mörder wird.»

«Aber Döpke hat uns trotz Nachfrage nicht verraten, was hinter diesem ganzen Streit eigentlich steckt. So was kommt ja nicht von ungefähr.»

«Da stimme ich Schnepel zu, Chef», sagt Rudi. Sein Handy vibriert in der Hosentasche, aber das ignoriert er. «Ich kenne Karin Müller von früher. Sie war die Kindergärtnerin meines Sohnes. Ich habe sie damals als freundliche, kinderliebe, stets gut gelaunte Frau erlebt. Als sie das erste Mal in die Polizeistation kam, um eine Anzeige gegen Döpke aufzugeben, habe ich sie fast nicht erkannt. Sie war furchtbar dünn geworden, im Gesicht sah sie ganz verhärmt aus. Und sie klang so verbittert. Ich hab mich damals gefragt, was sie wohl so verändert hat. Dass sie mittlerweile nicht mehr im Kindergarten tätig war, sondern fürs Ordnungsamt arbeitet, hatte ich allerdings schon mitbekommen. Sie lief ja regelmäßig in der Uniform durch Neuharlingersiel. Ich hab mal läuten hören, dass da irgendetwas zwischen ihr und den Nachbarn vorgefallen sein muss, sie hatte einen regelrechten Hass gegen die Döpkes entwickelt.»

«Kann denn der Müller das nicht erklären? Der wird doch wohl wissen, was der Grund ist», meint Haueisen.

«Der war gestern Mittag nicht da», sagt Rudi, um schnell zu ergänzen: «Ich habe mir übrigens noch einmal die Anzeigen angesehen ...»

«Wann das denn?», fragt Schnepel mit schrägem Blick. «Davon weiß ich ja gar nichts.»

«Heute früh. Und ich habe tatsächlich etwas gefunden.» Rudi zieht den zusammengefalteten Ausdruck aus seiner Uniformtasche. Sein Handy vibriert erneut. Er hätte es abschalten sollen. «Frau Müller hat ja nicht nur Döpke ständig angezeigt, sie kam auch, wenn in ihrer Nachbarschaft ein Hund zu oft gebellt hat oder Kinder draußen gespielt haben. Deswegen ist mir diese Anzeige zunächst nicht besonders aufgefallen.» Er faltet das Blatt Papier auseinander und reicht es Haueisen.

«Hier hat sie sich über das Heulen eines Kindes beklagt. Sie hat behauptet, dass es mehrmals die Woche abends herzerweichend geweint hat. Kollege Bütefisch hat das damals aufgenommen und ist dem auch nachgegangen, aber die Eltern und auch das Kind konnten glaubhaft versichern, dass das Kind eine ausgesprochen starke Bindung an die Mutter hat und deshalb abends oft Theater machte, wenn die Mutter zur Arbeit gehen musste. Die ist Krankenschwester und übernimmt oft die Nachtschicht.»

«Wollen Sie Kindesmissbrauch andeuten, Bakker?»

«Ich will gar nichts. Sie haben nur gefragt, ob Karin Müller unwissentlich in eine Art kriminelles Wespennest gestochen haben könnte. Deswegen habe ich alles noch einmal überprüft. Die Anzeige ist allerdings schon drei Jahre alt. Eine weitere Anzeige in dieser Richtung gibt es nicht. Ich vermute, wenn da tatsächlich was dran gewesen wäre, hätten sich bestimmt auch andere Nachbarn gemeldet, oder?»

Haueisen atmet tief ein und aus. «Das ist wirklich eine delikate Angelegenheit. Aber wenn sich die Sache offenbar erledigt hat, müssen wir uns da jetzt auch nicht weiter drum kümmern.»

Nach wenigen Minuten folgt Rosa Jette. Natürlich geht jeder mit Trauer anders um, trotzdem macht sich ein unbestimmtes Gefühl in ihr breit. Sie kann es nicht genau beschreiben, aber im Laufe der Zeit hat sie gelernt, ihrem Instinkt zu vertrauen, und ist damit eigentlich fast immer gut gefahren.

Die Tür zu Jettes Zimmer ist geschlossen. Zaghaft klopft Rosa an. Keine Reaktion. Merkwürdig. Sie geht hinüber zu Conrads Zimmer. Hier hört sie Geräusche. Wieder klopft sie an die Tür.

«Was ist?», ruft Jette von drinnen.

«Darf ich reinkommen?»

«Nein. Lass mich in Ruhe, verdammt. Ich brauche einen Moment alleine, kannst du das nicht kapieren?»

Rosa zögert. Sie ist hin- und hergerissen. Einerseits kann sie Jette verstehen. Conrad ist überraschend gestorben, und Jette muss von Trauer überwältigt sein. Andererseits ist Conrad nun der zweite Tote in ihrem Kurs. Und er hatte ein großes Interesse an Karins Bild. Ist das die Verbindung zwischen den beiden Todesfällen? Könnte jemand aus ihrer Gruppe dafür verantwortlich sein? Jette vielleicht? Als Galeristin wird sie den Wert des Bildes einschätzen können. Andererseits ist er ihr Partner. Aber in welcher Hinsicht? Die getrennten Zimmer sprechen eher nicht für eine Liebesbeziehung. Es nützt nichts. Rosa kann auf Jettes Gefühle keine Rücksicht nehmen. Sie drückt die Klinke runter, öffnet die Tür und traut ihren Augen nicht. Jette hält das Bild von Karins Oma in der Hand. Sie wickelt es in Klarsichtfolie. Aber ... das gleiche Bild lehnt auch an der Kommode. Die Boote am Meer gibt es zweimal!

«Was ist das denn?», fragt Rosa genauso entsetzt, wie Jette sie anschaut.

Jette braucht einen Augenblick, um sich zu fangen. «Das siehst du doch. Ich packe Conrads Sachen.»

Ach nee. Angriff ist die beste Verteidigung, oder wie? Aber nicht mit Rosa. «Du weißt genau, was ich meine.» Sie deutet auf das Bild, das Jette gerade in den Koffer legt. «Warum packst du Karins Bild ein? Und warum gibt es das Bild zweimal?»

Ungerührt schließt Jette den Koffer und richtet sich auf. «Du bist ein bisschen blöd, oder? Was war das denn noch gleich, was wir hier machen? Yoga? Nee. Englisch? Auch nicht. Hey, Conrad ist Maler. Du hast doch gesehen, dass er das Bild von Karins Oma toll fand. Und er hat es einfach nachgemalt. So wie ihr. Nur habt ihr am Strand gemalt und er abends, wenn er Ruhe vor den nervigen Fragen von untalentierten Anfängern hatte. Und sein Bild pack ich ein, das andere kriegt Karins Oma zurück. Da ist ja, wie du siehst, auch der Rahmen drum. Eigentlich ganz simpel, oder?»

Das klingt logisch. Aber etwas in ihr sagt Rosa, dass Jette lügt. Ihr entsetzter Blick vorhin sprach Bände. Da stimmt was nicht. Aber wie soll Rosa das beweisen? Ihr muss schleunigst etwas einfallen, um Jette daran zu hindern abzureisen.

«Ach so. Klar», sagt sie und grinst. «Hätte ich auch draufkommen können. Hat er ja gleich am Anfang gesagt, dass ihn das Bild an van Gogh erinnert.»

Den kleinen Seitenhieb kann sie sich nicht verkneifen. Jette blickt sie mit gerunzelter Stirn an. Hoffentlich wittert sie jetzt keine Gefahr. Am besten, Rosa lenkt sie ab. «Mudder Steffens weiß sicher nicht, wie das nun mit den Rechnungen für den Kurs laufen soll. Lass uns zu ihr in die Küche gehen und das besprechen. Oder hast du noch viel zu packen?» Unschuldig lächelt sie Jette an.

«Nee, ich hab so weit alles. Also komm, bringen wir es hinter uns. Ich will so schnell wie möglich nach Hause. Ich muss mich ja um alles kümmern. Um die Überführung nach Hannover, um die Beerdigung ... was für ein Scheiß!» Die Gefühle, die Jette in diesem Moment zeigt, wirken echt. Rosa streicht ihr kurz über den Arm, um Anteilnahme zu zeigen.

Gemeinsam verlassen sie Conrads Zimmer. Dass Jette die Tür hinter ihnen abschließt, verstärkt Rosas Unbehagen. «Geh du vor. Ich muss noch mal schnell zum Klo», sagt sie.

Kaum ist Jette in der Küche, zückt Rosa ihr Handy. Sie muss Rudi anrufen. Unbedingt. Oder besser: gleich seinen Chef. Rudi hat auf ihre Anrufe vorhin ja nicht reagiert.

Das Telefon auf Haueisens Schreibtisch klingelt, während Rudi noch redet.

«Ja?», meldet sich der Chef, was darauf schließen lässt, dass es ein Anruf von der Pforte ist. Sonst meldet er sich immer mit Namen und Dienstrang. Haueisen hört kurz zu. «Stellen Sie durch», sagt er, hält die Hand vor den Hörer und blickt Rudi an. «Frau Moll ist dran.»

Augenblicklich beginnt Rudis Stresspegel zu steigen. Dann war es Rosa, die die ganze Zeit versucht hat, ihn anzurufen! Rudi ist stocksauer. Sie soll ihn doch nicht bei der Arbeit stören. Ihn über die Leitung der Polizeiinspektion anzurufen, nur weil er nicht ans Handy geht, schlägt dem Fass den Boden aus. Er nimmt sich vor, ihr ordentlich die Leviten zu lesen, und streckt die Hand aus, um nach dem Hörer zu greifen.

Haueisen jedoch winkt ab und lauscht Rosas Redeschwall. Meine Güte, ist Rudi das peinlich.

Schnepel grinst ihn von der Seite her an, während der

Chef einsilbig auf Rosas Tiraden reagiert. Rudi ist sich sicher: Schnepel freut sich jetzt schon darauf, dass Rudi von Haueisen gleich angeschnauzt wird.

Als der Chef den Hörer auflegt, herrscht für einen kurzen Moment Stille. «Das war Frau Moll», beginnt Haueisen.

«Es tut ...» Rudi will schon verzweifelt eine Entschuldigung dafür stammeln, dass sie manchmal so eine Nervensäge ist, aber Haueisen lässt ihn nicht zu Wort kommen.

«Conrad Gravenberg ist tot. Gestorben an einem Herzanfall. Das ist an sich nichts, was die Polizei interessieren dürfte, allerdings hat Frau Moll gerade in dem Zimmer des Verstorbenen gleich zwei Ausfertigungen ein und desselben Bildes entdeckt, das im Stil van Goghs gemalt worden ist. Sie sagte, dass Gravenberg – zwar spaßig, aber immerhin – die Vermutung geäußert hat, es könnte sich um ein Original des holländischen Malers handeln. Bei der Eigentümerin dieses Bildes handelt es sich um Karin Müller, von der wir wissen, dass sie durch eine Ketaminspritze ums Leben kam.» Haueisen macht eine Pause.

«Karin Müller war nicht die Eigentümerin», beeilt sich Rudi zu sagen. «Das Bild gehört ihrer Oma.»

«Bakker! Nun seien Sie doch nicht päpstlicher als der Papst! Ist doch wurschtegal, ob das Bild Karin Müller oder deren Großmutter gehört. Karin Müller hat es mit zu diesem Malkurs gebracht, und kurz darauf ist sie getötet worden. Und nun ist Gravenberg gestorben. Frau Moll hat Sie offenbar heute früh bereits informiert.» Haueisen spitzt die Lippen. «Warum haben Sie uns nichts davon gesagt?»

«Das passte bislang nicht zum Thema unserer Besprechung. Wir haben über die Anzeigen geredet. Über Rosas Überlegungen wollte ich anschließend berichten. Außerdem hatten wir, das heißt Kollege Schnepel, ja den Apotheker Döpke im Mordfall Karin Müller im Visier.»

«Ach, Bakker. Es scheint, Sie müssen noch eine Menge lernen. Bei der Kripo müssen wir in alle Richtungen denken. Jede Kleinigkeit aufgreifen, sei sie auch noch so winzig.» Haueisen reibt sich die Hände. «Ich werde jetzt die Obduktion von Gravenberg veranlassen und einen Durchsuchungsbeschluss für sein Zimmer erwirken. Und Sie beide», sein Zeigefinger zeigt erst auf ihn, dann auf Schnepel, «werden zum Steffens-Hof fahren und dort mit Frau Moll und dieser Jette Schröder sprechen. Mehr noch: Sie lassen sich beide Bilder aushändigen, damit wir sie von Experten untersuchen lassen. Währenddessen werde ich Conrad Gravenstein durch unser System laufen lassen. Es deutet ja alles darauf hin, dass er das Bild von Frau Müller ...» Haueisen bemerkt Rudis gehobene Augenbrauen. «... Frau Müllers Großmutter kopiert hat. Wer weiß, vielleicht sind wir einem Kunstfälscher auf die Schliche gekommen.» Haueisen grinst selbstzufrieden.

Das «Wir» hält Rudi allerdings für anmaßend, denn, wenn es tatsächlich so ist, hat Rosa die Verbindung hergestellt. Wieder einmal.

«Erlauben Sie mir noch eine Bemerkung», sagt Haueisen. «Auch wenn es sich tatsächlich um eine Kunstfälschung und einen damit einhergehenden Diebstahl handeln sollte, erklärt das noch nicht, wer für die beiden Morde verantwortlich ist, falls auch Gravenberg durch Ketamin zu Tode kam.» Er trommelt mit den Fingern auf dem Tisch. «Meine Herren, wir haben da noch einiges an Arbeit vor uns.»

Um kurz vor elf stellt Henner sein Postfahrrad vor Adelheids Andenkenlädchen ab. Unter dem Gebimmel der Glöckchen über der Ladentür tritt er ein. «Moin!»

«Moin, Henner! Wir sind hier hinten.»

Henner hört das Klappern von Tassen. Seine älteste Schwester ist mit Sigrid bestimmt schon beim Elführtje. Er geht durch den Gang mit den liebevoll bestückten Regalen. Leuchttürme dominieren auf der rechten Seite, maritime Plüsch- und Holztiere links. Dazwischen Bildbände über das Wattenmeer. Kinderbücher, Krimis und Liebesromane stehen weiter vorne.

«Ich hab dir schon eingeschenkt», begrüßt Adelheid ihn, als er ihr in der kleinen Sitzecke einen Katalog mit Souvenirartikeln überreicht. «Hock dich hin.»

Schon reicht Sigrid ihm eine Teetasse, in der bereits das Wulkje aufsteigt. «Ich bin dir echt dankbar, Henner», sagt sie und hält ihm den Teller mit selbst gebackenen Keksen hin.

«Wofür denn?» Beherzt greift er nach den ostfriesischen Teekeksen, steckt sich einen in den Mund und kaut ihn genüsslich. Mit Pistazien und einem Hauch geriebener Muskatnuss sind die zwar nicht jedermanns Ding, aber er liebt dieses Gebäck zum Tee.

«Na, dafür, dass du Ludwig abgehalten hast, diese Anschuldigung über Döpke in die Mitmach-Zeitung zu setzen.» Als sie Adelheids erstaunten Blick bemerkt, fügt Sigrid hinzu: «Ludwig wollte Döpke als Mörder von Karin brandmarken.» Sigrid verdreht die Augen. «Das hat Claas Müller ihm erzählt. Aber nur weil der das gesagt hat, muss es ja nicht stimmen. Sonst hätte man Döpke garantiert schon verhaftet.» Sie nippt an ihrer Teetasse. «Als du gestern weg warst, war er immer noch am Überlegen, ob er das nicht doch posten soll. Zum Glück hat er mir den Artikel gezeigt. Als letzte Instanz vor der Veröffentlichung sozusagen.» Sigrid schüttelt den Kopf. «Na, dem hab ich vielleicht den Kopf gewaschen! Das kann er doch nicht machen. Er schreibt sich noch mal um Kopf und Kragen.»

Adelheid schenkt Tee nach. «Dabei müsste er doch gelernt haben, dass er sich dadurch selbst in die Schusslinie bringt. Denkt nur an diesen Irren, der ihn mit dem Messer angegriffen hat!»

«Ich weiß! Ich hab deswegen ja auch Angst um ihn. Aber er ist unbelehrbar. Auch, was seine Gesundheit betrifft. Sonst würde er nicht all meine Versuche, ihm eine schmackhafte Diät anzubieten, mit heimlichen Pizzabestellungen unterlaufen. Aber da geht es nur um ihn selbst. Bei diesem Artikel regt mich vor allem auf, dass er sich vor den Karren von Claas Müllers Nachbarschaftskrieg spannen lässt. Mal abgesehen davon, dass der in Neuharlingersiel hinlänglich bekannt ist, weil nicht nur Ludwig, sondern auch der Anzeiger fürs Harlingerland darüber berichtet haben. Mir tut der Döpke leid, den kann man doch nicht so verunglimpfen. Ich kann nicht glauben, dass der als Apotheker jemandem so etwas antun würde. Unterliegen die nicht auch irgend so einem Eid wie Ärzte?» Sigrid holt Luft, weil sie sich so in Rage geredet hat. «Der arme Hadi ist ja ohnehin genug belastet mit seiner kranken Frau. Bei Alice wird das mit der MS immer schlimmer. Mittlerweile kann sie kaum noch laufen, ohne Krücken geht gar nichts. Meist sitzt sie sogar im Rollstuhl, und Hadi hat jetzt einen Treppenlift eingebaut. Er kümmert sich wirklich rührend.»

«Stimmt, Kraft hat sie kaum noch, und sie ist ständig müde. Das hat sie mir erzählt, als sie letzte Woche von ihrer Pflegekraft im Rollstuhl um den Hafen geschoben wurde, da haben wir ein kleines Schwätzchen gehalten.»

«Ja, diese Fatigue ist ein Symptom von Multipler Sklerose. Das hab ich erst neulich in der Apotheken Umschau gelesen. Ich ...»

Henner hat genug von Krankheiten gehört. «Ich muss weiter.» Er steht auf. Das neue E-Trike zeigt er Adelheid eben ein anderes Mal.

Zufrieden steckt Rosa ihr Handy zurück in die Hosentasche. Das war tatsächlich mal ein gutes Gespräch mit Haueisen. Jetzt muss sie Jette nur noch so lange aufhalten, bis Rudi und Schnepel da sind. Beim Öffnen der Küchentür schlägt ihr ein vertrauter Geruch entgegen.

«Das riecht aber gut», lobt Rosa und setzt sich neben Jette, die am Küchentisch auf der Eckbank sitzt, vor sich einen Pott dampfenden Tees.

«Meinst du die Linsensuppe oder den Lavendeltee?» Muddern legt den Deckel auf den Kochtopf und setzt sich ebenfalls an den Tisch.

«Beides.»

«Lavendeltee wirkt beruhigend», erklärt Muddern. «Angstlösend, ausgleichend, schlaffördernd ... all das kann Jette im Moment nur guttun.»

Jette allerdings wirkt nicht so, als ob Entspannung das ist, was sie jetzt braucht. «Also, Frau Steffens, ich werde abreisen. Machen Sie mir bitte die Rechnung fertig.»

«Aber was wird denn aus den anderen? Und dem Kurs?», fragt Muddern. «Reisen nun alle ab? Ich hab doch schon fürs Frühstück und Abendessen eingekauft. Bis aufs Brot natürlich. Das kaufe ich täglich frisch.»

Rosa schüttelt den Kopf. «Nein, nicht alle fahren. Nur Jette und Andrea. Na ja, Conrad und Karin sind natürlich auch nicht mehr da. Die anderen wollen bleiben und weitermalen wie geplant.»

«Also sind drei Zimmer leer.» Muddern sieht Jette an. «Und wie soll das hier weitergehen, wenn Sie abreisen?»

Jette zuckt mit den Schultern. «Conrad war der Kursleiter. Ich bin nur seine Assistentin.»

Interessant. Assistentin ist sie also. Nicht nur Galeristin. Na ja, Jette ist bestimmt dreißig Jahre jünger als Conrad.

«Conrad hat uns einige Tricks und Hinweise gegeben, sodass wir die letzten zweieinhalb Tage sicher auch alleine kreativ gestalten können.» Rosa nickt Muddern aufmunternd zu, deren Blick wieder zu Jette wandert.

«Das Gespräch über die Rechnung ist mir in dieser Situation wirklich sehr unangenehm», sagt Muddern. «Ich will Sie ja nicht übervorteilen, aber auf den Auslagen komplett allein sitzen bleiben möchte ich natürlich auch nicht. Darum biete ich Ihnen an, dass Sie für sich und Herrn Gravenberg nur die Übernachtungen und Verpflegung bis einschließlich heute bezahlen. Ist das in Ordnung für Sie?»

Jette nickt müde. «Ja, alles gut. Machen Sie die Rechnung fertig. Hauptsache, ich kann so schnell wie möglich nach Hause fahren.» Zufrieden steht Muddern auf und holt ihren Rechnungsblock. «Und was die Einkäufe angeht, da findet sich schon was. Ich hab ja eine große Familie. Die lade ich Freitag zum Abendessen ein, dann kann alles, was der Malkurs nicht verbraucht hat, verputzt werden.»

Schnepel verpasst die Hofeinfahrt, bremst und will schon wenden, doch Rudi dirigiert ihn über die hintere Auffahrt zum Steffens-Hof, die früher nur von den Traktoren genutzt wurde. Sie parken direkt vor der Hofdiele. Als sie aussteigen, öffnet sich die große Scheunentür, und eine Frau mittleren Alters mit lockigen dunklen Haaren und in wallender Kleidung tritt heraus.

«Polizei?», fragt sie mit Blick auf das Einsatzfahrzeug und Rudis Uniform. «Geht es um Conrad? Ist der etwa auch getötet worden?»

Hinter ihr stehen noch andere, die sie neugierig ansehen. Rudi will schon antworten, doch Schnepel ist schneller. Kurz angebunden fragt er: «Wo ist Frau Moll?»

Die Augen der Schwarzhaarigen weiten sich. «Frau Moll?» In einer Art freudiger Aufregung hebt sich ihre Stimme. «Sagen Sie bloß, die ist verdächtig?»

«Nein!», beeilt sich Rudi zu antworten. So weit kommt es noch, dass der Eindruck entsteht, Rosa hätte was mit den Todesfällen zu tun.

Enttäuscht verzieht die Dunkelhaarige den Mund. «Rosa ist im Haupthaus. Zusammen mit Jette. Also, mit der Partnerin von Conrad Gravenberg.» Das Wort Partnerin zieht die Frau in die Länge, als wollte sie eigentlich einen anderen Ausdruck gebrauchen.

«Danke», sagt Schnepel knapp.

Nach wenigen Schritten sind sie am Wohnhaus. Rudi streichelt dem Hofhund Butscher kurz über den Kopf, dann öffnet er die Tür. Im Flur riecht es bereits nach Essen. Rudi läuft das Wasser im Mund zusammen. Vielleicht hat Mudder Steffens genug gekocht, dass für ihn auch noch eine Portion abfällt. Meistens ist das der Fall. Auch Schnepel schnuppert begierig, als die Küchentür aufgeht und Rosa in Begleitung einer äußerst attraktiven Blondine erscheint.

«Rudi», sagt sie zufrieden. «Da bist du ja endlich.»

Jette guckt ihn grimmig an. «Polizei? Was hat das zu bedeuten?»

Schnepel wirft sich in Pose. Kein Wunder, bei gut aussehenden Frauen möchte er stets punkten. Vor allem seit seine Frau ihn verlassen hat. «Frau Schröder?», fragt er.

«Wieso kennen Sie meinen Namen?» Jettes Gesicht verfinstert sich.

Schnepel übergeht ihre Frage. «Frau Schröder, zunächst unser Beileid zum Tod Ihres Partners. Einen geliebten Menschen zu verlieren, ist etwas Furchtbares.»

Rudi guckt Schnepel verblüfft an. Was soll das denn jetzt werden?

«Conrad und ich waren nur Geschäftspartner. Und natürlich befreundet», schiebt die Galeristin schnell hinterher. «Aber, danke.»

«Wir haben erfahren, dass Sie abreisen wollen. Woher die Eile?», fragt Schnepel listig.

Jette Schröders Blick flitzt von Schnepel zu Rosa und wieder zurück. Sie scheint zu überlegen. Dann sagt sie betont lässig: «Ach, haben wir etwa eine kleine Petze im Kurs?» Sie lächelt Rosa falsch an.

«Petze ist wohl kaum das richtige Wort», springt Rudi Rosa bei, «wenn man bedenkt, dass zwei Mitglieder dieses Malkurses innerhalb weniger Tage an einem Herzanfall verstorben sind», stellt er klar. «Vor allem weil Karin Müller durch Fremdeinwirkung zu Tode kam.»

Jette Schröder macht große Augen. «Sagen Sie bloß, Conrad wurde auch ermordet?»

«Das wissen wir derzeit noch nicht», übernimmt Schnepel das Gespräch. «Doch die Obduktion ist angeordnet.»

Nun gucken sowohl Jette Schröder als auch Rosa überrascht drein.

«Wir würden jetzt gern die beiden Bilder sehen, die sich im Zimmer des Toten befinden.»

Jette Schröders wütender Blick trifft Rosa. «Also doch Petze!»

Rosa zuckt mit den Schultern. Rudi wundert sich, dass sie so still ist.

«Natürlich. Kommen Sie.» Jette gibt sich ungerührt. «Beide Gemälde sind in Conrads Zimmer. Seine Kopie habe ich bereits eingepackt, das Original wollte ich Frau Steffens geben, damit der Mann von Karin es sich hier abholen kann.»

«Warum hat Herr Gravenberg es eigentlich kopiert?», fragt Rudi.

«Ach», sagt sie und lächelt einen Moment versonnen. «Conrad hatte eine Schwäche für van Gogh. Wahrscheinlich deshalb. Aber ich kann es Ihnen nicht wirklich sagen.» Mit einem beeindruckenden Augenaufschlag schaut sie Schnepel an. «Und Conrad kann es uns nun leider nicht mehr erklären. Vielleicht war er so mitgerissen von der Begeisterung der Kursteilnehmer, dass er selbst auch malen wollte. Und das konnte er ja tagsüber nicht, wenn er für den Kurs da sein musste. Sie wissen sicher, wie das ist: Künstler müssen sich ganz fallen lassen in das, was sie tun, und dürfen nicht durch Banalitäten in ihrem Schaffensprozess unterbrochen werden.»

In diesem Moment klingelt Schnepels Handy. Mit angeberischer Pose zieht er es aus seiner Manteltasche. «Ja, Chef?», sagt er zackig und hört Haueisen zu. Anschließend steckt er das Mobiltelefon bedächtig in seine Tasche zurück.

«Tja», sagt er mit einem selbstzufriedenen Lächeln. «Sie können mir erzählen, was Sie wollen, aber ich bekam eben die Information, dass Herr Gravenberg ein vorbestrafter Kunstfälscher war.»

Rudi blickt Schnepel geplättet an. Das ist ja ein Ding.

«Und deswegen werden wir jetzt beide Bilder mitnehmen und von Experten untersuchen lassen. Wie heißt es doch so schön: Die Katze lässt das Mausen nicht. Und was liegt in diesem Fall näher, als dass Gravenberg das Bild von Frau Müller als Original erkannt und gefälscht hat?»

«Was erlauben Sie sich?», braust Jette auf.

«Ich erlaube mir sogar noch mehr», sagt Schnepel süffisant. «Nämlich anzuordnen, dass Sie hierbleiben, bis die Obduktion abgeschlossen ist.» Er grinst. «Und darüber hinaus wird in wenigen Augenblicken die Spurensicherung hier eintreffen und das Zimmer des Toten durchsuchen. Es ist Ihnen hiermit untersagt, irgendetwas von seinen Sachen aus dem Raum zu entfernen. Und damit Sie gar nicht erst in Versuchung geraten, warten wir so lange, bis die Kollegen eingetroffen sind. Ich schlage also vor, dass Sie es sich auf dem Hof gemütlich machen.»

Nachdem die Spurensicherung eingetroffen ist, Rudi und Schnepel mit den Bildern abgezogen sind und Jette sich beleidigt in ihr Zimmer zurückgezogen hat, geht Rosa hinüber in die Hofdiele. Sie ist froh, dass Rudi und Schnepel sich nun um die Sache mit den Bildern kümmern. Bei ihren Erfahrungen mit den Methoden der Wittmunder Polizei ist das nicht selbstverständlich. Haueisen hat ihre Ideen nicht nur einmal in den Wind geschlagen. Aber augenscheinlich ist er doch lernfähig. Und jetzt hat er auch noch etwas Interessantes über Conrad herausgefunden. Nun erinnert sie sich auch wieder: Als sie noch in Hannover gelebt hat, gab es Gerüchte darüber in der Kreativwerkstatt. Aber wirklich geglaubt hat damals niemand, dass ihr Lehrer ein Kunstfälscher ist, und durch ihren Umzug nach Ostfriesland hat sie die Angelegenheit aus den Augen verloren.

Sie öffnet die Tür, doch niemand ist da. Nanu, wo sind die anderen denn hin? Die Staffeleien fehlen auch. Unentschlossen schaut Rosa aus dem niedrigen Seitenfenster und entdeckt Mechthild unter dem Apfelbaum, der in seiner geschützten Lage erste Knospen ausgebildet hat. Ein paar Meter weiter stehen Barbara und Eckhard an ihren Staffeleien, jeder mit einem Pinsel in der Hand. Verena beugt sich über den Zaun des Alpakageheges und streichelt Brunos puschelige Fellhaare auf dem Kopf. Rosa zieht den Reißverschluss ihrer Daunenjacke hoch und gesellt sich zu den anderen. Konzentriert setzt Barbara blaue Tupfen auf die Leinwand am unteren Rand.

«Wir arbeiten an unseren Bildern weiter», erklärt Eckhard. «Das war das Sinnvollste, was uns einfiel. Conrad hat uns ja gestern erklärt, wie wir das Bild aufbauen sollen.» Er deutet auf die Kiste mit den Farbtuben. «Soll ich deine Staffelei auch raustragen?»

Eckhard hat das Kommando nicht wieder abgegeben, registriert Rosa. Soll er. Dann kann sie sich um wichtigere Dinge kümmern. Conrad war also ein verurteilter Kunstfälscher. Das Gesicht der verstorbenen Karin taucht vor Rosas Augen auf. Bei allen im Ort war sie als Knöllchen-Karin verschrien. Aber sie war an Kunst interessiert. Und sie hat sich am ersten Tag länger mit Verena unterhalten.

Rosa schlendert zum Gehege der Alpakas. «Der ist süß, nicht? Bruno ist auch mein Liebling», beginnt sie.

Die sonst meist zurückhaltende Verena wirkt zufrieden, fast glücklich. «Er sieht aus wie ein kleiner Punk.»

«Ja. Er begeistert jeden. Sag mal, du hast dich am Samstagmorgen auf dem Weg zum Strand doch mit Karin unterhalten.»

Verena blickt Rosa an. «Ja, warum?»

«Hat Karin dir vielleicht irgendwas gesagt, was wichtig sein könnte?»

Ein zweites Alpaka kommt über die Wiese angetrabt und bleibt vorm Zaun stehen. Vermutlich wartet es darauf, gefüttert zu werden.

«Nein. Wir haben über ihren Kater geredet. Du weißt schon, der wurde doch schwer verletzt.» Verena legt die Stirn in Falten und scheint zu überlegen. «Und dann hat sie noch gesagt, sie hat manchmal das Gefühl, alle sind immer gegen sie. Und dass sie das nicht versteht. Sie würde sich doch stets an die Regeln halten.»

«Mehr hat sie nicht gesagt?», fragt Rosa enttäuscht.

Verena schüttelt den Kopf.

«Schade.» Rosa lächelt Verena an und wendet sich ab. Hier kommt sie also nicht weiter. Von wem könnte sie sonst mehr erfahren? Klar! Von Karins Mann! Ein Lächeln zieht über ihr Gesicht. Sie holt ihr Handy aus der Jackentasche und ruft im Hause Müller an. Rosa hat Glück. Claas Müller nimmt das Gespräch an.

«Moin, Herr Müller. Rosa Moll hier. Sie erinnern sich, ich war zusammen mit Ihrer Frau im Malkurs. Wir haben Samstag telefoniert.»

«Wenn Sie das sagen ... Ich habe so gut wie keine Erinnerung mehr an Samstag. Das liegt alles im Nebel.»

Kurz liegt ein schweres Schweigen in der Leitung, dann

fasst sich Rosa ein Herz. «Ich wollte Ihnen die Malsachen Ihrer Frau vorbeibringen.»

«Ach so. Das ist nett.»

«Sind Sie denn zu Hause?»

«Ich habe mir freigenommen. Es gibt ja so vieles zu regeln.»

«Könnte ich gleich vorbeikommen?»

«Der Bestatter ist zwar da, aber das dauert nicht mehr lange. Klar, kommen Sie ruhig.»

Zufrieden schlendert Rosa zurück zu den anderen, die hoch konzentriert malen. «Ich muss Karins Sachen zu ihrem Mann bringen», behauptet sie und wird nicht einmal rot beim Schwindeln.

Als Rosa zehn Minuten später an Müllers Haustür klingelt, parkt Pöppelmeyers Beerdigungswagen vor dem Jägerzaun. Müller, in dunklem Anzug, weißem Hemd mit dünnem schwarzem Lederschlips, öffnet ihr.

Er streckt die Hand aus. «Danke fürs Vorbeibringen. Der Bestatter ist noch da. Es gibt doch noch so einiges zu besprechen.»

Rosa drückt ihm die Jutetasche mit der Thermoskanne in die Hand, dazu die fast leere Leinwand, auf der nur einige Striche zu sehen sind, die Karin am Samstagmorgen auf dem Bild gezogen hat. Er will die Tür schon wieder schließen, doch Rosa stellt den Fuß dazwischen. So hat sie sich den Besuch nicht vorgestellt.

«Ich würde gerne noch etwas mit Ihnen bereden. Kann ich nicht warten, bis Sie das Gespräch mit Herrn Pöppelmeyer beendet haben?»

Müller runzelt die Stirn. «Also gut. Kommen Sie rein.»

Im Wohnzimmer hat Pöppelmeyer Prospekte über Särge und Zubehör auf dem Esstisch ausgebreitet.

«Moin, Herr Pöppelmeyer», grüßt Rosa und setzt sich ans andere Ende des Tisches.

«Frau Moll», erwidert der Beerdigungsunternehmer aus Esens mit getragenem Tonfall. «Gehören Sie zu den engen Freunden der Verstorbenen?»

«Das nun nicht gerade, aber Herr Müller meinte, ich könne warten, bis Sie fertig sind.»

«Gut. Dann wollen wir weitermachen», reagiert Pöppelmeyer sofort. «Sie haben sich für unseren Krematoriums-Sarg aus Kiefer in der Standardausführung entschieden. Bei der Einäscherung sollte die Verstorbene bekleidet sein. Dafür wird in der Regel der Talar, also das Totenhemd, gewählt.»

«In Ordnung.»

«Dafür berechnen wir einhundert Euro. Er ist aus reiner Baumwolle, biologisch abbaubar und von den Umweltverbänden anerkannt.»

«Ach, der kostet extra? Dann nehme ich lieber ihr neues Kostüm. Das hat sie erst einmal getragen. Die Jacke glitzert so schön mit den Pailletten, das wäre ganz in ihrem Sinn.»

«Das geht leider nicht. Wir müssen uns an Auflagen halten. Die Kleidung muss aus Naturfasern bestehen, es dürfen keine giftigen Abgase bei der Verbrennung entstehen. Unser Krematorium hat zwar schon spezielle Filter, aber für diese Schadstoffe reichen sie nicht aus. Und es ist auch nicht üblich, die Verstorbenen zur Verbrennung nackt in den Sarg legen.» Pöppelmeyer guckt ein wenig pikiert.

Müller nickt ergeben. «Dann nehmen Sie in Herrgottsnamen so ein Totenhemd. Wegen der Auswahl der Urne komme ich morgen früh in Ihr Geschäft, und bis dahin habe ich mich auch entschieden, ob es nun eine Seebestattung wird oder …» Müller lässt den Satz in der Luft hängen.

Als der Bestatter gegangen ist, schüttelt Claas Müller den Kopf. «Wahnsinn. Mir war gar nicht klar, wie teuer so eine Beerdigung ist und was da alles dranhängt: Anzeige, Sarg, Urne, Grabstelle … und jetzt noch dieses Totenhemd.» Sein Blick wandert zu der ziemlich leeren Leinwand, die Rosa neben der Tür abgestellt hat. «Wie sieht das eigentlich mit der Kursgebühr aus? Die müsste mir doch zurückerstattet werden. Karin hat ja nur am Samstagvormittag am Kurs teilgenommen.»

Die Frage überrascht Rosa. Aber vielleicht denkt man in Anbetracht der Kosten für die Beisetzung automatisch an so was. Und Müller ist schließlich beim Finanzamt. Der beschäftigt sich ja täglich mit Geld. «Da müssen Sie mit Frau Schröder reden. Die kümmert sich jetzt um alles, was Herrn Gravenberg betrifft. Haben Sie mitbekommen, dass der auch plötzlich verstorben ist? War ebenfalls ein Herzanfall.»

Überrascht sieht Müller sie an.

«Um Gottes willen! Ist er etwa auch …?»

«Sie meinen, ob er getötet wurde?»

Müller nickt.

«Keine Ahnung. Die Polizei hat jedenfalls seine Obduktion angeordnet.»

Mit offenem Mund sitzt Müller da. Rosa weiß nicht, was sie jetzt sagen soll, und ist froh, als der Kater um ihre Beine schleicht und maunzt. «Ist der süß!» Sie beugt sich vor und streichelt seinen Kopf.

Ein Lächeln erhellt das Gesicht des Witwers. «Elvis war der Liebling meiner Frau.»

«Ja, sie hat mir erzählt, dass sie eine regelrechte Katzennärrin war.» Das stimmt zwar nicht, aber irgendwie muss Rosa das Gespräch über Karin in Gang bringen.

«Ja, das war sie. Schon immer.» Claas Müller wird plötzlich sentimental, steht auf, holt ein gerahmtes Foto seiner Frau vom Sideboard hinter dem Esstisch und gibt es Rosa. Eine junge Karin lächelt glücklich in die Kamera. «So war Karin früher. Lieb und sensibel. Wir haben uns ohne Worte verstanden, haben in den Augen des anderen lesen können. Über sehr viele Jahre hinweg. Aber irgendwann hörte das auf. Es war ein schleichender Prozess. Ich glaube, wir haben es beide gar nicht so mitbekommen.» Er stützt den Kopf auf den Händen ab, als wolle er sein Gesicht verbergen. «Irgendwann haben wir uns verloren. Es war kein gemeinsamer Weg mehr, den wir gegangen sind. Es gab kein gemeinsames Lachen.» Er hebt den Kopf. Tränen schimmern in seinen Augen. «Karin hat sich verändert. Wurde immer verbiesterter. Streitsüchtig. Besonders gegenüber den Nachbarn. Das war schlimm. Denn Alice und sie sind früher beste Freundinnen gewesen.»

Rosa bemerkt eine Bewegung im Nachbargarten, eine dunkelhaarige Frau füllt Futter in das Vogelhäuschen hinter dem Zaun. «Ich dachte, Frau Döpke sitzt im Rollstuhl.»

Müller folgt Rosas Blick. «Das ist nicht Alice, sondern ihre polnische Pflegekraft.»

Henner steckt gerade zwei Briefe in Döpkes Briefkasten, da öffnet Rosa die Pforte des Jägerzauns vom Nachbargrundstück und tritt auf den Bürgersteig.

«Moin, Rosa. Bist du gar nicht beim Malkurs?»

«Nee, da ist mir heute nicht nach.» Sie beugt sich über ihr Fahrrad, das am Zaun lehnt, und dreht an den Nummern ihres Zahlenschlosses. Seufzend legt sie das Schloss in den Fahrradkorb. «Ach, Henner. Es ist alles so schrecklich.»

«Was denn?» Henner deutet mit einer Kopfbewegung zu Müllers Haus. «Ich meine, außer dass Karin gestorben ist.»

«Sie ist nicht nur gestorben. Sie wurde ermordet. Und auch Conrad ist heute in aller Frühe an Herzversagen gestorben.»

«Echt? Der ist auch tot?» Jetzt ist Henner baff. Rosa hat zwar gestern im Dattein davon erzählt, dass der mit dem Hubschrauber ins Krankenhaus gebracht worden ist, aber das hat Henner gar nicht so ernst genommen. Heutzutage wollen ja alle immer auf Nummer sicher gehen und keine Verantwortung übernehmen. Auch die Sanitäter und Ärzte. Hat Ludwig vorhin gemeint, und Henner hat ihm im Stillen recht gegeben.

«Ich bin so gespannt, was die Obduktion ergibt.» Rosa sieht Henner mit ernstem Blick an.

«Obduktion? Ich dachte, der ist einfach so am Strand auf Spiekeroog umgekippt. Ihr wart doch alle dabei.»

«Das stimmt. Aber man weiß ja nie. Schließlich war es bei Karin auch kein einfaches Herzversagen.» Rosa legt ihre Hand für einen kurzen Moment auf Henners Arm. «Wenn auch er getötet wurde, dann muss es einer aus der Malgruppe gewesen sein. Es war ja sonst keiner bei ihm. Nur wir. Und ich sag dir, das ist kein schönes Gefühl.»

«Das glaub ich.» Daran hat Henner gar nicht gedacht. «Dann bist du vielleicht auch in Gefahr! Geh da lieber nicht mehr hin! Wer weiß, was dort für ein Psychopath umgeht.»

Rosa schüttelt den Kopf. «Ich glaub nicht, dass ich in Gefahr bin. Aber etwas anderes beunruhigt mich. Ich habe heute Morgen gesehen, dass Conrad das Bild von Karins Oma kopiert hat. Das gibt jede Menge Rätsel auf.»

«Wieso?» Henner klappt die große quadratische Posttasche zu, die vor dem Lenker hängt, und sieht Rosa an. «Käthe Dornfeld hat mir letzte Woche erzählt, dass ihre Enkelin das Gemälde mit zum Malkurs nehmen wollte, wo ist da das Rätsel?»

«Ach, das ist ja interessant. Kennst du die Frau denn näher?»

«Sie wohnt seit Ewigkeiten in Altharlingersiel. Ich kannte ihren Mann noch.»

«Ist nicht wahr!» Rosas Augen blitzen vor Neugierde.

«Sag bloß, du witterst da wieder einen Kriminalfall.» Henner schaut sie schräg an. «Aber das kannst du dir abschminken. Was soll denn das Bild mit Karins Tod zu tun haben? Das glaub ich nie im Leben. Karin hat sich einfach zu viele Feinde gemacht. Guck doch mal da rüber.» Henner zeigt zum Haus der Müllers. «Unter dem Dachvorsprung hängt eine Wildkamera. Siehste die?»

«Wieso das denn?»

«Sie hat behauptet, damit kontrollieren zu wollen, ob ein Wolf durch Neuharlingersiel schleicht. Inoffiziell aber nutzte sie das Ding, um zu überwachen, ob Döpke wieder Fischabfälle auf seinen Kompost schmiss. Manchmal hat sie mir regelrecht aufgelauert und Pakete für die Döpkes entgegengenommen. Und weil die Familien sich vor Jahren gegenseitig eine Annahmegenehmigung erteilt haben, die nie widerrufen wurde, hab ich ihr die auch gegeben. Der Zoff zwischen denen geht mich nämlich nichts an. Aber eigenartig fand ich es doch.» Henner zieht ein Taschentuch aus der Jackentasche und putzt sich die Nase.

«Um noch mal auf das Bild zurückzukommen», sagt Rosa, «weißt du noch mehr darüber?»

«Käthe und Fritz Dornfeld haben es zur Silberhochzeit geschenkt bekommen. Von einem Jugendfreund ihres Mannes. Fritz Dornfeld fand das Bild wohl schrecklich, aber Käthe hat es gefallen, deshalb hat sie es in der Küche aufgehängt. Mehr weiß ich aber nicht.»

Rosa lehnt ihr Fahrrad wieder an den Zaun und holt ihr Handy aus der Tasche. «Gib mir doch mal die Adresse!»

«Och nö. Rosa! Das darf ich doch gar nicht. Datenschutz!»

«Wenn die schon so alt ist, wird die noch einen Festnetzanschluss haben. Soll ich erst im Telefonbuch nachgucken, oder rückst du mit der Adresse raus?»

Henner verdreht die Augen. «Du gibst nie auf, oder? Willst du etwa zu der hin?»

«Warum denn nicht? Immerhin ist sie Karins Oma, ich möchte ihr mein Beileid bekunden. Außerdem finde ich vielleicht etwas über das Bild heraus.» Sie strahlt ihn an.

Henner weiß nicht so recht, was er davon halten soll. Aber Rosa ist sowieso nicht zu bremsen, da kann er ihr auch gleich die Adresse geben.

Der Kollege an der Pforte staunt nicht schlecht, als Rudi und Schnepel jeweils mit einem Bild unterm Arm das Polizeigebäude betreten. Mit einem guten halben Meter Breite und einem knappen halben Meter Höhe sind das keine Kleinkaliber.

«Was habt ihr denn vor?», flachst er. «Veranstalten wir einen Mitarbeiter-Flohmarkt?»

«Das sind Beweisstücke im Fall Müller», sagt Schnepel, der das Bild ohne Rahmen trägt.

Als sie die Kunstwerke in Haueisens Büro gegen die mit

Akten gefüllte Regalwand lehnen, blickt er fragend auf. «Und?»

«Die Galeristin war nicht gerade begeistert, als sie hörte, dass Kröver und seine Truppe Gravenbergs Sachen unter die Lupe nehmen. Noch weniger darüber, dass sie noch hierbleiben muss, bis wir die Ergebnisse der Obduktion haben», sagt Schnepel. «Aber sie hat sich meinen Anweisungen brav gefügt. Wahrscheinlich hat sie geahnt, dass ich auch andere Saiten aufziehen kann.»

Rudi mustert Schnepel. Was ist mit dem denn in den letzten Tagen los? Hat der irgendeinen Law-and-Order-Film gesehen, oder weshalb muss er so betonen, dass er hart durchgreifen kann?

«Die Kollegen sind also dabei, alles zu untersuchen?», fragt Haueisen.

Schnepel nickt, als wolle er den Chef beruhigen. «Logisch. Wir haben gewartet, bis sie ihre Sachen ausgepackt hatten. Dann haben wir uns vom Acker gemacht.»

«Gut. Ich bin sehr gespannt, was dabei herauskommt. Und nun lassen Sie uns die Bilder anschauen.» Er kommt um seinen Schreibtisch herum und nimmt die Gemälde genauer in Augenschein. Einträchtig betrachten sie das Zwillingspaar.

«Das ist schon interessant. Man meint wirklich, sie sind identisch.» Haueisen beugt sich herunter. «Es sieht nicht mal so aus, als wäre eines gerade erst gemalt worden. Die Farben scheinen komplett übereinzustimmen.» Er richtet sich wieder auf. «Welche Erklärung hatte Frau Schröder? Besser gefragt: Hatte sie überhaupt eine dafür, dass Gravenberg das Bild kopiert hat?»

«Nein», sagt Rudi. «Sie hat lediglich gesagt, dass Gravenberg eine Schwäche für van Gogh hatte. Aber ich bin mir sicher, dass sie lügt. Denn jetzt, wo wir wissen, dass der Typ wegen Kunstfälschungen vorbestraft ist, wirkt es keineswegs wie eine harmlose Kopie. So eine hätte Conrad im Beisein der anderen am Strand gemalt. Wenn auch nur, um nach außen hin vorzugeben: Schaut, so leicht geht das. Ich finde, wir müssen schnellstens herausfinden, welches der beiden Bilder echt ist. Vielleicht wollte Gravenberg die Kopie zurückgeben und das Original behalten.»

«Genau», mischt sich nun Schnepel ein, der erstaunlich lange still geblieben ist. «Seine Partnerin hat doch die Galerie in Hannover. Bestimmt war das deren Masche. Sie haben Kopien von Meisterwerken angefertigt und diese ahnungslosen Käufern als Originale verkauft. Die dazugehörigen Expertisen kann man ja auch fälschen. Wer einmal fälscht, der fälscht auch zweimal. Oder, wie vermutlich in diesem Fall, sogar in Serie. Allein der Wagen, den der Gravenberg gefahren ist! Einen Range Rover gibt's nicht für ein paar Euro fuffzig. Da muss man schon richtig Schotter hinlegen. Woher will der das Geld denn haben? Von den Malkursen bestimmt nicht.»

Haueisen verschränkt die Arme vor der Brust und tippt sich mit dem Zeigefinger an die Lippen. «Wir müssen zunächst einmal klären, welches Bild die Kopie ist. Um dann herauszufinden, ob das ältere Bild tatsächlich ein Original von van Gogh ist. Aber wo kriegen wir auf die Schnelle einen Experten her, der uns das sagen kann?» Haueisen scheint keine Antwort zu erwarten, schon nach einem kurzen Moment redet er weiter. «Zudem können wir davon ausgehen, dass diese Bilder als Motiv für die Tötung von Karin Müller infrage kommen. Und wenn dem so ist, ergibt sich die nächste Schlussfolgerung: Der Täter scheint von der Echtheit des Bildes auszugehen.» Haueisen macht einen Schritt zurück und betrachtet die beiden Leinwände aus größerer Entfernung. «Vielleicht stehen wir hier vor einem Gemälde, das Millionen wert ist. Conrad Gravenberg könnte genau wie Karin Müller deswegen ermordet worden sein.»

Rudis Handy klingelt. Haueisen wirft ihm einen scharfen Blick zu. «Bakker! Das unterbricht mich jetzt mitten in meinem Gedankenfluss!»

Rudi wirft einen schnellen Blick aufs Display. «Es ist Frau Moll. Soll ich vielleicht doch rangehen?»

«Meinetwegen.»

«Rosa, was gibt's denn? Ist es wichtig? Der Chef ist gerade dabei aufzudröseln, was passiert sein könnte. Und welche Rolle diese beiden Bilder dabei spielen.»

«Deswegen rufe ich ja an. Wegen der Bilder, meine ich. Ich hab einen Kollegen, der unterrichtet Kunst als Quereinsteiger und könnte sicher schnell herausfinden, welches Bild Conrad gemalt hat. Er muss ja Acrylfarben verwendet haben, die trocknen schnell. Bei Öl dauert das länger. Auf diese Art könntet ihr ruckzuck wissen, welches Bild von Gravenberg stammt.»

«Das ist 'ne super Idee, Rosa. Ich werd es Haueisen sagen und melde mich, falls wir die Nummer deines Kollegen brauchen.»

«Ich schick sie dir schon mal per WhatsApp. Dann könnt ihr ihn unverzüglich zurate ziehen.»

«Danke. Wir müssen hier jetzt aber weitermachen.» Schon beendet Rudi das Telefonat, steckt das Handy zurück in seine Tasche und wendet sich an seine Kollegen. «Rosa kennt einen Kunstlehrer, der uns helfen könnte, den Unterschied zwischen einem mit Acryl gemalten Bild und einem Ölgemälde zu erkennen.»

«Hm.» Haueisen schüttelt den Kopf und kehrt zu seinem Schreibtisch zurück. «Wir brauchen den Kontakt von Frau Moll nicht. Ich habe selbst einen Experten an der Hand.» Er deutet auf den Konferenztisch. «Nehmen Sie schon mal Platz, ich bin gleich bei Ihnen.»

Rudi setzt sich, während Haueisen an seinem Schreibtisch zum Telefonhörer greift. Schnepel verschwindet auf die Toilette. Kaum ist der wieder zurück, kehrt Haueisen an den runden Tisch zurück. «Gut. Das hätten wir also auf den Weg gebracht. Kommen wir zurück auf den möglichen Täter. Aufgrund der Tatsache, dass das Bild kopiert wurde und der Kopist nun tot ist, können wir davon ausgehen, dass wir es mit einem Täter und zwei Opfern zu tun haben. Stellt sich die Frage: Könnte die Galeristin die beiden Taten verübt haben? Bakker, Sie müssen herausfinden, ob Jette Schröder am Samstagmittag die Malgruppe verlassen hat. Und ob es vielleicht Zeugen gibt, die gesehen haben, dass sie das Haus der Müllers betreten hat. Jette Schröder wäre meines Erachtens die Einzige, die im Vorfeld bereits von dem Bild Kenntnis hatte und ahnte, was es wert sein könnte. Vielleicht hat sie Karin Müller in Gravenbergs Auftrag getötet und sich anschließend mit ihm gestritten. Weil er ihr nicht mehr den Anteil zahlen wollte, den sie abgesprochen hatten. Oder weil er das alleine durchziehen wollte. Oder ... was weiß ich.»

«Es könnte auch jemand aus der Malgruppe sein, der sich dort eingeschleust hat.» Schnepel atmet tief ein und aus. «Wir müssen also nicht nur überprüfen, ob Jette Schröder am Samstagmittag eine Zeit lang weg war, sondern auch, ob ein anderer Teilnehmer mit einer fadenscheinigen Entschuldigung eine Pause eingelegt hat.»

«Jo.» Haueisen fährt sich mit der Hand über den Mund.

«Es tun sich vollkommen neue Sichtweisen des Verbrechens auf.»

Ein Klopfen an der Tür unterbricht die drei in ihren Überlegungen.

«Herein.»

Die Tür öffnet sich, und ein Mann von vielleicht Mitte sechzig tritt ein. «Moin, Siegfried. Da bin ich. Wo sind denn die Bilder, die ich angucken soll?»

Haueisen steht auf und streckt die Hand aus. «Volker. Du bist ja schneller, als die Polizei erlaubt!» Haueisen lacht auf. «Das sind Kommissar Bakker und Hauptkommissar Schnepel. Meine Herren, dies ist Volker Tannenberg, ein überaus pfiffiger Skatspieler und ein exzellenter Kunstkenner. Hier, Volker, da sind die guten Stücke.» Sie treten an das Regal. Tannenberg bückt sich.

«Darf ich die Folie entfernen? Anders wird es schwierig, etwas zur Farbe zu sagen.»

Vorsichtig löst er sie, und schon wenige Minuten später steht fest: Das im Bildrahmen befindliche Gemälde ist aus Acryl, das andere das Original von Karin Müllers Oma.

«Das Bild mit den Booten sieht alt aus. Wie Ende neunzehntes Jahrhundert. Kann aber auch entsprechend gemalt sein. Es war eine Zeit lang Mode, sich gut gemachte Kopien ins Wohnzimmer zu hängen. Da ist auch nichts gegen zu sagen.» Prüfend fährt er mit den Fingerspitzen über den Rahmen. «Der ist allerdings einfachste Machart. Mit stilisierten Barockelementen. Das passt eher zu röhrenden Hirschen als zu einem van Gogh.» Er grinst Haueisen an und mustert dann die Buchstaben in der unteren rechten Ecke. «Ob das aber ein echter van Gogh ist, kann ich trotz der echt wirkenden Signatur nicht beurteilen. Van Gogh hat alle seine Bilder mit Vincent in Druckbuchstaben signiert, nie mit seinem Nachnamen», sagt der Kunstexperte. «Da müssen echte Profis ran. Am besten wendet ihr euch an das Kölner Kunsthaus. Die haben sich darauf spezialisiert, Bilder aus Nachlässen auf deren Echtheit zu prüfen.»

Nur wenige Mausklicks später hat Haueisen die Telefonnummer im Internet herausgefunden, und weitere zehn Minuten später ist das Telefonat beendet.

«Und?» Neugierig blickt Rudi seinen Chef an.

«Machen Sie ein paar Fotos von dem Bild und schicken Sie die an diese Nummer.» Haueisen reißt den Zettel von seinem Notizblock. «Die gucken sich an, ob es überhaupt Sinn macht, das Bild näher zu untersuchen. Sie haben gesagt, das können sie recht schnell feststellen. Wenn die Aufnahmen gut sind. Also geben Sie sich Mühe, Bakker.» Er lässt sich auf seinen Bürostuhl zurückfallen. «Wäre ja ein Ding, wenn das Bild echt ist.» Er blickt Rudi an, der ein Foto nach dem anderen mit seinem Handy schießt. «Sie sagten doch, Frau Müller hätte ausgeschlossen, dass es ein Original ist?»

Rudi nickt. «Soweit mir bekannt ist, ja. Also, sie und ihre Oma halten es für eine Kopie.» Er tippt auf seinem Handy die Kölner Nummer ein, markiert die entsprechenden Fotos auf seinem Handy und schickt sie los.

«Ich glaube, ihr braucht mich nicht mehr», verabschiedet sich Tannenberg, und Haueisen begleitet ihn zur Tür.

«Danke für deine Hilfe. Ich geb heute Abend beim Skat eine Runde aus.»

Die Zeit bis zu einer Antwort verstreicht elendig langsam. Endlich kommt der Anruf, und nun drückt Haueisen den Lautsprecher.

«Vielen Dank für die Fotos. Das war mal gutes Material.»

Rudi grinst bei dem Lob, Schnepel hingegen verzieht säuerlich die Miene.

«Das Bild passt zu der Serie Boote am Strand von Les Saintes-Maries-de-la-Mer von 1888. Van Gogh war damals am Mittelmeer in der Camargue. Ist es signiert?»

Haueisen guckt Rudi an. Der nickt.

«Es könnte sich um eines der Bilder handeln, die 1979 beim größten Kunstdiebstahl der DDR verschwunden sind.»

Geplättet sieht Rudi seine Kollegen an. Das Objekt eines gigantischen Kunstraubes ist in Ostfriesland gelandet, und die aktuellen Besitzer ahnen überhaupt nichts von dessen Wert? Das wäre ja der Hammer!

Auch Haueisen ist baff. «Sollen wir es Ihnen bringen?», fragt er, und Schnepel begibt sich bereits in Startposition.

«Das macht keinen Sinn. Selbst wir könnten nicht definitiv sagen, ob es echt ist. Eine Expertise ist nicht so leicht zu erstellen, wie gemeinhin vermutet wird. Ein Bild dieser Serie stand im Mittelpunkt des ersten großen Kunstfälscher-Skandals. Das war 1927. Der Van-Gogh-Experte hielt es damals zuerst für echt, dann für eine Fälschung, dann wieder für echt. Sie sehen, das ist ein äußerst schwieriges und komplexes Thema.»

Bei diesen Worten sinkt die Laune im Raum. «Und was sollen wir jetzt machen?» Haueisen wirkt enttäuscht.

«Um größtmögliche Sicherheit zu haben, müssten Sie es ins Van Gogh Museum nach Amsterdam bringen und bewerten lassen. Dort sitzen die Experten.»

«Meinen Sie, die würden uns auf die Schnelle unterstützen?»

«Versprechen kann ich Ihnen natürlich nichts. Aber einen

Versuch ist es wert, der Leiter des Hauses ist eine anerkannte Koryphäe auf seinem Gebiet, und ich kenne ihn recht gut.»

Haueisen ist sichtbar beeindruckt. «Haben Sie die Kontaktdaten des Amsterdamer Museums?»

«Selbstverständlich. Aber bemühen Sie sich nicht. Ich werde gleich jetzt bei ihm für Sie anrufen und ihm die Dringlichkeit der Angelegenheit verdeutlichen. Moment. Bleiben Sie am besten in der Leitung.»

Eine melodische Musik erklingt, während Rudi, Schnepel und Haueisen warten.

«So was haben Sie auch noch nie erlebt, oder?», fragt Rudi beeindruckt.

«Nee.» Haueisen wirkt ungewöhnlich nahbar.

«Damit kommen wir groß raus», meint Schnepel und untermalt seine Vision mit einer raumgreifenden Handbewegung: «Wittmunder Kripo spürt Van-Gogh-Gemälde nach über vierzig Jahren auf. Teile des spektakulären DDR-Kunstraubes in Altharlingersiel aufgefunden.» Von sich selbst begeistert, lehnt er sich zurück.

Endlich meldet sich der Kunstexperte. Haueisen drückt den Lautsprecher-Knopf.

«So. Ich hab mit den Kollegen in Amsterdam gesprochen. Am besten bringen Sie es persönlich dorthin, dann wird es umgehend begutachtet.»

«Danke.» Haueisen legt beinahe ehrfürchtig den Hörer auf, nachdem er sich Namen und Adresse notiert hat. Dann blickt er hinüber zu dem ungerahmten Gemälde. Rudi würde einiges dafür geben, seine Gedanken lesen zu können.

Schnepel hingegen seufzt selbstzufrieden. «Wir werden berühmt. Wir werden uns vor Einladungen in Talkshows nicht retten können. Wir sind Helden.» Langsam steht er auf.

«Also, worauf wartest du, Rudi? Lass uns nach Holland fahren. Ich war schon mal in Amsterdam. Tolle Stadt. Da sitzen die Frauen in Fenstern und ...»

Als Schnepel Haueisens Blick auffängt, verstummt er.

Nach der zufälligen Begegnung mit Henner fackelt Rosa nicht lange. Kraftvoll tritt sie in die Pedale, lässt trotz Gegenwind bald die Fischereigenossenschaft und die Inselgaragen hinter sich und umrundet den Kreisel. Nun ist es nicht mehr weit.

Rosa erkennt das alte kleine Klinkerhaus, das Henner ihr beschrieben hat, schon von Weitem. Es duckt sich unter dem Ziegeldach, als wolle es sich vor den alljährlichen Winterstürmen schützen. Im Vorgarten blühen Narzissen und Perlhyazinthen, dass es eine wahre Pracht ist.

Rosa stellt ihr Fahrrad neben der Eingangstür ab und sucht vergeblich eine Klingel. Schließlich klopft sie gegen die Holztäfelung der Tür. Von drinnen hört sie schlurfende Schritte. Dann wird geöffnet. Eine Frau jenseits der neunzig, deren hellwach blitzende Augen einen großen Kontrast zu ihren grauen Haaren bilden, steht vor ihr.

«Moin.» Freundlich, aber auf der Hut schaut sie Rosa an. «Sie wünschen?»

«Moin, Frau Dornfeld. Mein Name ist Rosa Moll. Ich war mit Ihrer Enkelin im Malkurs und möchte Ihnen mein herzliches Beileid zu Karins Tod aussprechen.»

Ein trauriger Gesichtsausdruck löst die gerade noch neutrale Miene der alten Frau ab. «Ich kann es noch gar nicht fassen. Karin war doch noch so jung.» Dann fängt sie sich wieder. «Sie waren in ihrem Kurs, sagen Sie?»

Rosa nickt.

«In welchem denn?» Ein kritischer Blick trifft Rosa. Das nötigt ihr Respekt ab. Karins Oma ist keine alte Dame, die sich so einfach reinlegen lässt.

«In diesem Wochenkurs, der gerade auf dem Steffens-Hof in Neuharlingersiel stattfindet. Karin hat das Bild mit den Segelbooten mitgebracht, das seit vielen Jahren bei Ihnen in der Küche hängt.»

Nun lächelt die alte Frau. «Stimmt.» Sie tritt einen Schritt zur Seite. «Mögen Sie eine Tasse Tee? Ich hab gerade welchen aufgebrüht.»

«Gerne.» Rosa folgt ihr in die Küche, die aussieht, als wäre hier seit Jahren nichts verändert worden. Eine Lampe wirft warmes Licht auf Tisch und Eckbank. Die Tapete ist vergilbt, nur dicht beim weißen Emaille-Herd entdeckt Rosa ein helles Rechteck an der Wand. Hier muss das Bild gehangen haben.

«Setzen Sie sich.» Die alte Frau deutet auf die Eckbank.

Rosa nimmt auf dem Sitzpolster Platz. Schon steht eine Tasse vor ihr, samt Kluntjes und Sahnetopf.

«Ja, das ist schrecklich mit Karin. Eigentlich wäre ich an der Reihe, wo mein Fritz doch nun auch schon gegangen ist.» Ohne zu fragen, gibt sie mit der Zuckerzange je einen Kluntjes in die Tassen und gießt den heißen Tee darüber. Der Zucker knackt. «Kannten Sie Karin gut? Sie hat ja nie viel von ihren Freundinnen erzählt.»

«Wir haben uns leider erst beim Malkurs näher kennengelernt», sagt Rosa vage, um nicht zu schwindeln.

«Ach, dieser Malkurs.» Die alte Frau lächelt erneut, und ihre Falten neben Mund und Nase graben sich tiefer ein. «Darauf hat sie sich so gefreut. Sie wollte das Bild aus meiner Küche nachmalen.»

Das ist das Stichwort für Rosa. «Das Motiv mit den Segelbooten ist wirklich ganz besonders. Es erinnert fast ein bisschen an van Gogh, hat unser Kursleiter gesagt.»

«An van Gogh?» Vorsichtig lässt Karins Oma mit der Sahnekelle das Wulkje in die Tassen rinnen. Wie es sich gehört, gegen den Uhrzeigersinn. Um die Zeit anzuhalten.

«Karin hat gesagt, Sie haben es zur Silberhochzeit geschenkt bekommen.»

Käthe Dornfeld nippt an ihrer Teetasse. Als sie sie wieder abstellt, überzieht ein Glanz ihr Gesicht, und Rosa kann sich vorstellen, dass sie als junge Frau sehr schön gewesen sein muss.

«Jaja. Zu unserer Silberhochzeit. Das war 1979.» Sie lächelt versonnen. «Die Nachbarn hatten den Kranz für die Tür am Abend davor gebunden und bei uns angebracht, als der alte Freund von meinem Fritz mit seinem Käfer auf den Hof gefahren kam. Kasimir Wolter. Das war vielleicht eine Überraschung. Die beiden sind zusammen zur Schule gegangen. Drüben im Osten. Irgendwo bei Leipzig. Ich bin nie in der Ostzone gewesen. Wegen der Mauer kam man ja nicht einfach so dahin, und Fritz ist auch gleich nach dem Krieg hierher nach Ostfriesland gekommen. Verwandtschaft hatte er drüben auch nicht mehr. Kasimir war in Westberlin. In der eingemauerten halben Stadt. Aber egal, ich weiß gar nicht, warum ich Ihnen das alles erzähle. Das ist so lange her und interessiert doch niemanden.»

«Im Gegenteil. Ich finde das total spannend. Und der Kasimir kam einfach so zu Ihrer Silberhochzeit?» Rosa möchte der Geschichte unbedingt auf den Grund gehen. Käthe Dornfeld taucht in ihre Erinnerungen ab. «Ja. Und er tat ganz geheimnisvoll. Er hat uns gratuliert und meinem Fritz eine in Stoff eingewickelte Rolle in die Hand gedrückt. Und dann hat sich

Kasimir auch schon wieder verabschiedet. Er müsse weiter, hat er gesagt. Irgendwelche Geschäfte würden auf ihn warten. Ich hab noch versucht, ihn zum Bleiben zu überreden, aber Fritz hat gesagt, wenn Kasimir losmuss, muss er los.»

Wieder lächelt sie, und Rosa hat das Gefühl, als ob sie in Gedanken den Tag von damals genau vor sich sieht.

«Mir blieb aber keine Zeit zum Nachdenken, denn kaum war Kasimir fort, kamen die ersten Gäste. Es ging Schlag auf Schlag. Ich musste mich ums Essen und die Getränke kümmern. Später wurde der Teppich zusammengerollt, und es wurde sogar getanzt.»

Eine Katze kommt in den Raum geschlichen und springt auf den Schoß der alten Frau. Mechanisch streichelt sie ihr den Kopf.

«Am nächsten Morgen hab ich meinen Fritz gefragt, ob er denn das Geschenk von Kasimir vergessen hätte. Da hat er ganz komisch geguckt und gemeint, das hätte er tatsächlich.» Sie lacht. «Dann hat er es geholt, und ich hab es auseinandergerollt. Die Schiffe am Meer haben es mir sofort angetan. Ein paar Tage später hab ich die Leinwand schön rahmen lassen und Fritz gebeten, das Bild in der Küche aufzuhängen. Fritz war das zwar nicht recht, ihm hat es nicht gefallen. Aber er konnte es ja auch schlecht umtauschen», fügt sie lachend hinzu.

Rosa trinkt einen Schluck von dem süßen Tee. Wulkje hin oder her, an diesen Geschmack wird sie sich nicht gewöhnen. Egal, ob das ostfriesische Tradition ist oder nicht.

Die alte Frau ist plötzlich still geworden. In Rosas Kopf springen Käthe Dornfelds Worte hin und her und bleiben bei dem Mann aus Westberlin hängen. «Woher hatte der Freund Ihres Mannes denn das Bild?»

«Keine Ahnung. Ich glaube, Fritz wusste das auch nicht. Er hat nur mal gesagt, dass Kasimir mit allen Wassern gewaschen ist. Vielleicht hat er es aus der Ostzone geschmuggelt.»

«Wie kommen Sie denn darauf?»

«Na ja. Damals war es doch schwierig, etwas aus dem Osten in den Westen zu transportieren – und Kasimir war wohl öfter drüben auf Verwandtschaftsbesuch.»

«Ich würde zu gerne mit ihm darüber reden. Wo wohnt er denn jetzt?»

«Nirgends. Er hatte noch am Tag unserer Silberhochzeit einen Autounfall, wie wir später erfahren haben. Es war ja Mitte Dezember. Da gab's diesen plötzlichen Eisregen. Kasimir ist von der Fahrbahn abgekommen und gegen einen Brückenpfeiler geprallt. Er ist sofort tot gewesen.»

Bei dem herrlichen Sonnenschein ist es ein ganz ungewohntes Ausflugsvergnügen, mitten in der Woche nach Holland zu gondeln, auch wenn Rudi sich angenehmere Beifahrer als seinen Kollegen vorstellen kann. Zu Beginn der Fahrt schwärmt Schnepel über seine Erlebnisse auf einer Hollandreise vor ein paar Jahren und versucht, Rudi zu überreden, die Nacht in Amsterdam durchzumachen und erst morgen wieder zurückzufahren. Immerhin dauert eine Fahrt gut vier Stunden.

«Du kannst dir nicht vorstellen, was hinter dem Bahnhof los ist. Die Mädels sitzen da in den Fenstern und sehen zum Anbeißen aus.»

Aber beim Thema Rotlichttourismus beißt er bei Rudi auf Granit. Spätestens hinter Groningen ist Schnepel klar, dass sie nach erledigter Mission zurückfahren. Danach herrscht Funkstille zwischen den beiden. Und das ist auch gut so. Denn Rudi kann sich an den bunt blühenden Tulpenfeldern und dem platten Land, das hier irgendwie noch platter als in Ostfriesland ist, gar nicht sattsehen. Schnepel hingegen hat keinen Blick für die Landschaft und fummelt die ganze Zeit an seinem Handy herum.

Soll er doch, denkt Rudi. Besser als sein ständiges Gequassel.

Als sie sich Amsterdam nähern, wird der Verkehr dichter, das Navi lotst ihn über viel befahrene Straßen, vorbei an Grachten und prachtvollen Kaufmannshäusern, auf die Rudi nur einen schnellen Blick werfen kann. Er muss sich voll aufs Fahren konzentrieren. Jetzt steuern sie den Museumsplein an, und Rudi entdeckt die ersten Hinweisschilder für das Van Gogh Museum. Aber keinen für einen Parkplatz.

«Verdammt, wo soll ich den Wagen abstellen?»

«Am besten direkt davor», sagt Schnepel und verdreht sich den Hals, als er die Menschenmassen sieht, die durch die Straße ziehen. «Mann, hier ist ja was los.»

«Und wenn sie das Auto abschleppen?»

«Quatsch, ist doch ein Einsatzwagen.»

Darauf will sich Rudi nicht verlassen, das ist ihm zu riskant. Zum Glück entdeckt er in diesem Moment das Hinweisschild für ein Parkhaus und folgt den Pfeilen schweißgebadet. Wie sehr liebt er doch die Beschaulichkeit Ostfrieslands.

Mit dem in eine Decke eingewickelten Bild gehen sie wenig später zum Museum. Sie müssen sich ein paarmal durchfragen, aber endlich sehen sie die Pförtnerloge, wo es zu der Abteilung mit den Restauratoren geht.

«Wollen wir nicht doch über Nacht bleiben?», versucht es

Schnepel ein letztes Mal und erntet einen bösen Blick von Rudi.

Rosa genießt die Stille in ihrer Wohnung und verschwendet keinen Gedanken daran, jetzt auf den Steffens-Hof zu fahren und dort zu malen. Sie legt sich in voller Montur aufs Sofa und schließt die Augen. Angeblich sollen sich in solchen Entspannungsphasen die Gehirnsynapsen neu verdrahten und so die erhaltenen Informationen besser verarbeiten können.

Nach einer Viertelstunde fühlt sich Rosa zwar ausgeruhter, aber neu verknüpft ist in ihren Gedanken gar nichts. Hinter allen Stichwörtern stehen immer noch riesengroße Fragezeichen. Allen voran gibt ihr das Gemälde von Käthe Dornfeld Rätsel auf. Rosa schwingt die Beine vom Sofa und setzt sich hin. Auf Fragen muss man Antworten finden. Augenblicke später startet sie ihren Computer und gibt bei Google «van Gogh» ein. Mehr als 152 000 000 Ergebnisse. Danke schön. Sie fängt mit dem Wikipedia-Eintrag an und stöhnt, als sie sieht, wie lang der ist. Leider gibt es keinen Hinweis auf das Bild mit den Booten. Und überhaupt sehen alle Motive van Goghs ganz anders aus. Alle mit viel Gelb und Blau. Die berühmtesten Bilder sind die Sternennacht und die Sonnenblumen. Sie googelt nach weniger bekannten Bildern, die bringen sie aber auch nicht weiter. Also gut. Dann versucht sie es einfach mal mit van Gogh und dem Stichwort Boote. Rosa traut ihren Augen kaum. Das kann doch nicht wahr sein. Das eine sieht genauso aus wie das Bild von Karins Oma.

Draußen wird es schon dunkel, aber Rosa recherchiert immer noch. Vor Aufregung hat sie die Zeit ganz vergessen. Ein

Blick auf die Uhr sagt ihr, dass in einer halben Stunde das Treffen des Häkelbüdel-Clubs bei Tante Hildegard beginnt. Schnell schickt sie Eckhard eine WhatsApp und entschuldigt sich, dass sie heute nicht mehr zum Malkurs gekommen ist. *Nicht böse sein, aber der Besuch bei Karins Mann hat mich doch mehr mitgenommen, als ich gedacht habe*, schreibt sie. *Ich brauchte anschließend meine Ruhe.*

Das ist ja insgesamt auch nicht gelogen. Von ihrem Besuch bei Karins Oma muss der Kurs ja nichts erfahren. Geht die nichts an. Jetzt aber muss sie sich sputen. Vor allem brennt sie darauf, den anderen ihre Neuigkeiten zu erzählen. Und besonders hofft sie, dass die eine oder andere der Häkelbüdel-Club-Mädels ihr noch etwas zu dem Bild, zu Karin oder deren Oma sagen kann. Die wohnen doch alle schon ihr ganzes Leben in Neuharlingersiel. Da wird es sicher einige interessante Anekdoten geben. Das macht das Dorfleben schließlich aus.

Dick eingemummelt macht sie sich wenig später auf den Weg. Vor dem Sieltor trifft sie Gisela. Die erzählt von ihren Ideen für Osterbasteleien, aber Rosa hört nur mit halbem Ohr hin.

«Ist was mit dir?», fragt Gisela.

«Nee, alles okay», wiegelt Rosa ab und ist vor Aufregung schon ganz hibbelig.

In Tante Hildegards Wohnzimmer sitzen bereits Adelheid, Sigrid und Henners drittälteste Schwester Clara, vor sich Schnittchen und ein Gläschen von Tante Hildegards frisch angesetzter Bowle. Auf dem Tisch verteilt liegen bunt bemalte Eier, Osterhasenfiguren aus Filz, gehäkelte Küken und Hühner.

«Die sind ja süß», ruft Gisela. «Besonders das Küken. Woher kommen die?»

«Die habe ich letztes Jahr in einer Buchhandlung in Norden entdeckt und mir ganz genau erklären lassen, wie man die häkelt.»

«Das sollten wir für den Osterbasar auch noch machen», schlägt Gisela vor. «Ich könnte mir vorstellen, das wird der Renner.»

«Nun wart mal einen Moment. Erst mal interessiert uns was ganz anderes», unterbricht Adelheid sie und reicht Rosa ein Glas Bowle. «Aus Muddern war ja kein vernünftiges Wort herauszubekommen. Was ist denn nun mit diesem Kursleiter? Und warum hat der heimlich das Bild von Karins Oma kopiert?»

Jetzt ist Rosa in ihrem Element. In groben Zügen versucht sie die anderen quasi ins Bild zu setzen, aber das ist gar nicht so leicht. Vor allem, weil dauernd Zwischenfragen kommen. Der Verdacht, dass Conrad ebenfalls ermordet wurde, schockiert alle.

«Es sieht so aus, dass das Bild von Karins Oma der Dreh- und Angelpunkt der ganzen Geschichte ist.» Rosa schaut die anderen an, nimmt einen Schluck von der Bowle und berichtet, was sie herausgefunden hat. «Ihr glaubt es nicht: Immer wieder tauchen unbekannte Bilder berühmter Maler auf. Vor ein paar Monaten war es ein van Dyck in einer Scheune in Amerika, vor zehn Jahren ein van Gogh in einer vergessenen Sammlung auf dem Boden einer Kunsthandlung. Dann gibt es natürlich noch die Bilder, die die Nazis angeblich vernichtet haben, die dann aber doch plötzlich aus dem Nichts auftauchen. Entweder sind sie versteckt gewesen, oder sie wurden gefälscht.» Rosa holt Luft. «Es gibt sogar einen Fälscher, der hat die Gemälde so gut gefälscht, dass etliche Experten darauf reingefallen sind. Der Typ heißt Beltracchi.»

«Ich unterbreche dich ja nur ungern», sagt Adelheid, «aber was hat das mit den beiden Bildern auf unserem Hof zu tun? Da sehe ich, ehrlich gesagt, nicht den Zusammenhang.»

«Den wirst du gleich sehen. Denn erstens ist Conrad Gravenberg ebenfalls als Kunstfälscher verurteilt worden, und zweitens ist das Bild von Karins Oma denen aus einer Bildserie van Goghs sehr ähnlich.»

«Kopien und Drucke von Gemälden gibt es doch wie Sand am Meer. Was meinste, wie viele mittlerweile in allen Ferienapartments meiner Vermieter hängen», wirft Clara ein, die Vorarbeiterin in der Reinigungsfirma «Alles sauber?» ist und regelmäßig die Grundreinigung in den Objekten durchführt.

«Aber auch Fälschungen. Hier, das habe ich im Internet entdeckt.» Rosa tippt auf ihr Handy. «Schon in den Zwanzigerjahren wurde van Gogh gefälscht, was das Zeug hält. Aber der eigentliche Hammer ist, dass das Original mit den Booten seit einem Kunstraub in Gotha verschwunden ist. Und zwar seit 1979.» Sie hält Tante Hildegard die Glastasse zum Nachschenken hin. «Und jetzt kommt's: Genauso lange hängt das Bild bei Karins Oma.»

DONNERSTAG

Ein lautes Kreischen reißt Rosa aus ihren Träumen. Pepe krakeelt in seinem Käfig: «Halt die Klappe!» Verschlafen reibt sie sich die Augen. Mist. Gestern Abend hat sie ganz vergessen, seinen Vogelbauer mit dem Tuch abzudecken, sie ist einfach zu aufgekratzt gewesen, als sie vom Treffen des Häkelbüdel-Clubs nach Hause gekommen ist. Was haben sie sich die Köpfe heiß geredet über die Todesfälle und die Gemälde.

Rosa hatte bis zu ihrer Internetrecherche gestern gar keine Ahnung gehabt, dass besonders van Gogh seit über hundert Jahren so häufig gefälscht wird wie kein anderer und dass *er*, der zu Lebzeiten kaum ein Bild verkauft hat, posthum zum ersten Popstar der Malerei wurde. Tragisch irgendwie, dass er nicht mehr mitgekriegt hat, wie sehr seine Werke geschätzt werden.

Rosa ruft sich die beiden Bilder aus Conrads Zimmer noch einmal in Erinnerung. Sie hat auf Anhieb keinen Unterschied bemerkt. Rudi und seine Kollegen garantiert auch nicht, die waren genauso verdutzt. Nur Jette hat keine Miene verzogen.

Rosa wirft einen kurzen Blick aufs Handy. Keine neue Nachricht. Enttäuscht legt sie das Telefon wieder auf den Nachttisch. Rudi hätte sich wenigstens melden können, ob der Kunstlehrer ihrer Schule der Polizei helfen konnte. Aber das ist typisch für Rudi. Die Weitergabe von Informationen hat für ihn eher Einbahnstraßencharakter. Sie gibt, er nimmt – und hüllt sich anschließend in Schweigen. Von wegen Dienstgeheimnis und so.

Gut, wenn er es denn so haben will. Sie ruft ihn jedenfalls nicht an, um ihm zu erzählen, was sie herausgefunden hat. Dabei ist das eine wirklich vielversprechende Spur. Und die führt von Karins Oma direkt in die ehemalige DDR.

Bei diesen Gedanken meldet sich Rosas kriminalistischer Instinkt. Conrad hat das Bild garantiert nicht einfach nur kopiert, um es in seinem Atelier aufzuhängen. Wahrscheinlich wollte er die Kopie zu Geld zu machen. Von dem Honorar für seine Kurse kann er sich so ein Auto garantiert nicht leisten. Was Jettes Galerie betrifft, tappt Rosa im Dunkeln, aber wenn das eine angesagte Galerie wäre, hätte Jette kaum die Zeit, Conrad eine ganze Woche lang zu einem kleinen Workshop nach Ostfriesland zu begleiten.

In Rosas Kopf geht es zu, als würden Raketen explodieren. Natürlich! Conrad wollte in diesem Fall anders vorgehen als sonst. Früher ging es um weniger bekannte Maler, denen Conrad «neue» Werke untergeschoben hat. Das hat sie gestern im Internet herausgefunden. Und das ist eine ganz andere Liga als der Raub eines echten van Gogh!

Mit einem Mal sitzt Rosa senkrecht im Bett. Das ist es! Hier ging es nicht darum, die Fälschung zu verhökern. Karins Oma sollte die Nachahmung im ursprünglichen Rahmen zurückbekommen. Conrad ging davon aus, dass sie keinen Unterschied merken würde. Und warum war ihm das so wichtig? Weil er das Gemälde tatsächlich für echt gehalten und sich viel Geld davon versprochen hat. Er müsste nur die richtigen Käufer finden. Vermutlich hat Conrad schon das große Geschäft gewittert, als Karin ihm ein Foto des Bildes geschickt hat. Deswegen hat er es auch nicht mehr aus der Hand gegeben. Jetzt versteht Rosa das Theater mit der Folie. Und es würde auch den Anruf erklären, den Henners Vater aufgeschnappt hat. Genau wie die Blicke, die Conrad mit Jette ausgetauscht hat.

Rosas Herzschlag beschleunigt sich. Hatte Conrad schon vor Kursbeginn Kontakt zu kriminellen Kreisen geknüpft? Aber wie findet man heraus, ob es sich bei den Booten am Meer um das geklaute Gemälde aus der DDR handelt? Sie überlegt hin und her und kommt keinen Schritt weiter.

Sie muss Jette auf den Zahn fühlen. Rosa wirft einen Blick auf den Wecker und springt aus dem Bett. Wenn sie sich beeilt, passt sie Jette noch beim Frühstück ab.

Am großen Tisch in der Hofdiele vom Steffens-Hof verstummen die Gespräche, als Rosa den Raum betritt. Bis auf Jette sitzen alle verbliebenen Kursteilnehmer am Frühstückstisch.

«Moin», grüßt Rosa und setzt sich auf den freien Stuhl neben Verena, die die Schale von ihrem Ei abpult und nicht aufblickt. Sie scheint sich unwohl zu fühlen.

«Jette hat gesagt, du hast sie bespitzelt.» Mechthild sieht Rosa herausfordernd an. «Sie hat gesagt, du hast die Polizei informiert, weil Conrad das Bild von Karins Oma kopiert hat. Kommst du dir dabei nicht schofelig vor?»

«Ach. So läuft der Hase. Jette schiebt mir den Schwarzen Peter zu. Aber ihr wollt mir doch nicht weismachen, dass euch das angesichts der Tatsache, dass Karin ermordet wurde, nicht eigenartig vorkommt.»

Mechthild zieht hörbar die Luft ein. «Doch», gibt sie widerwillig zu.

«Nun hört mal auf», sagt Eckhard. «Es sind ja ganz außergewöhnliche Umstände, in denen sich unsere Gruppe befindet. Da war Rosas Handeln vielleicht angebracht.» Er scheint die Situation entschärfen zu wollen, blickt sie an und zeigt auf die Teekanne. «Möchtest du? Ich hab deine Nachricht gestern natürlich erhalten. Das war schon in Ordnung so.»

Rosa nickt und kommt sich dabei wie eine Mittelstufenschülerin vor, kann das aber nicht auf sich sitzen lassen. «Überlegt doch selbst: Wenn Conrad das Bild einfach nur hätte malen wollen, hätte er es am Strand getan, wo wir alle gemalt haben. Stattdessen hat er es nachts kopiert. Das stinkt doch in alle Himmelsrichtungen. Wusstet ihr, dass Conrad vor einigen Jahren wegen Kunstfälscherei verurteilt worden ist?»

Entsetzte Überraschung legt sich auf die Gesichter der anderen.

«Ich habe das auch nicht gewusst. Aber als ich merkte, dass es das Bild plötzlich zweimal gab, kam mir der Gedanke, dass Karins Tod und auch der von Conrad vielleicht etwas damit zu tun haben könnten. Deshalb habe ich die Polizei angerufen.»

Die anderen schauen sie aus großen Augen an.

«Das haben wir nicht gewusst», gesteht Mechthild. «Das wirft wirklich ein ganz anderes Licht auf die Sache.»

«Wo ist eigentlich Jette?», will Rosa wissen.

«Gute Frage.» Barbara greift in den Brötchenkorb und angelt sich ein Rosinenbrötchen. «Die will mit uns nichts mehr zu tun haben. Hat eine Tasse Kaffee getrunken und sich dann verabschiedet. Sie wollte ein bisschen am Strand spazieren gehen und danach vielleicht zum Frisör.»

«Ist ja in diesem Kaff sonst nichts los, hat sie gesagt.» Mechthild erntet betroffenes Nicken der anderen, die gleich darauf übereifrig ihren Tagesplan besprechen, als gingen sie die Geschehnisse um Conrad, Karin und Jette nichts an.

«Lasst uns nicht am Strand malen, wie ursprünglich geplant, sondern im Garten», schlägt Eckhard vor.

«Aus der Nummer bin ich raus», entgegnet Rosa, schenkt sich eine Tasse Tee ein, schnappt sich ein Brötchen, beschmiert es mit Mudderns selbst gemachter Orangenmarmelade, und verspeist es genüsslich. «Ich kann mich nicht aufs Malen konzentrieren, wenn wir es mit vermutlich zwei Gewaltverbrechen in unserer Gruppe zu tun haben. Vielleicht kann ich bei den Ermittlungen helfen.» Sie schiebt sich den letzten Bissen Brötchen in den Mund.

Ohne weitere Erklärung steht sie auf und geht los in Richtung Strand. Als sie auf dem Deich steht, schaut sie sich um. Von Jette ist weit und breit nichts zu sehen. Sie läuft weiter. Zwar sind etliche Leute um diese Uhrzeit bereits unterwegs, aber Jette entdeckt sie nicht. Unentschlossen bleibt Rosa am Hafen unterhalb des Cafés Inselblick stehen. Sie wirft einen Blick in den Andenkenladen, geht dann hinauf ins Café. Keine Jette. Sie könnte überall und nirgends sein. Vielleicht ist sie tatsächlich auf direktem Weg zum Frisör gegangen.

Die Nacht war kurz. Seit fünf Uhr früh drehten sich Rudis Gedanken um die Frage, ob sie es tatsächlich mit der Aufklärung eines Jahrhundertkunstraubs zu tun haben. Bei der Vorstellung wurde ihm ganz anders. In solchen Dimensionen hat er nämlich noch nie gearbeitet. Was ist, wenn sie es mit mafiösen Strukturen zu tun bekommen, einfache Ganoven stecken bestimmt nicht hinter einem solchen Raub. Und schon gar nicht hinter zwei Morden.

Na, zum Glück ist er ja nur das kleinste Rädchen im Getriebe, hat er sich während der Autofahrt nach Wittmund zu beruhigen versucht. Überhaupt, noch ist ja gar nicht klar, ob es sich tatsächlich um einen echten van Gogh handelt.

Einigermaßen zuversichtlich, dass alles halb so wild ist, parkt er vor der Polizei und läuft in die erste Etage hinauf.

Als er Haueisens Büro betritt, duftet es nach Kaffee, und für einen Augenblick bereut Rudi es, nicht doch in aller Ruhe zu Hause gefrühstückt zu haben. Zeit genug wäre ja gewesen.

«Und?», fragt Haueisen. «Was sagen die Experten?»

«Wollen wir nicht noch auf Schnepel warten?»

«Nein. Wer nicht kommt zur rechten Zeit, der hat Pech gehabt. Außerdem ärgere ich mich nicht zum ersten Mal über seine Luschigkeit. Ich glaube, es wird dringend Zeit, dass ich mal deutlich werde. So jedenfalls geht es nicht weiter.»

«Was geht nicht weiter?» Schnepel eilt – noch im Mantel – herein.

«Wenn man vom Teufel spricht ...» Haueisen schaut Schnepel missbilligend an und wendet sich wieder Rudi zu. «Also? Was sagen die Experten?»

«Tut mir ja auch leid, Chef, aber da war ein Bus ...»

«Interessiert mich nicht. Ich will jetzt hören, was Bakker zu sagen hat. Er ist wenigstens pünktlich! Wir reden nachher noch ein ernstes Wörtchen miteinander.»

Beleidigt zieht Schnepel einen Flunsch, und Rudi redet schnell weiter, um die miese Stimmung zu vertreiben.

«Das Ganze ist komplizierter, als es gestern den Anschein hatte. Zum einen war es nicht einfach, überhaupt mit dem Bild unterm Arm ins Museum zu kommen. Die Frau in der Pförtnerloge sagte uns, wir dürften nicht reingehen. Schon gar nicht mit einem Gemälde, das wie ein van Gogh aussieht. Als wir ihr sagten, dass ein Restaurator sich das Gemälde ansehen soll, um es auf seine Echtheit zu überprüfen, lachte sie laut auf. Jährlich kommen da über zweihundert Leute mit Gemälden und Zeichnungen an, die eine Überprüfung wollen, hat sie gesagt.»

«Ich hab der Tussi aber gleich meinen Ausweis unter die Nase gehalten», mischt sich Schnepel ein. «Und ihr klargemacht, dass wir einen Termin haben. Weil es um die Aufklärung eines Mordes geht. Daraufhin hat sie kleine Brötchen gebacken.»

Na, ganz so war es zwar nicht, und von kleinen Brötchen war schon mal gar keine Spur, den Museumsleiter hat die Dame dann allerdings doch informiert. Aber Rudi will seinen Kollegen nicht bloßstellen. Außerdem kennt Haueisen Schnepel gut genug, um zu wissen, dass der gerne mal übertreibt.

«Die aus Köln hatten anscheinend recht. Das mit der Echtheit ist wohl wirklich nicht einfach herauszufinden», fährt Rudi fort. «Da sollen wir uns auf ein paar Wochen Wartezeit einstellen. Aber der Museumsleiter hat versprochen, sich das Bild als Nächstes vorzunehmen.»

«Auf dem Rückweg hab ich mal ein wenig im Internet recherchiert», sagt Schnepel wichtig. «Und ich hab herausgefunden, dass es in der Vergangenheit Experten gab, die absichtlich eine gut gemachte Kopie zum Original erklärten, weil die Käufer besagter Kopien bekannte Kunstsammler waren, die nach außen hin nicht eingestehen wollten, dass sie reingelegt worden waren. Wir sollten also genau aufpassen, dass wir auch das richtige Bild zurückkriegen. Wer weiß, vielleicht gehören die vom Museum ja auch zu einer Fälschergruppe.»

Entgeistert guckt Rudi Schnepel an. «Das glaubst du doch nicht im Ernst!»

Auch Haueisen schüttelt den Kopf bei Schnepels Worten.

Der lässt sich jedoch nicht beirren. «Ach was. Jeder ist käuflich, heißt es doch so schön. Aber gut, ich will mal voraussetzen, dass die Amsterdamer Experten integer sind. Das, wovon ich gerade sprach, ist ja auch schon lange her. Dieser Fälscher war wohl ein echt begnadeter Vogel. Otto Wacker hieß der. Die Gemälde von dem waren so echt, dass sie beinahe echter waren als die von van Gogh selbst, heißt es. Bei dem Bild von Karins Großmutter käme so ein Irrtum natürlich nicht vor, hat der Experte versprochen. Er würde das ganz genau beurteilen können, heutzutage stehen ihnen ja ganz andere Methoden zur Verfügung als noch vor hundert Jahren.»

Das Telefon auf Haueisens Schreibtisch klingelt. «Emterbäumler, mein Bester, was haben Sie für uns?», begrüßt er den Rechtsmediziner und drückt auf die Lautsprechertaste.

«Servus, Haueisen! Um Sie nicht auf die Folter zu spannen: Conrad Gravenberg», er macht eine Pause, «starb eines natürlichen Todes. Es war eine stinknormale Herzattacke. Sein Herz war stark vorgeschädigt, sodass bei der Todesursache absolut kein Zweifel aufkommt.»

«So ein Scheiß», rutscht es Schnepel raus. «Der Mistkerl hat sich durch Tod der Verhaftung und Verurteilung wegen Mordes entzogen.» Haueisen blickt ihn scharf an, und sofort hält Schnepel den Mund. Der Chef und Emterbäumler reden noch kurz darüber, dass Gravenberg regelmäßig Drogen konsumiert haben muss, dann beenden sie das Telefonat.

Haueisen schnaubt. «Tja, meine Herren, zum Glück also kein weiterer Mord. Das bedeutet, wir müssen uns wieder auf das Umfeld von Karin Müller konzentrieren.» Er rührt nachdenklich in der Kaffeetasse. Dann blickt er auf. «Aber nicht ganz. Immerhin hat die Spurensicherung Kokain und auch Ketamin in Gravenbergs Kulturbeutel gefunden. Der Bericht ist gestern Nachmittag reingekommen, als Sie in Holland waren. Und schließlich führt nicht jeder Ketamin im Gepäck mit sich.»

«Ketamin, das passt. Hundertpro!» Schnepel bekommt leuchtende Augen. «Ich bin nach wie vor sicher, dass Gravenberg die Müller getötet hat. Ich meine, der Typ war ja echt eine arme Sau, wenn der auf Ketamin statt Kokain zurückgreifen musste. Auch diesbezüglich habe ich mich während der Autofahrt schlau gemacht.» Wie zur Bestätigung zeigt Schnepel auf sein Handy. «Eine Ampulle von dem Zeug kostet nur dreißig Euro, es soll eine günstige und unproblematische Alternative zu Kokain sein.»

«Das wissen wir doch bereits, Schnepel», sagt Haueisen in leicht gereiztem Ton.

«Chef, nun bringen Sie mich nicht durcheinander», übergeht Schnepel den Einwand. «Jedenfalls ist das doch ein mehr als handfester Beweis. Der Gravenberg wollte das Bild von Anfang an. Hat Karin Müller getötet, wollte der Oma die Kopie zurücklassen und das echte Bild für viel Geld verhökern. Zu dumm nur, dass er dann selbst das Zeitliche gesegnet hat. Ich denke, wir nehmen Gravenbergs Freundin noch mal gehörig in die Mangel. Die steckt mit dem unter einer Decke, auch wenn wir ihr das unter diesen Umständen vermutlich schwer nachweisen können. Aber ich verspreche Ihnen, ich werde alles geben, um sie dranzukriegen. Vielleicht sogar für den Mord an Karin Müller. Gravenberg und sie wollten den van Gogh. Sonst hätte sie nicht versucht, das Original aus dem Haus zu schmuggeln. Wir können sie zwar nicht unbedingt wegen Beihilfe zum Mord drankriegen, für Kunstdiebstahl aber schon.»

«Solange wir nicht wissen, ob das Bild echt ist, kriegen wir sie wegen gar nichts dran. Also können wir sie auch nicht hier festhalten», sagt Haueisen und wirkt plötzlich erschöpft. «Aber natürlich können Sie beide zum Steffens-Hof fahren, noch mal mit ihr reden und sie über das Obduktionsergebnis informieren.»

Schnepel will schon loslegen, doch Haueisen stoppt ihn.

«Moment noch, Kollege. Bakker, Sie können unten auf Schnepel warten. Wir haben noch etwas unter vier Augen zu besprechen.»

Die Glöckchen über der Tür des Frisörsalons bimmeln, als Rosa eintritt. Gudruns Promenadenmischung Schecki kommt sofort angeflitzt, springt an Rosas Beinen hoch, doch als Gudrun «Schecki! Aus!» ruft, hält er inne, als würde er sich an die Lektionen aus der Hundeschule erinnern, und lässt von Rosa ab.

«Moin, Rosa», begrüßt Henners ältere Schwester sie. Sie betreibt seit einigen Jahren den Frisörsalon in Neuharlingersiel. «Mit dir hab ich heute gar nicht gerechnet. Hab ich deinen Termin verschwitzt?»

«Nee», sagt Rosa, die mit einem Blick erfasst hat, dass Jette nicht hier ist. Dafür sitzt Sigrid mit einem Glas Prosecco auf dem Bedienstuhl neben dem von Gisela, der Gudrun Lockenwickler ins Haar dreht. Der Prosecco ist neben der üblichen Tasse Kaffee ein Service, um den Stammkundinnen die Wartezeit zu vertreiben. Seit sich die andere Frisörin, Schnepels Fast-Ex-Ehefrau, nach Bremen verabschiedet hat, arbeitet Gudrun alleine. Bislang hat sich auf ihre Anzeige nicht die richtige Bewerberin gemeldet. Ist gar nicht so einfach, gute Fachkräfte zu bekommen, hat Gudrun erzählt. Aber noch ist die Saison ja nicht in vollem Gange. Und ihre Stammkundinnen bringen in der Regel zum Glück Zeit mit.

Gudrun dreht den nächsten Lockenwickler in Giselas Haare und zeigt auf die Warteecke. «Setz dich doch. Tee steht auch da.»

«Danke, aber ich komme gerade vom Frühstück meiner Malgruppe. Aber malen mag ich nicht mehr.»

«Ja, das ist eine schlimme Sache mit der Karin», nimmt Sigrid den Faden auf. «Wir haben gerade darüber gesprochen, wer für den Kranz sammeln wird. Du weißt ja, Knöllchen...»

«Besonders beliebt ist sie nun wirklich nicht gewesen», fällt ihr Gisela ins Wort, ohne den Kopf zu bewegen, damit es nicht ziept.

«Früher war Karin eigentlich ganz nett», erinnert sich Gudrun. «Sie war doch Svens Kindergärtnerin. Ich hab ihn oft abgeholt, nachdem seine Mutter sich nach Mönchengladbach verdünnisiert hatte und Rudi ganz alleine mit dem Lütten dastand. Das konnte er mit seinem Job gar nicht allein hinkriegen. Da haben wir Schwestern Rudi unterstützt. Er ist schließlich fast so was wie ein Bruder für uns.» Sie greift zum nächsten Lockenwickler.

«Das ist aber ewig her», sagt Sigrid gedehnt. «Doch du hast recht.» Plötzlich lächelt sie verschmitzt. «Damals war sie anders. Ich kann mich an ein Schützenfest in Esens erinnern. Ist bestimmt fuffzehn Jahre her. Ludwig hat da noch in dem Fernsehladen gearbeitet, und von Frühverrentung war keine Rede. Wir haben damals im Festzelt ordentlich geschwoft.»

«Ludwig und tanzen?», wundert sich Rosa.

«Na klar. Du hättest mal sehen sollen, was der für eine kesse Sohle aufs Paket gelegt hat! Die Frauen haben sich darum gerissen, mit ihm zu tanzen. Mir war das ganz lieb, denn so wild war ich nicht darauf, von ihm über die Tanzfläche gewirbelt zu werden.» In Sigrids Stimme liegt ein Hauch von Wehmut. «Karin ist auch da gewesen. Quietschfidel und puppenlustig. Und ständig auf der Tanzfläche oder an der Sektbar.»

«Claas hab ich aber noch nie tanzen sehen», wirft Gisela ein. «Der hat doch einen Stock verschluckt.»

«Sie hat ja auch nicht mit Claas getanzt. Ich glaub, der war nur ganz kurz dabei. Die hatten sich irgendwie gestritten. Und dann hat sie wie wild mit Hadi getanzt. Ludwig hat sich tüchtig geärgert, weil der ihm ein paarmal auf die Füße getreten ist.»

«Was du nicht sagst. Daran kann ich mich gar nicht erinnern. Aua!» Gisela dreht sich zu Sigrid um.

«Das kommt davon, wenn du nicht ruhig sitzen bleibst, bis ich die Dinger auf deinem Kopf hab», sagt Gudrun trocken und lockert den Pikser, mit dem sie den letzten Wickler befestigt hat.

«Und später am Abend ...» Sigrid verstummt.

«Was war da?», fragt Rosa gespannt.

«Ach, ihr wisst ja, wie das auf Schützenfesten ist», versucht Sigrid abzuschwächen. «Es wird viel getanzt, noch mehr getrunken ... ist doch bei uns so wie im Ruhrpott die fünfte Jahreszeit. Da kommt man sich auch mal näher, und manchmal verschwindet ein Mann mit einer Frau, die nicht seine eigene ist.»

«Ach nee.» Gisela lässt vor Neugier die Illustrierte sinken, auf deren Titelbild König Charles und Königin Camilla zu sehen sind. «Sach bloß, zwischen Hadi Döpke und Knöllchen-Karin ist was gelaufen.»

Schnell schüttelt Sigrid den Kopf. «Ich will ja keine Gerüchte in die Welt setzen. Jetzt, wo Karin tot ist. Und sie war ja auch ziemlich angeschickert. Aber als sie mit Hadi wieder ins Festzelt kam, da sah sie verdammt verliebt aus. Ich weiß das deshalb, weil ich mich an dem Abend dann doch noch über Ludwig geärgert hab, weil der sich so wenig um mich gekümmert hat. Als Karin und Hadi händchenhaltend an die Theke gegangen sind, war ich für einen winzigen Moment eifersüchtig. Obwohl das natürlich Quatsch war», beeilt sich Sigrid hinterherzuschieben.

«Hast du die denn noch öfter zusammen gesehen?», fragt Rosa.

«Nee. Beim nächsten Schützenfest war Hadi nicht dabei. Seine Frau hatte einen Mallorca-Urlaub gebucht.»

«Und sonst? Hast du sie mal irgendwo anders zusammen gesehen?»

«Nee.» Skeptisch guckt Sigrid Rosa an. «Warum fragst du denn?»

Rosa zuckt schnell mit den Schultern. «Och, nur so. Weil sie doch auch zu meinem Malkurs gehörte. Da fühle ich mich ihr irgendwie besonders nah und möchte schon wissen, wie ihr Leben so war.» Sie setzt ein unschuldiges Lächeln auf. «Ich muss dann auch weiter. Lasst euch noch schön verwöhnen, Mädels!» Schon ist sie zur Tür raus.

Rund um den Hafen ist heute ordentlich Betrieb. Zahlreiche Touristen strömen kurz vor Ostern wieder in den kleinen Sielort und bevölkern die Promenade. Einige Strandkörbe sind auf der unteren Hafenpromenade aufgestellt, alle sind belegt, ebenso wie die niedrige Mauer und die Sitzbänke. Viele Gäste schlecken an einer Eiswaffel oder essen ein Fischbrötchen und halten die Nase in die Sonne, die sich heute immer wieder zwischen den dichten Wolken vorwagt. Ein Hauch von Frühling liegt über dem beschaulichen Ort. Die Luft scheint klarer, und nicht nur die Möwen kreischen, auch die Amsel, die über die Hafenmauer trippelt, zwitschert, was das Zeug hält.

Henner parkt sein neues Fahrrad unterhalb der Hafenmauer, guckt zu Ludwigs Fenster hoch und schnappt sich dessen Post. Kaum hat er die Klingel gedrückt, tönt Ludwigs «is offen» von oben. Die Wohnungstür ist nur angelehnt, an dem kleinen Tisch vorm Wohnzimmerfenster sitzt Ludwig. Von hier aus hat er das Hafengeschehen stets gut im Blick.

«Moin, Ludwig.» Henner drückt ihm eine Ansichtskarte in die Hand. «Sigrids Schwester hat geschrieben. Die ist wieder auf Teneriffa.»

«So viel zum Thema Postgeheimnis», murmelt Ludwig, grinst und zeigt auf den Couchtisch. «Kannst du dahin legen.»

Henner spart sich den Hinweis, dass Postkarten nicht dem Briefgeheimnis unterliegen, und legt die Karte mit der Abbildung eines schwarzen Sandstrandes auf die bestickte Tischdecke. Ist ihm ein Rätsel, warum man freiwillig an einen solchen Strand fährt. Da ist ihm das bei Sonne silbrig glänzende Wattenmeer und der helle Sand hier allemal lieber.

«Willste mal hören?», reißt Ludwig ihn aus seinen Gedanken. «Bin dabei, einen Artikel über den Mord an Karin zu schreiben.»

Automatisch presst Henner die Zähne aufeinander und schiebt unbewusst die Ansichtskarte auf die gestickten gelben Küken. Ludwig kann es einfach nicht lassen.

«Du brauchst gar nicht so gucken», sagt Ludwig, der seinen verärgerten Blick aufgefangen hat. «Wir haben schließlich Pressefreiheit, und ich lasse mir den Mund nicht verbieten, auch nicht von dir und meiner eigenen Frau.»

«Na hör mal.» Henner schiebt die Postkarte weiter zur weißen Henne. «Pressefreiheit … das ist ja wohl was ganz anderes.»

«Wieso?» Mit zusammengekniffenen Augen sieht Ludwig Henner an. «Du und Sigrid, ihr habt mir quasi verboten, den Artikel über Karin zu veröffentlichen.»

«Ham wir nicht.»

«Sondern?»

«Es ging um Rufmord. Du solltest Hadi nicht als Mörder hinstellen. Ihn nicht verleumden, bloß weil du was beim Bäcker gehört hast.»

«Das hätte ich doch nie gemacht. Ich hab da nur mal so laut vor mich hin gedacht. Aber damit du beruhigt bist, hör dir an, was ich vorhin gepostet habe: *Karin Müller wurde am letzten Samstag in ihrem Haus ermordet. Bislang fehlen noch jegliche Hinweise auf den Täter. Deshalb brauchen wir eure Hilfe. Hat jemand etwas Auffälliges rund um ihr Wohnhaus in der Deichringstraße gesehen? Bitte sachdienliche Hinweise direkt an mich oder an die Polizei schicken.*» Ludwig schaut Henner an. «Wie findest du das?»

«Na ja, wenn jemand etwas gesehen hätte, hätte der das bestimmt schon der Polizei gesagt.»

«Vielleicht wusste derjenige gar nicht, dass es wichtig war. War ja nicht von Anfang an klar, dass es sich um Mord handelt.»

«Stimmt.» Da könnte Ludwig tatsächlich recht haben. «Und wenn Rudi nicht so genau hingesehen hätte, wäre das nie rausgekommen. Der Arzt hat jedenfalls nichts gemerkt.»

Ludwig streicht sich über seine platt auf der Kopfhaut liegenden Haare und blickt hinaus aufs Hafenbecken. «Ja, die Sache mit Karins Tod ist ganz schön verworren. So wie die ganze Person Karin. Ich bin schon seit drei Tagen dabei, einen Nachruf auf sie zu schreiben, aber das ist gar nicht so einfach. Knöllchen-Karin hat sich verdammt unbeliebt gemacht.» Ludwig verzieht die Mundwinkel. «Aber das kann ich schlecht in ihrem Nachruf schreiben. Ich komm und komm nicht weiter.»

«Als Svens Kindergärtnerin ist sie ganz nett gewesen, sagt Rudi. Aber das ist schon lange her.»

«Manchmal glaube ich fast, dass es so etwas wie einen Bruch in ihrem Leben gegeben hat», sagt Ludwig, was Henner erstaunlich sensibel findet.

«Wie kommst du denn darauf?»

Ludwig zeigt auf die ruhige, in der Sonne glitzernde Nordsee, die sich hinter dem Hafenbecken bis zum Horizont erstreckt. «Karin war ein bisschen wie das Meer, das man bei Sturm auch nicht wiedererkennt. Da gab es früher die nette, freundliche, stets gut gelaunte Kindergärtnerin Karin. Dann muss etwas passiert sein, was sie völlig aus der Bahn geworfen hat. Burn-out sagt man ja heute gerne dazu. Aber egal. Nach der Reha hat sie im Kindergarten gekündigt und fing beim Ordnungsamt an. Wie eine Blöde verteilte sie von da ab Strafmandate, und ruckzuck hatte sie ihren Spitznamen weg.» Ludwig tippt sich nachdenklich an sein Doppelkinn. «Damals hab ich ja noch in Esens gearbeitet und manchmal das Lieferfahrzeug direkt um die Ecke geparkt. Da klebten die Knöllchen schneller, als ich gucken konnte, unterm Scheibenwischer.»

Henner macht einen Schritt Richtung Tür. Langsam kann er die Sprüche über die Knöllchen nicht mehr hören. Er hat nie eins von Karin bekommen, aber er hat ja auch kein Auto, und seine Berta konnte er parken, wo er wollte. «Ich muss dann mal.»

«Ja, ich auch. Der Nachruf muss endlich fertig werden», ruft Ludwig ihm hinterher, als er schon die Türklinke in der Hand hat.

Ludwig als begnadeter Tänzer. Das hätte Rosa ihm nie und nimmer zugetraut. Genauso wenig, wie sie sich eine heftig flirtende Karin hätte vorstellen können. Das Leben überrascht einen eben immer wieder. Nein, korrigiert sie sich, es ist das, was sich hinter der offensichtlichen Fassade verbirgt, was einen verblüfft. So wie bei den modernen Fachwerkhäusern, die eigentlich eine Mogelpackung sind, weil ganz normalen Klinkerbauten nur Fachwerk davorgesetzt wurde. Rosa bedauert es, dass sie sich nicht mehr auf Karin eingelassen hat. Vielleicht hätte sie dann einen Zipfel von der ursprünglichen Karin kennengelernt und könnte erahnen, was in ihr vorgegangen ist. Aber Rosa hat sich mehr für Conrad interessiert. Kein Wunder, die Erinnerung an die alten Zeiten wurde wieder lebendig, genau wie die zart flatternden Schmetterlinge in ihrem Bauch. Allein, wie er ihr damals immer die Hand auf die Schulter gelegt und etwas an ihrer Pinselführung korrigiert hat. Ein Gefühl von Sehnsucht macht sich in ihr breit, als sie daran denkt.

Hinterm Sielwerk wechselt Rosa die Straßenseite und passiert schon bald den Kreisel mit den neuen Bushaltestellen, die aussehen wie riesengroße Bojen. Eine ist leuchtend grün, die andere knallorange. Zwischen zwei vor der Touristeninfo parkenden Autos schlüpft eine Blondine in Leo-Look-Plüschjacke auf den Fußweg. Die Jacke kommt Rosa bekannt vor, schnell beschleunigt sie ihren Schritt. «Jette?»

Die Frau dreht sich um. Es ist tatsächlich Jette. Sie wirft

Rosa einen verächtlichen Blick zu und marschiert grußlos weiter in Richtung Steffens-Hof.

«Bleib doch mal stehen», ruft Rosa ihr hinterher. Und wirklich: Jette stoppt und dreht sich noch einmal um. Die Hände tief in die Jackentaschen versenkt, blickt sie Rosa widerwillig an. «Was willst du von mir?»

«Ich möchte mit dir reden.»

«Aber ich nicht mit dir.» Jette macht einen Schritt auf Rosa zu und zischt: «Durch deine Petzerei wurde mein Aufenthalt hier *so wunderbar* verlängert. Danke. Das vergesse ich dir nie.»

«Das hatte doch nichts mit Petzen zu tun. Karin wurde ermordet und Conrad vermutlich auch. Da ist doch jedes Detail wichtig. Auch die beiden Bilder. Obwohl es sich ja genau genommen um ein Bild und eine Kopie handelt.» Herausfordernd sieht sie Jette an.

Die stemmt wütend die Hände in die Seite. «Das hat ja wohl niemanden zu interessieren.» Ohne Rosa eines weiteren Blickes zu würdigen, marschiert sie los.

Es kommt ihr vor wie eine kalte Dusche. Für einen Augenblick steht Rosa verdattert da. Aber so schnell lässt sie Jette nicht vom Haken. Sie muss herausbekommen, was sie mit dem Bild vorhatte. Etwas außer Atem schließt Rosa Augenblicke später wieder zu der Galeristin auf. «Was wolltest du eigentlich mit dem Gemälde machen?»

«Das geht dich überhaupt nichts an.»

«Ich finde schon. Wenn Conrad sich so viel Mühe gegeben hat, das Bild zu kopieren, wird er sich dabei etwas gedacht haben.»

«Und wenn? Dann geht dich das auch nichts an.» Jette bleibt stehen und lässt einen Lieferwagen in die Seitenstraße abbiegen.

«Wolltest oder solltest du den echten van Gogh an jemanden verkaufen?»

Wütend blickt Jette Rosa an. «Mit dir rede ich kein Wort mehr.» Kaum ist der Lastwagen vorbei, überquert sie im Turbogang die Straße. Rosa gibt es auf. Von Jette erfährt sie heute kein Wort mehr.

Nachdenklich geht sie ihr hinterher Richtung Steffens-Hof. Sie ist sich sicher: Jette wollte das Bild zu Geld machen.

«Was fällt der Tussi ein, einfach so durch die Gegend zu laufen! Wir hatten gesagt, sie soll hierbleiben.» Wütend stapft Schnepel aus dem Garten, wo die Gruppe malt.

«Es war nur die Rede davon, Neuharlingersiel nicht zu verlassen», stellt Rudi richtig. «Wir hätten sie eben doch vorher anrufen und ihr sagen sollen, dass wir kommen, um noch einmal mit ihr zu sprechen.»

Schnepel dreht den Kopf in seine Richtung. «Ach ja? Damit die sich vorbereitet und vielleicht sogar abhaut?»

«Helmut, warum hätte sie abhauen sollen? Gravenberg ist eines natürlichen Todes gestorben, wie wir inzwischen wissen. Sie hat also nichts mit seinem Ableben zu tun. Und die beiden Bilder hat sie auch nicht mehr. Sie wird aber sicher das eine zurückhaben wollen. Das hat Gravenberg schließlich gemalt.»

Sie betreten die Hofdiele, in der zwei Kannen mit Kaffee und Tee und saubere Tassen auf dem Tisch stehen. Schnepel schnappt sich die mit «Kaffee» beschriftete Kanne und schenkt sich ein. Nachdem er einen Schluck getrunken hat, sagt er: «Der hat das Bild nicht *gemalt*. Der hat einen van Gogh *kopiert*. Das ist ein erheblicher Unterschied.»

In diesem Moment geht die Tür auf, und Jette Schröder kommt herein. Beim Anblick der Polizisten bleibt sie stehen und stöhnt auf. «Bleibt mir heute denn nichts erspart?» Sie verdreht die Augen. «Was wollen Sie?»

«Also etwas freundlicher könnten Sie uns schon begrüßen», sagt Schnepel spitz. «Eigentlich müssten Sie sogar ganz kleine Brötchen backen wegen der Van-Gogh-Fälschung.»

«Oh nee ... reiten Sie da immer noch drauf rum?» Demonstrativ nimmt sie einen Kaugummi aus der Tasche ihrer Leo-Jacke und steckt ihn sich in den Mund. Provozierend kaut sie mehrmals darauf herum und fabriziert eine Blase, die sie größer und größer werden lässt, bis sie platzt. Dann pult sie die Kaugummireste von ihren Lippen: «Was weiß ich, warum Conrad das gemalt hat.»

«Gefälscht», korrigiert Schnepel.

«Ist mir scheißegal, wie Sie das nennen. Er hat es gepinselt und darum gehört es rein rechtlich ihm, und ich darf es mit nach Hannover nehmen, wenn Sie mich endlich gehen lassen.» Sie kneift die Augen zusammen und steckt die Hände in die Jackentaschen. «Darf ich denn nun gehen?»

«Interessant, dass Sie das als Erstes wissen wollen.» Schnepel schürzt überheblich die Lippen. «Sie haben mit keiner Silbe nach dem Obduktionsergebnis gefragt.»

«Warum sollte ich? Conrad ist am Strand zusammengebrochen. Wir waren doch alle dabei. Soweit ich weiß, hat ihn niemand erstochen, erwürgt oder erschossen. Er ist einfach zusammengeklappt. So was kommt häufiger vor. Für die Angehörigen blöd, aber für den Verstorbenen selbst sehr cool.»

Cool? Dieses Wort wäre Rudi in dem Zusammenhang nun gar nicht in den Sinn gekommen. Überhaupt fehlt bei ihr jegliches Anzeichen von Trauer oder Empathie. «Herr Gravenberg ist tatsächlich eines natürlichen Todes gestorben», übernimmt er das Gespräch. Er blickt Jette Schröder offen an. «Es besteht also kein Grund mehr, dass Sie hierbleiben müssen. Sie können zurück nach Hause fahren.»

«Was ist mit Conrads Bild?»

«Das liegt in der Polizeiinspektion. Die Untersuchungen sind noch lange nicht abgeschlossen.»

«Aber Sie sagten doch, dass Conrad nicht getötet wurde. Alles ist also ganz harmlos.»

Nun wirft Schnepel sich in die Brust. «Harmlos? Na, das wüsste ich aber! Immerhin haben wir bei Herrn Gravenberg auch Drogen gefunden.»

«Seit wann ist denn der Besitz von Drogen strafbar?», kontert Jette. «Wollen Sie jetzt allen Ernstes einem Toten den Prozess machen, weil er ein paar Drogen im Gepäck hatte? Machen Sie sich doch nicht lächerlich.»

«Er hat die Drogen auch konsumiert. Das hat der Rechtsmediziner festgestellt.»

«Ja, und? Was kann ich dafür?» Jette redet sich wieder in Rage.

«Nichts», versucht Rudi zu beschwichtigen.

«Also? Was untersuchen Sie denn da noch? Geben Sie mir Conrads Bild, und dann bin ich weg.»

«Das können Sie sich abschminken. Alles deutet darauf hin, dass Herr Gravenberg das Bild gefälscht hat, um es der Eigentümerin als ihr Bild unterzujubeln und das Original zu verkaufen. Dieses Original gehört aber möglicherweise zur Beute eines Kunstraubes, und deswegen kommt das BKA ins Spiel. Erst wenn die die Fälschung freigeben, könnte es sein, dass Sie das Bild zugestellt bekommen. Aber erst dann.»

«Was für ein Scheiß!», schimpft Jette. «Hätte ich mich bloß

nicht auf diesen Blödmann eingelassen. Jetzt hänge ich mit dem ganzen Mist allein da!» Als sie Rudis fragenden Blick bemerkt, wird sie ruhiger. «Conrad hatte die Idee, eine Galerie zu eröffnen, in der wir Kopien berühmter Maler verkaufen. Ganz bewusst auch als Kopien deklariert. Das war schon in den Sechzigern Mode an der Côte d'Azur. Sie glauben ja gar nicht, wie viele Neureiche es gibt, die sich eine gut gemachte Kopie in die Bude hängen und im Bekanntenkreis mit gesenktem Blick und verschmitztem Lächeln erzählen, dass es eine Kopie ist. Natürlich in dem Wissen, dass ihnen niemand glaubt. Die anderen denken, es ist das Original und dass der Eigentümer genau das nicht offenbaren will. Deshalb hatte Conrad die Idee, nur ausgewählte Stücke anzubieten, die eben nicht als Massenware in Drucken oder billigen Kopien auf dem Markt erhältlich sind. Er hat seine Kopien auf der Rückseite auch immer mit seinen Initialen versehen.» Selbstbewusst reckt sie das Kinn.

Schnepel schaut Rudi an. «Ist auf dem Bild so eine Signatur?»

Rudi zuckt mit den Schultern. «Woher soll ich das wissen?»

«Wir werden es überprüfen», sagt Schnepel und stellt die Kaffeetasse mit einem dumpfen Geräusch auf dem Holztisch ab. «Ist ja jetzt auch erst einmal unwichtig. Wir sind jedenfalls gekommen, um Ihnen mitzuteilen, dass Sie abreisen dürfen.» Er bemerkt das breite Grinsen auf Jette Schröders Gesicht und schiebt hinterher: «Aber Sie dürfen nicht das *Land* verlassen. Solange die Ermittlungen laufen, halten Sie sich zu unserer Verfügung.»

Das ist zwar etwas übertrieben, denn davon hat der Chef nichts gesagt, aber Rudi möchte nicht den Wichtigtuer geben und hält den Mund.

Die Tür geht auf. Claas Müller tritt ein, eine Prinz-Heinrich-Mütze auf dem Kopf. Sein Übergangsmantel ist zugeknöpft und mit einem Gürtel verschlossen. «Moin.» Müller stutzt, als er Rudi und Schnepel sieht. «Oh. Polizei? Ich wollte nicht groß stören, sondern mit jemandem sprechen, der für den Malkurs zuständig ist. Ich hätte gerne anteilig die Kursgebühr für meine Frau zurück.»

Verdutzt sieht Jette Schröder ihn an. «Sind denn jetzt alle verrückt geworden?», faucht sie. «Natürlich kriegen Sie kein Geld zurück! Was kann ich denn dafür, dass Ihre Frau getötet wurde? Oder dafür, dass Conrad gestorben ist? Ich muss jetzt sehen, wie ich selbst klarkomme.» Sie wirft allen drei Männern einen bösen Blick zu, dreht sich auf dem Absatz um und verlässt die Hofdiele.

«Tja», sagt Rudi und wendet sich an Claas Müller. «Da können wir Ihnen jetzt leider auch nicht helfen.»

Müller zuckt mit den Schultern. «Hab ich mir schon fast gedacht. Aber Sie wissen ja, ich arbeite beim Finanzamt, und da bin ich es gewohnt, dass ordentlich abgerechnet wird. Einen Versuch war es wert.»

«Sagen Sie mal.» Rudi fällt noch etwas ein. «Sie führen doch in Apotheken Betriebsprüfungen durch?»

«Genau.»

«In welcher waren Sie denn zuletzt? Und wann?»

Müller kneift die Augenbrauen zusammen. «Warum wollen Sie das wissen?»

«Nun ja. Immerhin wurde Ihre Frau mit Ketamin getötet. Irgendwoher muss das Zeug ja kommen.»

«Das ist ja wohl die Höhe», regt Müller sich auf. «Sie unterstellen mir tatsächlich immer noch, ich hätte was mit dem Tod meiner Frau zu tun?»

«Mit dem Mord», sagt Schnepel genüsslich. «Nennen Sie es ruhig beim Namen. Also: in welcher Apotheke?»

«In der Ostfriesen-Apotheke in Wittmund. Vor einem halben Jahr. Schönen Tach noch.» Claas Müller wendet sich zum Gehen.

«Stopp», ruft Schnepel.

«Ich brauch frische Luft.» Müller öffnet die Tür, bleibt aber auf dem gepflasterten Vorhof des alten Gebäudes stehen. Rudi und Schnepel treten zu ihm. Hofhund Butscher kommt angetrottet und stupst mit der Nase gegen Rudis Beine. Er beugt sich hinab und streichelt dem alten Hund über den Rücken. «Hab leider kein Leckerli in der Uniform», murmelt er. Als ob Butscher ihn verstanden hätte, wirft der ihm einen traurigen Blick zu und schleicht davon.

«Was gibt es denn noch?», fragt Müller abweisend.

«Herr Gravenberg ist eines natürlichen Todes gestorben. Von daher hängen die beiden Todesfälle nicht zusammen.»

Überrascht schaut Müller Schnepel an. «Ich habe gar nicht gewusst, dass Sie in diese Richtung ermitteln.»

«Dafür gab es Anhaltspunkte. Es deutete zunächst alles darauf hin, dass der Tod Ihrer Frau mit dem Bild zu tun hatte, das sie sich für den Kurs von ihrer Großmutter ausgeliehen hat. Und ganz erledigt hat sich der Verdacht im Übrigen immer noch nicht.»

«Sie denken ernsthaft, es ging bei dem Mord an meiner Frau um das Bild?»

«Als eine Möglichkeit», sagt Schnepel selbstsicher. «Wir dürfen Sie natürlich nicht in unsere umfänglichen Ermittlungen einweihen, aber das BKA wird sich vermutlich noch eingehender mit dem Bild beschäftigen. Es könnte aus einem Kunstraub stammen.»

Müllers Augen werden groß. Doch bevor er etwas sagen kann, fährt Schnepel fort: «Wir fahren in unseren Ermittlungen mehrgleisig. Und deshalb müssen wir uns auch mit Ihrem privaten Umfeld beschäftigen.»

Auf der Straße rauscht ein Auto mit überhöhter Geschwindigkeit vorbei. «Idioten», murmelt Müller. «Halten sich nicht an die Regeln. Hier ist Tempo siebzig. Karin wäre letzten Donnerstag auch beinahe von so einem Raser überfahren worden. Sie konnte gerade noch zur Seite springen.» Als er das sagt, scheint ihm ein Gedanke zu kommen. «Moment mal ... vielleicht war das Absicht.»

«Und um wie viel Uhr war das?», fragt Rudi.

«So gegen halb sieben.»

«Okay. Danke. Mercedes Schneider scheidet also als Tatverdächtige aus.»

«Das hilft uns dann auch nicht weiter», sagt Schnepel, der wohl den gleichen Gedanken hatte. «Kommen wir also zurück zu Ihrem persönlichen Umfeld.»

«Was soll ich da sagen? Leider hatten wir seit einigen Jahren kaum noch soziale Kontakte. Seit meine Frau einen Nervenzusammenbruch erlitten hat, ist nichts mehr wie vorher. Sie hat sich nur sehr schwer davon erholt. Einige Wochen war sie in stationärer Behandlung und anschließend acht Wochen zur Reha. Als sie wieder nach Hause kam, war sie ...» Er sucht nach dem passenden Wort, schließlich ringt er sich ein «verändert» ab.

«Inwiefern?», fragt Schnepel.

«Nun ja. Früher war Karin lebenslustig und offen, hat Sport im Verein betrieben und einige Kolleginnen und Bekannte gehabt. Nachdem sie aus der Reha zurückkam, wollte sie niemanden sehen, war unzufrieden und depressiv. Sie hat ihren Job als Kindergärtnerin aufgegeben und beim Ordnungsamt angefangen. Das hab ich nicht verstanden, denn die Arbeit mit den Kindern hat ihr immer sehr viel Spaß gemacht.»

«Stimmt», wirft Rudi ein, der sich noch gut an die fröhliche Karin von früher erinnern kann.

«Sie hat mit mir nicht darüber geredet, was wirklich los ist. Ich hab mich ziemlich hilflos gefühlt, dann aber akzeptiert, dass sie nun so ist, wie sie ist.» Für einen Moment hält er inne und sagt schließlich: «Ich denke, alles hängt letztlich damit zusammen, dass wir keine eigenen Kinder haben. Das war ein riesengroßes Problem für sie. Wir haben uns beide untersuchen lassen, weil es einfach nicht klappen wollte.» Er senkt den Blick. «Dabei», es fällt ihm sichtlich schwer, die nächsten Worte auszusprechen, «dabei hat sich herausgestellt, dass ich keine Kinder zeugen kann.» Jetzt schaut er Rudi an, wirkt irgendwie schuldbewusst. «Eine Adoption kam für uns beide nicht infrage, aber manchmal hab ich mich gefragt, ob es vielleicht doch besser gewesen wäre, ein Kind zu adoptieren. Karin wurde immer verbitterter. An unseren Nachbarn hat sie plötzlich dauernd was auszusetzen gehabt. Ständig hat sie sich über die beschwert. Manchmal war es mir direkt peinlich, wenn sie sich wieder über eine Kleinigkeit aufregte. Die Freundschaft zwischen unseren Familien war dadurch natürlich vorbei. Ich habe das sehr bedauert, denn wir haben früher im Sommer den einen oder anderen gemütlichen Grillabend zusammen verbracht. Na ja, den Rest der Geschichte kennen Sie ja, Herr Bakker», sagt Müller. «Karin war oft genug bei Ihnen auf der Wache.»

Rudi nickt. «Das klingt zwar jetzt alles ziemlich verständnisvoll in Richtung der Döpkes, aber ich frage mich, wenn Sie das wirklich so sehen, warum haben Sie beim Bäcker laut herausposaunt, dass Sie Herrn Döpke beschuldigen, Ihre Frau getötet zu haben?»

Müller räuspert sich, und zu seinem Erschrecken sieht Rudi Rosa auf den Hof laufen. Ihre Augen blitzen, als sie ihn, Schnepel und Müller im Gespräch sieht. Sie winkt ihm zu. Kein Zweifel, Rudi muss handeln. «Entschuldigung», sagt er knapp und geht auf Rosa zu.

«Rudi ...»

«Das passt jetzt gerade gar nicht. Wir sprechen mit Claas Müller, wie du siehst.»

«Das passt gut, ich hätte da auch noch ...»

«Halt dich da raus. Das sind polizeiliche Ermittlungen. Geh rein, trink mit Muddern eine Tasse Tee, mach irgendwas, aber stör uns bitte nicht.»

Rosa macht schon den Mund auf, um zu protestieren, aber Rudi bleibt unerbittlich. «Nein.» Er dreht sich um und geht zurück zu Schnepel und Müller, der gerade dabei ist, sich zu rechtfertigen.

«Ich habe Hadi nicht beschuldigt. Ich habe nur Fakten aufgezählt. Es gab ja auch von seiner Seite aus nur Ärger in den letzten Jahren, das wurde immer schlimmer.»

«Meinen Sie, die Drohbriefe, die Ihre Frau erhalten hat, waren von ihm?», fragt Rudi.

«Ich weiß es nicht», gibt Müller resigniert zu. «Ich habe Karin gebeten, die Briefe zu Ihnen zu bringen, aber sie hat sich geweigert und die Dinger verbrannt.» Er hustet matt. «Bitte, darf ich gehen? Mich nimmt das alles doch mehr mit, als ich dachte. Also diese Befragung. Ihr Tod ist ja sowieso der Horror. Allein die Vorstellung, dass ein Mörder in meinem Haus war! Ich überlege schon, es zu verkaufen und mir eine

Eigentumswohnung zuzulegen. Ich brauche ja nicht so viel Platz. Und jetzt, wo Karin sich nicht mehr um den Garten kümmern kann ...»

«Gehen Sie ruhig», stimmt Schnepel überraschend einfühlsam zu. «Wir wissen ja, wo wir Sie finden.»

Verärgert über Rudis Abwimmelei steuert Rosa die Küche des Steffens-Hofs an. Schon im Flur riecht es verdammt gut. «Moin», grüßt Rosa, als sie die Tür öffnet.

Mudder Steffens steht am Herd und legt gerade die Bouletten in das zischende Fett, in dem sie vorher schon Zwiebelringe angebraten hat, Vaddern sitzt mit dem Rücken am warmen Kachelofen und liest in der Ostfriesen-Zeitung.

«Du kommst gerade richtig», sagt Muddern. «Essen ist gleich fertig. Ich muss nur noch die Möhren abgießen und sie in Butter schwenken.»

«Da sage ich nicht Nein. Kann ich helfen?»

«Du kannst die Petersilie kleinhacken.» Muddern zeigt auf das Holzbrett auf der Anrichte vorm Fenster.

Rosa nimmt das Küchenmesser und legt los. Draußen sieht sie, wie Jette ihre Tasche in den Range Rover schmeißt, sich hinters Steuer setzt und vom Hof fährt.

«Darf Jette Neuharlingersiel denn jetzt verlassen?», wundert sie sich.

«Hast du das noch gar nicht mitbekommen?» Muddern wirkt überrascht.

«Nee. Was gibt's denn Neues? Rudi wollte nicht mit mir reden, der spricht grad mit Claas Müller.»

«Conrad hatte wirklich nur einen Herzanfall, der wurde nicht ermordet.»

Rosa fällt ein Stein vom Herzen. Obwohl das an der Tatsache an sich ja nichts ändert: Tot bleibt tot.

«Ich bin auch erleichtert», sagt Muddern. «Nicht auszudenken, wenn es einen Mörder in der Malgruppe gegeben hätte.»

«Oder eine Mörderin», verbessert Vaddern sie.

«Nun hör du mir bloß mit diesem blöden Gendern auf! Du weißt doch, wie ich das meine. Auf jeden Fall hab ich nicht gern die Polizei auf dem Hof. Wie sieht das denn aus, wenn hier ein Einsatzwagen steht!? Da will doch keiner mehr hier Urlaub machen.»

«Nun reg dich mal wieder ab, Rudi ist doch sonst auch ständig hier.» Vaddern faltet die Zeitung zusammen und legt sie auf die Ofenbank.

«Das ist was ganz anderes. Rudi gehört zur Familie. Hier geht es ums Prinzip.» Muddern drückt mit dem Pfannenwender die Frikadellen platt, das Fett spritzt nach allen Seiten.

Ach, deswegen ist Rudi eben so komisch gewesen. Jetzt wird Rosa einiges klar. Jette scheidet also als Verdächtige aus. Aber was ist mit dem Bild? Sie hängt noch ihren Gedanken nach, als die Tür aufgeht. «Doro!» Rosa springt auf, um Henners Schwester in den Arm zu nehmen. «Seit wann bist du denn wieder da?»

«Seit gestern Abend. Beziehungsweise heute Nacht. Der Flieger ist spät in Bremen gelandet, und zu Hause bin ich sofort ins Bett gefallen und hab erst mal ausgeschlafen. War doch ziemlich anstrengend, die Zeit in Bristol», sagt Doro, die die letzten vier Wochen bei ihrem Freund verbracht hat. «Aber Muddern hat mich heute Morgen mit einem richtig tollen Frühstück verwöhnt.» Doro tritt zu ihrer Mutter und drückt ihr einen Kuss auf die Wange. «Rühreier mit frisch gepulten Krabben, Schwarzbrot und Matjes und ein Ostfriesentee mit Kluntjes und Wulkje! Das war eine schöne Begrüßung nach dem eigenartigen britischen Frühstück jeden Tag. Baked Beans, gebratene Tomaten, Frühstückswürstchen und vor allem die Blutwurst, die sie Black Pudding nennen, nee, das ist nichts für mich.»

«Und wie war es, statt der Fernbeziehung eine Nahbeziehung zu leben?», fragt Rosa, die aus ihrer Neugierde nie ein Geheimnis macht.

«Na ja ...» Doro geht zu der Schüssel mit dem Kartoffelstampf, stippt ihren Zeigefinger hinein und leckt die Breimasse genüsslich ab.

«Was heißt na ja?»

«Ist nicht so wirklich geglückt. Ich glaube, das war's. John ist mir schon nach zwei Wochen ziemlich auf die Nerven gegangen, aber ich wollte nicht so schnell aufgeben und hab gedacht, wir müssen uns nur daran gewöhnen, so lange eng beieinander zu sein. Und Bristol hat mir anfangs auch gut gefallen. Aber auf Dauer ist mir die Stadt zu groß und gleichzeitig alles zu eng. Es schnürt mir die Luft zum Atmen ab, das hab ich sogar schon in der kurzen Zeit gemerkt.»

Ach herrje. Rosa weiß gar nicht, was sie dazu sagen soll. Und das passiert nicht oft. Sie sucht noch nach aufmunternden Worten, da kommt Henner in die Küche, dick eingemummelt in seine Postmontur. Er ist weniger überrascht als Rosa, seine Schwester zu sehen, murmelt nur ein «Moin» und legt Doro kurz seine Hand auf die Schulter. «Wusste ich doch, dass ich dich hier treffe. Schön, dass du wieder da bist.»

«Ich bin auch froh, wieder hier zu sein. Das ostfriesische Leben hat mir total gefehlt. Vor allem aber ihr, meine chaotische Familie.» Sie kneift Henner liebevoll in die Wange. «Ich bin ja quasi von allem abgeschnitten gewesen. Nur von dem Mordfall hat Muddern mir am Telefon erzählt. Die arme Karin.»

«Kanntest du sie näher?», fragt Rosa und gibt Muddern die kleingehackte Petersilie, die die auf die gebutterten Möhrenscheiben in der Schüssel streut.

«Also richtig befreundet waren wir nicht. Bevor sie beim Ordnungsamt anfing, kam sie eine Zeit lang häufig zu mir in den Copyshop.» Doro stibitzt sich noch eine Fingerspitze vom Kartoffelstampf, aber Muddern verscheucht sie mit dem Küchenhandtuch wie eine lästige Fliege. «Geh doch nicht mit den Fingern ins Essen.»

«Das macht die doch immer», brummt Henner, legt Vaddern eine Zeitung hin und schält sich aus seiner dicken Jacke. «Agrar heute. Seit wann hast du die denn?»

«Ist ein Probe-Abo.»

Rosa sticht die Überschrift ins Auge. *Mit dem Wolf leben*. Das interessiert sie. Aber noch mehr interessiert sie, was Doro über Karin gesagt hat. «Eine Zeit lang, was meinst du damit?»

«Damals gehörte zum Copyshop noch das Internet-Café, zu der Zeit war Karin mindestens zweimal die Woche da. Das ist aber schon etliche Jahre her. Das Internet-Café läuft ja nun schon lange nicht mehr.»

«Was hat sie denn bei dir gemacht?», fragt Rosa und verteilt die Teller, die Muddern ihr in die Hand gedrückt hat, auf dem Tisch.

«Na, was wohl? Du kannst Fragen stellen. Die hat sich an den Computer gesetzt und Mails geschrieben. Damals hatten ja noch nicht alle einen eigenen Computer. Und mit den damaligen Handys konnte man nur telefonieren und SMS schreiben. Anfangs war Karin immer euphorisch, wenn sie reinkam. Hat gestrahlt und war total aufgedreht. Manchmal brachte sie sich sogar einen Piccolo Sekt mit. Ich hab mir ja meinen Teil dabei gedacht, denn einfach nur so im Internet gesurft hat sie garantiert nicht. Mit der Zeit aber verschwand das freudig Aufgedrehte. Sie wirkte zunehmend enttäuscht. Das hat mir direkt leidgetan.»

Aus der Besteckschublade holt Doro Messer und Gabeln und verteilt sie auf dem Tisch.

«Einmal hat sie einen richtigen Weinkrampf gekriegt. Daran kann ich mich noch gut erinnern. Da hab ich sie in den Arm genommen und getröstet. Die hat vielleicht geschluchzt. Sie ist danach nicht mehr gekommen. Vielleicht hat sie sich auch einen eigenen Computer angeschafft. Nachdem Aldi und Lidl die Rechner im Sonderangebot hatten, sind immer weniger Leute gekommen. Hatten ja plötzlich alle eigene. Und jetzt kannst du sogar mit den Handys ins Internet.» Doro zeigt auf Henner, der gerade seine Jacke an die Garderobe gebracht hat und wieder hereinkommt. «Sogar mein Bruder schickt mir WhatsApp-Nachrichten.»

Stirnrunzelnd sieht Henner sie an. «Was willst du mit ‹sogar› sagen?»

«Na, dass du mit der Zeit gehst, min Jung. Denn wer nicht mit der Zeit geht, geht mit der Zeit.» Muddern lacht laut auf. «Nun langt zu. Das Essen ist fertig. Tragt die Schüsseln rüber, ich nehme die Pfanne.»

Auf dem Weg nach Wittmund kriegt Rudi sich gar nicht wieder ein über das, was Müller gesagt hat. «Er will das Haus verkaufen, weil Karin nicht mehr putzen und gärtnern kann! Was ist das denn für ein Macho!»

«Ich kann ihn verstehen. Was meinste, wie mühselig das Putzen für mich war, als Susanne holterdiepolter ausgezogen ist. Zum Glück habe ich jetzt eine günstige Putzfrau.»

«Die du bestimmt auch angemeldet hast?», fragt Rudi grienend.

«Die kommt nur einmal im Monat. Ich mache ja nicht viel dreckig», wehrt Schnepel ab.

«Ist schon klar. Mit der Ostfriesen-Apotheke sollten wir telefonieren und nachfragen, ob dort nach der Betriebsprüfung Ketamin gefehlt hat. Obwohl ich nicht glaube, dass Müller so kaltblütig ist und ein halbes Jahr im Voraus plant.»

«Doch. Der ist Finanzbeamter», widerspricht Schnepel. «Das sind eiskalte Menschen.»

Rudi prustet laut los. «Na, das lass man besser keinen hören.» Er greift zu seinem Handy. Nach einem kurzen Telefonat mit der Inhaberin steht fest: Es gab keine Unregelmäßigkeiten.

Als sie Haueisen von den Gesprächen mit Jette Schröder und Claas Müller erzählen, scheinen die Ränder unter seinen Augen noch dunkler zu werden, so kommt es Rudi jedenfalls vor. Der gestrige Skatabend mit Tannenberg hat wohl länger gedauert.

«Die Sache mit den Bildern hat jetzt tatsächlich das BKA übernommen. Die werden sich auch mit Karin Müllers Großmutter in Verbindung setzen und nach der genauen Herkunft des Bildes fahnden. Wir sind aus diesen Ermittlungen raus. Lassen Sie uns überlegen, wie wir weitermachen. Wenn Karin Müllers Tod nichts mit dem Bild zu tun haben sollte – wovon ich stark ausgehe –, wer könnte sonst dafür verantwortlich sein?»

«Der Apotheker», sagt Rudi und lässt sich auf einen Stuhl

am Besprechungstisch fallen. «Obwohl ich es nicht glauben mag. Aber es hat gewaltigen Streit zwischen den Familien gegeben. Die beiden Frauen waren früher eng befreundet, doch nach ihrem plötzlichen Nervenzusammenbruch war alles vorbei, und Karin Müller hat nur noch Terror veranstaltet. Ich bin sicher, da liegt der Schlüssel zu allem. Allerdings scheidet Döpkes Frau als Täterin aus. Sie kann ja kaum noch laufen, wie wir mit eigenen Augen gesehen haben.»

Haueisen geht zum Sideboard, bückt sich und holt drei Gläser und eine Flasche heraus. «Hier.» Er stellt sie auf den Tisch. «Die Cola ist zwar lauwarm, aber vielleicht hilft sie unseren grauen Zellen auf die Sprünge. Wir können was beim Italiener bestellen, während wir versuchen, alles neu zu überdenken. Was halten Sie davon?»

Nanu. Das sind ja ganz neue Sitten. In all den Jahren haben sie noch nie etwas zu Mittag bestellt, denkt Rudi, freut sich aber darüber. Vielleicht hat die Fortbildung, an der Haueisen vor drei Wochen teilgenommen hat, etwas in ihm ausgelöst. Die stand unter dem Motto «Starkes Team – starke Ergebnisse».

«Italiener ist gut», sagt Schnepel. «Ich nehm eine Pizza diavolo.»

«Na, dann bestellen Sie mal», fordert Haueisen ihn auf. «Für mich bitte eine Pizza Frutti di Mare.»

«Für mich mit Schinken und Champignons», sagt Rudi.

Kaum hat Schnepel den Pizzadienst beauftragt, legt er los. «Ich hätte da eine Idee, Chef. Auch, wenn Döpke ein Alibi für die Tatzeit hat, weil er in der Apotheke war, könnte er für den Tod seiner Frau verantwortlich sein.»

«Wie das denn?» Haueisen sieht ihn zweifelnd an.

«Ganz einfach. Döpke könnte die Pflegekraft beauftragt

haben, Karin Müller zu töten. Die war ja die ganze Zeit im Haus und hätte die Möglichkeit gehabt, schnell rüberzugehen und Karin Müller umzubringen. Spritzen setzen kann sie als Pflegekraft.»

«Aber aus welchem Grund sollte er das in Auftrag gegeben haben?» Haueisen schenkt die Cola ein, die nicht nur lauwarm ist, sondern auch kaum noch sprudelt.

«Das liegt auf der Hand: damit seine Frau Ruhe vor den Angriffen der Müller hat. Er hatte einfach die Schnauze voll von der. Deshalb hat er doch schon die ganze Zeit zurückprovoziert und seine faulen Fische quasi bei denen an der Grundstücksgrenze entsorgt.»

«Aber warum sollte sich die Pflegerin als Mörderin einspannen lassen? Die müsste doch bescheuert sein, das Risiko einzugehen, dafür zur Rechenschaft gezogen zu werden!» Verständnislos schüttelt Haueisen den Kopf.

Schnepel grient breit. «Weil sie seine Geliebte ist und ihm jeden Wunsch erfüllt.»

Rudi geht das jetzt alles ein bisschen zu schnell, und er hat den Eindruck, dass auch Haueisen nicht von Schnepels Theorie überzeugt ist.

«Also gut.» Der Chef atmet schwer. «Irgendwo müssen wir ja anfangen. Erstellen wir eine Liste. Schreiben Sie den Döpke und die Pflegerin ganz obendrauf. Wie heißt die eigentlich?»

«Wiktoria. Den Nachnamen weiß ich nicht», sagt Rudi. «Und ob die nun Döpkes Geliebte ist, steht ja gar nicht fest.»

«Dann müssen Sie es herausfinden, Bakker.»

«Denn das würde vieles erklären», meint Schnepel. «Aber wir sollten noch Frau Döpke dazusetzen.»

«Seine Frau?», fragt Rudi ungläubig.

«Ja, seine Frau!», sagt Schnepel mit glänzenden Augen.

«Die könnte die Pflegerin ebenso als Auftragskillerin angeheuert haben. Die Döpke scheint hilfsbedürftig zu sein, was das Körperliche betrifft, aber sie ist klar im Kopf. Vielleicht wollte sie sich dafür rächen, dass die Müller ihren Mann immer wieder angeschwärzt hat.»

«Helmut! Deswegen bringt man doch keinen um», gibt Rudi zu bedenken.

«Wieso nicht? Die Verunglimpfungen ihres Mannes müssen für Alice Döpke ungerechtfertigt und gemein gewesen sein, und wir wissen nicht, wie Döpke sich seiner Frau gegenüber geäußert hat. Überlegt mal: Sogar die Zeitung hat über den Nachbarschaftsstreit berichtet. Da steht er als Apotheker aber ziemlich blöd da. Wer weiß, ob er da nicht Umsatzeinbußen hatte.»

«Die Hundesalon-Besitzerin hat auch kein Alibi», erinnert Rudi die anderen. «Und die war ja mehr als sauer. Allerdings kann sie nicht die Fahrerin des schwarzen Autos gewesen sein. Dazu kommt noch der Verfasser der Drohbriefe.»

Haueisen stöhnt auf. «Meine Herren, das sieht nach viel Arbeit aus.» In diesem Moment klopft es an die Tür. Rudi steht auf und öffnet. Der Pizza-Bote steht davor.

«Das macht mir echt Sorgen.»

Henner hört sich nun schon eine Weile Rudis Hühner-Probleme an, auch wenn er ihm nicht wirklich helfen kann. Aber dazu sind Freunde da. Einfach mal ein offenes Ohr haben. Es geht eben nichts über ein schönes Feierabendbier unter Kumpels im Dattein, findet Henner. Da hört er sich auch die Krankheitsgeschichten vom Federvieh an. Er hebt sein Glas und nimmt gerade einen kräftigen Schluck, als ihm jemand auf den Rücken haut. Beinahe verschluckt er sich und will sich schon empört umdrehen, als Rosa ihren Hintern auf den Barhocker neben ihm bugsiert.

«Moin, Jungs», sagt sie und bestellt bei Berthold eine Weißweinschorle. «Schön, dass ich dich hier treffe, Rudi. Warst ja nicht gerade freundlich zu mir heute Morgen.»

«Ich hab gearbeitet, wie du gesehen hast», antwortet Rudi knapp.

«Ich hätte gerne gehört, was Herr Müller sagt», meint Rosa spitz.

«Du gehörst aber nicht zur Polizei. Geht also nicht.»

Nun lächelt Rosa ihn mit einem filmreifen Augenaufschlag an. «Du kannst mir aber *jetzt* erzählen, was er gesagt hat.»

Berthold stellt die Weinschorle vor sie. «Zum Wohl.»

«Danke schön.» Sie prostet den beiden zu. «Henner hat dir sicher schon erzählt, was wir heute von Doro über Karin Müller erfahren haben.» Sie blickt Henner an und pufft ihm mit dem Ellenbogen in die Seite. «Hast du?»

«Jo. Ich werd meinem besten Kumpel ja wohl erzählen dürfen, was meine Schwester gesagt hat.» So weit kommt es noch, dass er sich das verbieten lässt.

«Na klar!» Rosa lacht. «Hätte ja nur sein können, dass du mal wieder keine Lust zum Reden gehabt hast, du kleiner wortkarger Ossi.» Sie schaut Rudi an. «Dann bist du ja im Bilde. Ich finde, das wirft ein ganz neues Licht auf Karin. Vielleicht hatte sie eine Affäre.»

«Aber das ist doch schon Lichtjahre her, wenn ich Henner richtig verstanden habe», wimmelt Rudi ab. «Und selbst wenn, was nützt uns das?»

«Ludwig sagt, sie hatte vor Jahren einen Burn-out», meint Henner.

Rudi und Rosa sehen ihn erstaunt an. «Woher weiß Ludwig das denn?», will Rosa wissen.

«Keine Ahnung. Hat er heute Morgen gesagt, als ich ihm die Post gebracht hab. Der schreibt an ihrem Nachruf. Und einen Artikel über den Mord an Karin hat er auch veröffentlicht. Aber den habt ihr sicher selbst gelesen. Den mit dem Zeugenaufruf.»

«Ich guck mir sein Geschreibe nicht jedes Mal an», erklärt Rudi und nimmt einen großen Schluck Bier.

Auch Henner und Rosa greifen zu ihren Gläsern. Für einen Moment schweigen alle drei.

«Das war vielleicht ein Tag», sagt Rosa schließlich. «Da muss ich von Henners Mutter erfahren, dass wir es doch nur mit einem Mord zu tun haben.» Rosa hört sich ein bisschen schnippisch an, und Henner bemerkt, dass Rudi bei dem «wir» die Stirn in Falten legt. Als er nicht auf Rosa reagiert, spricht sie weiter.

«*Mir* sagst du so etwas ja nicht.»

«Wann denn? Wir waren doch mitten im Gespräch mit Claas Müller, als du gekommen bist», erwidert Rudi.

«Du hättest es mir sagen können, bevor ihr wieder abgefahren seid.»

«Du bist ins Haus gegangen. Da war mir klar, dass du es von Jette Schröder oder von Muddern erfährst. Außerdem muss ich mich dir gegenüber nicht rechtfertigen.»

«Natürlich musst du das nicht», murmelt Rosa mit verärgertem Unterton in der Stimme.

Warum eigentlich? Rudi hat völlig recht. Er kann doch nicht alles gleich ausplaudern, nur weil Rosa was wissen will. Es gibt Regeln bei der Polizeiarbeit. Genau wie bei der Post. Da ist man in gewisser Weise staatlicher Geheimnisträger.

«Und wie geht die Sache mit dem Gemälde nun weiter?» Rosa lässt nicht locker. Alles andere hätte Henner auch gewundert.

«Das Museum in Amsterdam untersucht das Bild von Karins Oma nun gründlich. Aber wir sind aus der Sache raus. Darum kümmert sich das BKA.»

«Echt? Das BKA?» Da kann Henner nur staunen. «Wer hätte gedacht, dass das alte Bild von Käthe Dornfeld mal so groß rauskommt. Sachen gibt's!»

Rosa sieht Rudi nachdenklich an. «Ihr geht nun also davon aus, dass das Gemälde wirklich nichts mit Karins Tod zu tun hat?»

«Jo.»

Das sieht Henner eigentlich auch so. «Sonst hätte man ja eher die Oma ermordet. Der gehörte das ja.»

«Habt ihr denn herausgefunden, mit wem Conrad am Montag telefoniert hat?»

«Nö. Das tut ja auch nichts mehr zur Sache. Conrad wurde nicht ermordet. Das BKA ist am Bild dran, und wir wollen uns hier nicht verzetteln. Wir konzentrieren uns auf das private Umfeld von Karin, sagt Haueisen. Und das halte ich auch für richtig.»

Rudi winkt Berthold zu. «Zwei Bier, bitte.»

«Gut, gehen wir von Karins persönlichem Umfeld aus. Vielleicht hat das, was Doro heute Mittag erzählt hat, doch was mit der ganzen Sache zu tun», nimmt Rosa den Faden wieder auf. «Vielleicht gab es wirklich eine Affäre. Und vielleicht war der Mann, mit dem sich Karin damals geschrieben hat, Hadi Döpke. Und vielleicht hat der die Affäre beendet. Daraufhin hat sie so furchtbar geweint, wie Doro gesagt hat. Und hatte einen Nervenzusammenbruch und hat sich so verändert. Und vielleicht hat sie die Döpkes deswegen mit Anzeigen und so überschüttet. Aus verschmähter Liebe.» Rosa seufzt andächtig bei diesen Worten.

«Manchmal geht die Fantasie wirklich mit dir durch», sagt Henner und ordert eine Runde Wattwürmer, als das Bier kommt. «Das ist reine Spekulation. Doro weiß doch gar nicht, mit wem Karin sich geschrieben hat.»

«Aber ich weiß, dass Karin auf einem Schützenfest vor vielen Jahren in Esens mit Hadi Döpke wild getanzt und geflirtet hat», sagt Rosa triumphierend.

Für einen Moment herrscht Stille zwischen den dreien. Ins Schweigen hinein sagt Rudi: «Nun lass uns mal aufhören. Reicht mir, dass ich mich damit den ganzen Tag beschäftigen muss. Ganz anderes Thema, hab ich Henner gerade schon erzählt: Ich fürchte, dass meine Hühner Milben haben.»

Jetzt hat Rudi aber elegant die Kurve gekriegt, findet Henner. Und wirklich, Rosa springt sofort darauf an.

«Na, dann geh doch zu Caro. Die kann dir helfen.»

Schon beginnen die beiden sich über ihre Vögel und deren Krankheiten zu unterhalten. Gelangweilt blickt Henner sich um. Rechts sitzt sein Schwager Sacky mit zwei Freunden. Eine Flasche hauseigener Schnaps steht auf dem Tisch. Er lässt sich vom Barhocker gleiten. Sollen Rosa und Rudi über Milben schwadronieren, bei Sacky wird es sicher interessantere Themen geben. «Moin», sagt er, als er an den Tisch tritt.

«Moin, Henner. Magst du auch einen?» Sacky zeigt auf die Flasche.

«Klar.» Henner wusste doch, auf Sacky ist Verlass. Zufrieden lässt er sich auf den freien Stuhl fallen.

FREITAG

Um kurz vor acht verlässt Rudi das Haus. Er hat die Kollegen in Wittmund informiert, dass er heute etwas später kommt, er will eben zu Caro, um ein Medikament gegen die Milben zu besorgen.

Er ist noch nicht weit gekommen, als Ludwig ihm auf seinem E-Scooter entgegenkommt. Das passt ja hervorragend. Da kann er ihn gleich zur Rede stellen.

«Moin, Ludwig. Was treibt dich denn so früh aus dem Haus?» Rudi kann sich nicht erinnern, dass Ludwig jemals vor zehn Uhr unterwegs war, seit er nicht mehr arbeitet.

«Och, weißte», druckst Ludwig rum, «ich will schnell zur Fischereigenossenschaft und ein paar Scheiben Räucherlachs kaufen. Sigrid und ich haben heute Kennenlerntag, und da will ich sie zum Frühstück überraschen. Brötchen hab ich schon besorgt.» Er tippt mit der Hand den Rucksack an, der hinter ihm an der Rückenlehne des Scooters hängt.

«Machen die denn nicht erst um neun Uhr auf?», fragt Rudi verwundert.

«Für normale Leute schon.» Ludwig grinst. «Aber ich habe die Handynummer von Piet. Den hab ich angerufen, und der macht mir 200 Gramm fertig. Die kann ich von hinten rausholen.»

«Wo ich dich gerade treffe», sagt Rudi nun ernst. «Du darfst das nicht machen in deinen Artikeln.»

«Was darf ich nicht?»

«Du darfst bei einem Zeugenaufruf nicht schreiben, dass die Leute sich bei dir melden sollen.»

«Hab ich doch auch gar nicht. Ich hab gesagt: bei mir oder bei der Polizei.»

«Du weißt genau, was ich meine», sagt Rudi in strengem Tonfall. «Zeugen in einem Kapitalverbrechen müssen sich an die Polizei wenden. Nicht an einen Online-Reporter. Alles andere ist viel zu gefährlich und kostet uns vielleicht wertvolle Zeit.»

Ludwig will schon vehement protestieren, da nähert sich Alice Döpke. Ihre Pflegekraft schiebt sie im Rollstuhl über den Fußweg.

Sie strahlt, als sie Rudi und Ludwig sieht. «Na, das trifft sich ja prima», sagt sie zufrieden. «Dann kann ich gleich mit beiden sprechen: mit der Polizei und dem Reporter. Es geht um den Zeugenaufruf.»

Wiktoria beugt sich zu Alice vor. «Alice, bitte, wir haben keine Zeit. Wir müssen zur Blutabnahme.»

«Nein, das ist jetzt wichtiger. Die werden mir schon noch Blut abzapfen, da kannst du sicher sein. Der Typ vom Labor kommt immer erst gegen halb zehn. Ich kenn mich da aus. Leider», fügt sie noch hinzu, wendet sich dann aber wieder an Rudi.

«Also, ich hab ja nicht gewusst, ob es wichtig ist, aber wo ich Sie beide jetzt hier sehe ... Es wurde in dem Aufruf nach dem Samstag gefragt, als Karin ermordet wurde. Und ob wer was Auffälliges gesehen hat in der Nähe vom Haus.»

Rudi nickt. Ludwig auch.

«Da war jemand gegen Mittag an der Haustür der Müllers. Ich kann das von meinem Zimmer aus sehen, das Fenster geht genau da raus. Die Person ging rein und kam irgendwann wieder raus. Ich hab zwar nicht direkt auf die Uhr geschaut, aber ich glaube, es waren so zwanzig Minuten.»

«Und um wie viel Uhr war das?»

«Gegen halb eins. Auf jeden Fall vor dem Mittagessen. Hadi war noch nicht aus der Apotheke zurück.»

«War es ein Mann oder eine Frau?»

«Das konnte ich nicht erkennen.»

«Können Sie die Person beschreiben?», fragt Rudi und ist plötzlich ganz angespannt.

«Nicht genau. Ich hab ja nicht damit gerechnet, dass das wichtig ist. Sie war auf jeden Fall nicht besonders groß und dunkel gekleidet. Mit einer Kapuze auf dem Kopf.»

«Danke. Das könnte uns weiterhelfen. Denn an sich müsste sich ja genau dieser Besucher auch bei uns melden. Zumindest, wenn er oder sie nicht der Täter gewesen ist.»

Ludwig und Alice Döpke verstummen. Während Alice betroffen dreinschaut, beginnen Ludwigs Augen zu funkeln.

«Wehe», sagt Rudi warnend. «Wehe, wenn ich davon auch nur eine Silbe in deiner Online-Zeitung lese!»

Ludwig grient breit. «Natürlich nicht, Rudi. Du kannst dich auf mich verlassen. Schönen Tach noch.» Schon braust er mit seinem Scooter davon. Rudi hofft inständig, dass das Kennenlerntags-Frühstück mit Sigrid ihn davon abhält, diese Info noch vor dem Mittagessen im Internet breitzutreten.

Auch Alice Döpke verabschiedet sich, und die Pflegerin schiebt sie in zügigem Tempo weiter.

Rudi sieht den beiden hinterher. Ob er Haueisen wegen dieser Beobachtung anrufen soll? Ach was, so lange ist er auch nicht mehr unterwegs. Das kann warten, bis er in Wittmund ist.

Wenig später steht Rudi in der Arztpraxis. Er hat Glück und trifft Caro auf dem Flur an. Im Wartezimmer ist bis auf eine Katze samt Halterin nichts los. Ein junger Mann in blauer OP-Kleidung kommt aus einem Nebenraum. «Phillip, bereitest du schon mal alles vor, damit wir Hannibal gleich kastrieren können?», bittet Caro ihn.

«Ist alles fertig.» Phillip lacht. «Du kannst das Messer zücken.»

Rudi nickt Caro anerkennend zu. «Alle Achtung, du lässt Schülerpraktikanten schon an solche Dinge ran?»

«Natürlich nicht. Phillip ist ausgebildeter Tierarzthelfer.»

«Moin, Herr Bakker.» Der junge Mann grinst Rudi an. «Erinnern Sie sich nicht mehr an mich? Ist ja auch schon Ewigkeiten her.»

Na klar. Das ist Phillip. Sven und er waren zusammen im Kindergarten und in der Grundschule.

«Moin, Phillip. Tut mir leid. Ich hab dich nicht gleich erkannt. Wie geht es dir denn?»

«Prima, läuft hier alles super.» Der junge Mann lächelt gewinnend zurück.

«Was kann ich denn für dich tun?», fragt Caro.

Ausführlich schildert Rudi ihr nun sein Dilemma und schließt: «Die wälzen sich dauernd im Sand. Das ist doch nicht normal.»

«Aber auch nicht tragisch», sagt die Tierärztin. «Ich geb dir was mit. Ich hab nicht viel Zeit, der Kater da drinnen wartet auf seine Kastration.» Sie greift in den Schrank und holt eine Sprühflasche heraus. «Vor Gebrauch gut schütteln und einmal wöchentlich mit Abstand von fünf Zentimetern direkt auf die Federn sprühen.»

«Danke. Was bin ich dir schuldig?»

«Ein Bier und einen Schnaps im Dattein», erwidert Caro lachend.

«Du bist die Beste.» Rudi drückt ihr einen Kuss auf die Wange und verabschiedet sich. Jetzt nichts wie ab in die Polizeiinspektion.

Rosa räkelt sich im Bett und wirft nebenbei einen Blick auf den Wecker. Sie ist spät dran, nach dem langen Abend im Dattein hat sie glatt verschlafen. Es ist aber auch einfach zu schön gewesen. Nicht nur Henner und Rudi waren da, auch der halbe Häkelbüdel-Club ist ganz unverhofft eingetrudelt. Rosa hatte die konspirative Verabredung komplett vergessen, bei all den Nachrichten, die gestern auf sie eingeprasselt sind. Ein warmes Gefühl durchströmt sie. Manchmal haben die «Mädels» wirklich Hummeln im Hintern. Weil Sigrid und Ludwig heute fünfundvierzigsten Kennenlerntag haben, wollen sie die beiden mit einem Ständchen unter ihrem Wohnzimmerfenster überraschen. Zusammen mit ihrem Mann Sacky hat Gudrun den Shanty-Chor aus Neuharlingersiel gestern nach der Probe tatsächlich zu einem Spontanauftritt für zwölf Uhr heute Mittag überreden können. Rosa freut sich schon darauf und hat sich fest vorgenommen, den Auftritt nicht zu verpassen.

Jetzt muss sie sich aber sputen, um die Malgruppe noch beim letzten Frühstück anzutreffen und sich von den anderen zu verabschieden. Man kann ja schließlich nicht so sang- und klanglos auseinandergehen.

Keine zwanzig Minuten später schnappt sie sich ihr Fahrrad und schiebt es auf die Straße. Es ist zwar noch recht frisch, und Rosa ist froh, sich für die dicke Daunenjacke entschieden zu haben, aber eine Verheißung von Frühling liegt in der Luft. Sie kann das förmlich riechen, auch wenn darin ein Hauch von Meersalz mitschwingt.

Als sie ein wenig außer Atem auf dem Steffens-Hof ankommt und vom Fahrrad steigt, öffnet Mutter Steffens das Küchenfenster und winkt ihr zu. «Moin, Rosa. Die anderen sind schon unterwegs zum Fährhafen. Die wollten den ersten Bus erreichen, deshalb sind sie heute zeitig aufgestanden. Aber komm rein, ich hab gerade frischen Tee aufgebrüht.»

Schade, sie ist zu spät dran. Dann ist das eben nicht zu ändern. Zum Fährhafen radelt sie jetzt jedenfalls nicht. So innig war das Verhältnis zu den anderen eh nicht.

Vaddern kommt angeschlurft, seine Füße stecken in gefütterten Gummistiefeln mit dicker Dreckkruste. Vermutlich ist er schon bei den Alpakas gewesen. Rosa winkt ihm zu und betritt das Haus.

In der Küche ist es gemütlich warm, der Kachelofen bollert vor sich hin, denn so schnell erwärmt sich das alte Bauernhaus nicht von der ersten Frühlingssonne. Zu Rosas Überraschung sitzt Doro wieder am großen Küchentisch.

«Moin, Rosa.» Doro zeigt auf die Pfanne mit dem Rührei, die vor ihr auf einem alten Holzbrett steht. «Möchtest du was abhaben? Ist noch warm.»

Rosa wirft Mudder Steffens einen fragenden Blick zu, sie will schließlich keinem was wegessen. Die nickt. «Lang man ordentlich zu, ist genug da. Auch vom Käse und vom Räucherfisch. Ich hatte für die Gruppe reichlich eingekauft, aber die sind ja in den letzten Tagen tröpfchenweise beim Frühstück weggeblieben oder abgereist oder gestorben.»

Mudderns pragmatische Art hat Rosa schon immer gefallen. Sie redet einfach nicht lange um den heißen Brei herum. Genau wie sie selbst. Rosa setzt sich neben Doro, die gibt ihr einen ordentlichen Klacks vom Rührei auf den Teller. «Herrlich, hier zu sitzen. Ist ja für mich heute noch ein richtiger Ferientag. Den Laden mache ich erst Montag wieder auf.»

Mit der Gabel teilt sich Rosa ein Stück von dem goldgelben Rührei mit den kleinen Schnittlauchsprenkeln ab und pikst es auf. Genüsslich schiebt sie es sich in den Mund und verdreht beim Kauen die Augen. «Das ist das beste Rührei der Welt», sagt sie, bevor sie sich den nächsten Bissen nimmt.

«Sag ich auch immer.» Doro grinst Rosa an.

«Hört auf, ihr macht mich ganz verlegen», sagt Muddern und hackt weiter den Dill klein.

Als Rosa das Rührei vertilgt hat, legt sie die Gabel beiseite und schaut Doro an. «Unser Gespräch von gestern ist mir gar nicht aus dem Kopf gegangen.»

«Nun mach dir da mal keinen Kopf. Es ist gut, dass das mit John vorbei ist. Diese Fernbeziehung hat sich schon viel zu lange hingezogen.»

Ups. Das ist Rosa jetzt fast ein bisschen peinlich, aber Doros möglichen Trennungsschmerz hat sie überhaupt nicht mehr auf dem Schirm gehabt. «Gut, dass du das so siehst», versucht sie die Kurve zu kriegen. «Ich hab aber auch über Karin und diese Mails nachgedacht, von denen du gestern erzählt hast. Ich glaube, es wäre wichtig zu wissen, mit wem sie sich geschrieben hat.»

Rosa greift nach einem Brötchen und schneidet es in der Mitte durch.

«Mir ging es auch nicht anders, ich hab hin und her überlegt, wie das damals genau gewesen ist.» Doro löffelt sich aus dem Marmeladenglas eine ordentliche Portion auf ihre Brötchenhälfte und leckt den Löffel ab. Angenehm überrascht registriert Rosa, dass sie den Löffel anschließend nicht wieder in das Glas stellt, sondern auf ihrer Untertasse ablegt.

«Und dann ist mir etwas eingefallen.» Doro sieht Rosa mit hochgezogenen Augenbrauen an. «An einem dieser Tage, an denen Karin blendend gelaunt bei mir reinschneite, war sie von einem Moment zum anderen ganz aufgelöst. Sie hatte das Passwort ihres Mail-Accounts vergessen.» Doro lacht auf. «Da war sie nicht die Erste. Das hatte ich schon bei einigen Kunden erlebt. Die saßen dann vorm Computer wie der Ochs vorm Berg und wussten nicht weiter. Dabei war das ganz einfach. Ich hab ihr geholfen, das Passwort zurückzusetzen und ein neues eingegeben. ‹Neuharlingersiel›. So wie bei den anderen vergesslichen Kunden auch. Außerdem konnte ich mir das selbst auch gut merken.» Doro lacht wieder laut auf und verstreicht die Marmelade mit dem Messer auf ihrem Brötchen. «Könnte ja sein, dass Karin das aus Bequemlichkeit nicht geändert hat», überlegt Doro laut und erinnert sich daran, dass Karin eine Adresse bei web.de hatte. «Da hatten damals viele ein E-Mail-Postfach.»

Schon zückt Rosa ihr Handy. «Lass uns mal gucken, ob es das Postfach heute noch gibt.» Sie öffnet die Seite des Anbieters und tippt den Namen Karin Müller in sämtlichen Schreibweisen ein: mit und ohne Punkt, nur Nachname, nur Vorname, dann beides und setzt jeweils «Neuharlingersiel» als Passwort dazu. Fehlanzeige. Enttäuscht lässt Rosa das Handy sinken. «Ist doch nicht so einfach.»

«Karin wird das Passwort geändert haben», meint Doro. «Wär ja auch blöd, das stehen zu lassen.»

Rosa kommt eine neue Idee: Vielleicht hat Karin den Account gar nicht nur auf ihren eigenen Namen angemeldet. Ach was, das ist unwahrscheinlich. Oder doch nicht? So absurd ist das gar nicht. Wenn Karin tatsächlich mit Hadi zu dieser Zeit ein besonders inniges Verhältnis gehabt hat, wollte sie das vielleicht auch in der Mail-Adresse zum Ausdruck bringen. Ohne lange zu überlegen, tippt Rosa Karinundhadi@web.de und das Passwort ein, drückt auf Login, und in Sekundenschnelle wird ihr der Zugang zum Mailkonto gewährt. «Bingo!»

Auch Doro ist begeistert. «Wahnsinn. Du bist echt pfiffig. Darauf wäre ich nie gekommen.»

Rosa grient breit über dieses Kompliment und öffnet den Posteingang. Sofort sticht ihr die einzige Mail auf dieser Seite ins Auge. «Hab ich es doch gewusst. Eine Nachricht von Hadi Döpke. Irre, dass man da nach so vielen Jahren noch rankommt.»

«Das Internet vergisst eben nicht», sagt Doro und beißt in ihr Brötchen.

Rosa öffnet die anderen Ordner des Postfachs, und Enttäuschung macht sich in ihr breit. «Schiete. Es gibt nur die eine Mail von ihm. Und die ist schon uralt.»

«Mehr konnte mir Alice Döpke leider nicht sagen», schließt Rudi den Bericht über das, was er heute früh erfahren hat.

«Ist ja nicht gerade viel», stänkert Schnepel. «Dunkel angezogen und mit Kapuze auf dem Kopf. Wie soll die da jemanden in einer Gegenüberstellung wiedererkennen? Die weiß ja nicht mal, ob das ein Mann oder eine Frau war. Und selbst wenn sie *glaubt*, jemanden zu erkennen, zerreißt das jeder gute Anwalt vor Gericht in zehn Kilometern Höhe.»

«Darauf kommt es überhaupt nicht an», sagt Haueisen ruhig. «Wichtig ist, dass es überhaupt jemanden zu geben scheint, der zur fraglichen Zeit im Haus der Müllers war.» Er blickt Rudi an. «Warum wussten wir nichts davon, dass dieser Mitmach-Reporter online einen Zeugenaufruf gestartet hat?»

«Er hat das auf eigene Faust gemacht», sagt Rudi. «Ich hab ihm schon den Kopf gewaschen und ihm gesagt, dass er das in Zukunft nicht mehr machen darf. Während wir auf der Straße miteinander sprachen, hat Frau Döpke uns gesehen und uns von ihrer Beobachtung berichtet.»

«Und wennschon. Das bringt uns nicht weiter», stänkert Schnepel weiter.

«Das würde ich so nicht sagen. Die Person kann ja auch eine Frau sein. Und die Hundesalon-Besitzerin ist auch noch im Spiel. Immerhin hat sie kein Alibi.» Haueisen trommelt mit den Fingern auf dem Tisch. «Wir haben uns vielleicht zu sehr auf Döpke konzentriert.» Er blickt Schnepel mit zusammengekniffenen Augen an.

«Vielleicht wollte die Döpke ihrem Mann auf diesem Weg ein Alibi geben», vermutet Rudi.

«Gut, das darf man nicht außer Acht lassen. Sie kümmern sich jetzt um diese Hundedame ... wie heißt sie noch?» Haueisen blickt Schnepel an.

«Mercedes Schmidt», pariert der eilig.

«Die heißt Schneider mit Nachnamen», verbessert Rudi.

«Ist ja auch egal. Passt beides nicht zu Mercedes.»

Rudis Handy schmettert los. Er versucht, das zu ignorieren, vor allem, weil ihm der Chef einen vernichtenden Blick zuwirft. Als die Fanfare endlich verstummt, zieht Rudi das Handy aus der Tasche. «'tschuldigung», murmelt er und stellt es auf lautlos, als der nächste Anruf eingeht. Rosa. «Frau Moll», sagt er beinahe verschämt.

«Na, dann gehen Sie schon ran», sagt Haueisen zu seiner Überraschung. «Vielleicht hat sie mit ihrer Schnüffelei wieder etwas rausgefunden, was uns nützlich sein kann. Sie hat ja immer einen guten Riecher.»

Erleichtert nimmt Rudi das Gespräch an. «Rosa», schimpft er dennoch, «du weißt doch, dass ich bei der Arbeit bin!»

«Genau deswegen rufe ich doch an!» Rosa klingt so aufregt, dass Rudi den Lautsprecherbutton drückt, damit Haueisen und Schnepel mithören können. «Doro hat sich daran erinnert, dass Karin Müller vor einigen Jahren bei ihr im Internetcafé war. Zunächst war sie ganz euphorisch, dann aber immer verzweifelter. Wir wissen ja, dass sie einen Zusammenbruch hatte und danach total verändert war. Ich hab Doro noch mal drauf angesprochen und ... Ach, ich will dich nicht mit Details langweilen, jedenfalls konnten wir auf den Mail-Account von damals zugreifen. Und stell dir vor, Karin Müller hat irre viele Mails an Hadi Döpke geschrieben. Ich hab die noch nicht alle gelesen, das mache ich gleich, aber im Posteingang ist nur eine einzige Mail von ihm. Er schrieb damals, sie solle ihn endlich in Ruhe lassen und akzeptieren, dass es vorbei sei.» Einen Moment denkt Rudi schon, dass die Verbindung abgebrochen ist, aber dann redet Rosa weiter. «Das wollte ich euch wenigstens schon mal sagen. Hadi Döpke und Karin Müller hatten vor Jahren tatsächlich eine Affäre. Und Karin wollte die nicht beenden. Ich dachte, das ist wichtig für eure Ermittlungen. Die letzte Mail, die von diesem Account an Döpkes Adresse ging, ist gerade mal eine Woche alt.»

Überrascht blickt Rudi Haueisen an. Auch der ist beeindruckt. Bevor er aber etwas sagen kann, redet Rosa weiter.

«Ich werde die Mails jetzt mal in aller Ruhe lesen, mir Notizen machen und melde mich dann wieder bei euch. Es kann sein, dass wir dem Täter tatsächlich auf der Spur sind.»

Schon wieder dieses «wir». Rudi sieht, wie sich Haueisens Miene schlagartig verfinstert.

«Nein, Rosa», sagt Rudi. «Du gibst mir jetzt die Mail-Adresse und das Passwort und hältst dich da gefälligst raus. Das ist unsere Angelegenheit.»

«Aber ...», protestiert Rosa, doch Rudi lässt sie nicht ausreden. «Kein Aber», widerspricht er. «Wir wissen dein Engagement sehr zu schätzen und danken dir dafür, alles Weitere ist jedoch unsere Sache.»

Zähneknirschend rückt Rosa mit den Informationen raus. «Das ist so gemein von dir», sagt sie, bevor Rudi das Telefonat beendet.

Kaum hat er das Handy wieder in seine Hosentasche gesteckt, kommt Leben in Haueisen. «Na, das entwickelt sich ja alles sehr gut.» Er blickt zu Schnepel. «Sie werden sich jetzt mal darum kümmern, ob sich ein weiterer Zeuge bei uns gemeldet hat. Wenn die Person, die von Frau Döpke gesehen wurde, nichts mit dem Tod von Frau Müller zu tun hat, wird sie sich garantiert melden.»

«Glaub ich nicht, Chef», sagt Schnepel und steckt sich ein Pfefferminz-Bonbon in den Mund. «Würde ich auch nicht machen. Mich melden, meine ich. Wer möchte schon in Morduntersuchungen verwickelt werden, wenn er nur was abgegeben hat. Außerdem ist ja gar nicht gesagt, dass alle diesen Aufruf lesen.»

«Was Sie glauben oder nicht, ist mir – gelinde gesagt – schnurzegal. Sie gehen jetzt runter und fragen nach. Manchmal haben die Kollegen ja so viel zu tun, dass sie gar nicht dazu kommen, uns Zeugenaussagen umgehend zukommen zu lassen.» Haueisen stößt erschöpft die Luft aus. «Und Sie, Bakker, sehen sich diese Mails an. Nehmen Sie den Computer in Schnepels Büro.»

«In Ordnung, Chef.» Rudi tippt sich bestätigend mit dem Zeigefinger an die Stirn und verlässt den Raum, gefolgt von Schnepel, der vor sich hin brummelt. Aber Rudi geht nicht darauf ein. Beim Betreten von Schnepels Büro schlägt ihm wieder einmal dieser intensive Aftershave-Geruch entgegen, den er kaum aushalten kann. Schnell öffnet er das Fenster, erst dann setzt er sich an den Schreibtisch. Kaum ist der PC hochgefahren, geht er auf die Seite der Mitmach-Zeitung. Und als hätte er es geahnt, springt ihm eine dicke Schlagzeile ins Auge: *Karin Müllers Nachbarin sah vermutlich den Mörder!*

Ach du grüne Neune! Das darf ja wohl nicht wahr sein! Sofort zieht Rudi sein Handy aus der Tasche. Kaum meldet sich Ludwig, brüllt Rudi ihn an: «Nimm sofort den Artikel aus dem Internet! Damit gefährdest du vielleicht das Leben von Alice Döpke!»

«Nun halt mal den Ball flach», sagt Ludwig gelassen. «Ich hab doch gar keinen Namen geschrieben.»

«Sag mal, bist du so blöd, oder stellst du dich nur dumm? So, wie du das geschrieben hast, braucht man keinen Namen, um zu wissen, welche Nachbarin den vermeintlichen Täter gesehen hat!»

In der Küche ist es außergewöhnlich ruhig, nur ab und zu ist das Kratzen von Mudder Steffens' Fischschaber zu hören. Sie entschuppt gerade den Lachs im Spülbecken, um ihn anschließend für Sonntag zu marinieren.

Rosa und Doro beugen sich über Rosas Handy. Bei dem Tonfall der Nachrichten, die Karin an Hadi geschickt hat, wird Rosa ganz anders.

«Hör dir mal diese an.» Rosa schüttelt verständnislos den Kopf.

«Du mieser Verräter! Hast du vergessen, was du mir versprochen hast?»

«Oh Backe. Karin scheint absolut nicht damit klargekommen zu sein, dass Hadi die Affäre beendet hat. Kann man ja irgendwie verstehen. Ist ja auch nicht die feine englische Art zu schreiben: ‹Lass mich endlich in Ruhe, du Nervensäge.›»

Mudder Steffens dreht sich zu ihnen um. «Ach, Kinners, meint ihr, das ist richtig, die Post von Karin zu lesen? Henner hält das Postgeheimnis immer ganz hoch.»

«Aber nicht bei Postkarten», kommt es wie aus der Pistole geschossen von Doro.

Nachdenklich lässt Rosa ihr Handy sinken, die Bemerkung von Muddern hat sie im Unterschied zu Doro an ihrer persönlichen Datenschutz-Achillesferse getroffen. «Ich hab auch schon darüber nachgedacht, ob wir dabei nicht ein schlechtes Gewissen haben müssten. Irgendwie glaube ich, das dürfen wir eigentlich nicht.»

Doro grinst breit. «Als ob dich jemals interessiert hätte, ob du was darfst oder nicht.»

Touché. Da hat Doro Rosa kalt erwischt. Andererseits aber auch wieder nicht. «Im Grunde genommen geht es ja nicht nur ums Dürfen. Es geht darum, dass Karin tot ist und wir keine Ahnung haben, wer der Mörder ist. Vielleicht helfen die Mails weiter. Deshalb hab ich Rudi die Zugangsdaten gegeben, damit die Polizei sich darum kümmert.» Sie rührt in ihrer Teetasse. «Aber meistens sind die in Wittmund ja etwas lahmarschig. Und deshalb ist es sicherer, wenn auch wir genauer hinschauen. Damit die nicht wieder was übersehen.»

«Wo du recht hast, hast du recht», sagt Doro und beugt sich erneut über Rosas Handy. «Hier, hör dir das an: *Ich habe genau gesehen, dass du abends zu uns rübergeschaut hast. Gib dir doch endlich einen Ruck. Melde dich. Sonst sag ich deiner Frau, was zwischen uns ist.*»

Rosa lässt ihr Handy sinken. «Wenn sie ihn nicht beschimpft, bedroht sie ihn. Das ist Stalken allerersten Ranges.»

«Wieso stalken?», fragt Muddern, die den Fisch gerade mit dem großen Messer halbiert, damit er in die Schale mit dem Deckel passt.

«Na, Karin hat alles beobachtet und ihm immerzu aufgelauert. Hat anscheinend alles versucht, um mit ihm in Kontakt zu kommen. Doch er hat sie wohl ignoriert. Wollte nichts mehr mit ihr zu tun haben.»

«So würde ich das auch sehen», pflichtet Doro Rosa bei. «Diese Mails können einen bestimmt ganz schön unter Druck setzen und zermürben. Nur, hältst du Hadi Döpke wirklich für den Täter? Immerhin ist er Apotheker. Die sind doch eigentlich da, um Menschen zu helfen.»

Rosa horcht in sich hinein. «Nee, eigentlich glaube ich das auch nicht.»

«Ist ja ein Ding, dass die Karin so was geschrieben hat. Nach außen hin aufs Recht pochen, und dann so was.» Muddern dreht den Wasserhahn auf, wäscht den Lachs unterm Wasserhahn ab und tupft ihn anschließend mit einem Küchentuch trocken. «Aber das passt mal wieder. Außen hui und innen pfui.»

Gegen Mittag ist Henner schon weit auf seiner Runde gekommen. Waren nicht so viele Briefe zu verteilen, und erstaunlicherweise hält sich auch die Zahl der Päckchen im Rahmen. An manchen Tagen scheinen die Leute vom Bestellvirus befallen worden zu sein, dann muss er mehrmals «nachladen», weil er die Päckchen gar nicht auf einmal mitkriegt. Ein Lied auf den Lippen, das bei ihm als Ohrwurm hängen geblieben ist, seit er es heute Morgen bei Adelheid im Laden gehört hat, radelt er in den Deichring. Bei Döpkes muss er ein Einschreiben abgeben. Mit Rückschein. Eigenhändig. Hat er auch nicht so häufig. Er lässt das E-Trike auf dem Bürgersteig stehen, schnappt sich Brief und Rückschein und klingelt an der Haustür. Aus dem auf Kipp stehenden Küchenfenster hört er eine Frauenstimme: «Können Sie bitte gehen hintenrum! Alice ist auf Terrasse. Meine Hände voll Teig. Ich backen Kuchen.»

Henner geht ums Haus herum. Auf der Terrasse sieht er Alice im Rollstuhl an einem Tisch in der Sonne sitzen. Auf den Stühlen der Teakholzmöbel liegen karierte Kissen, in einer Vase stehen Osterglocken, ein Thermosbecher befindet sich in Griffweite. Alice Döpke schläft, ihr Kopf ist nach vorn gebeugt. Henner räuspert sich. «Moin, Frau Döpke. Ich hab ein Einschreiben für Sie. Das müssten Sie mir eben quittieren.» Doch Alice Döpke scheint tief und fest zu schlafen. Henner tritt näher. «Frau Döpke?» Zaghaft fasst er an ihren Arm. In diesem Moment ertönt hinter ihm eine männliche Stimme.

«Herr Steffens! Was kann ich für Sie tun?»

«Moin, Herr Döpke. Ich habe ein Einschreiben und wollte Ihre Frau bitten, mir den Rückschein zu quittieren.» Wie zum Beweis hält Henner dem Apotheker beides hin.

«Geben Sie her, ich unterschreibe.» Döpke streckt die Hand

aus. Seine Frau reagiert immer noch nicht. Das kommt Henner komisch vor. Während Döpke die Karte unterschreibt, tippt er dessen Frau an. «Frau Döpke?» Keine Reaktion. Fragend wendet Henner sich an den Ehemann. «Ist das normal, dass Ihre Frau mittags so tief schläft?»

Döpke runzelt die Stirn. «Nein.» Verwundert geht er auf den Rollstuhl zu. «Alice?» Er hockt sich hin und greift nach ihrer Hand. «Alice?» Erschrocken blickt er kurz zu Henner auf und fühlt schon im nächsten Moment hektisch nach ihrem Puls. «Rufen Sie den Notarzt! Alice geht es nicht gut!»

Schnell tippt Henner die 112 in sein Handy, gibt die Adresse durch und berichtet, worum es geht.

«Packen Sie mit an», ruft Döpke, der in der Zwischenzeit die dicke Kissenauflage eines Gartenstuhls auf den Boden gelegt hat. «Wir müssen versuchen, sie wiederzubeleben.» Er fasst seine Frau von hinten um den Oberkörper, Henner packt die Füße. Es ist gar nicht so leicht, die Frau vorsichtig auf das Kissen zu legen. Kaum liegt sie, hält Döpke sein Ohr an ihren Mund. «Nichts», flüstert er und beginnt sogleich mit der Herzmassage. In schnellem Tempo drückt er mit beiden Händen auf den Brustkorb seiner Frau und zählt dabei leise mit. Henner kommt es wie eine Ewigkeit vor, bis endlich das Tatütata des Rettungswagens ertönt. Er rennt nach vorn zum Gartentor. «Hierher», ruft er. Die Rettungssanitäter eilen zur Terrasse. Sofort übernehmen sie und der ebenfalls eingetroffene Notarzt die Herzmassage.

Henner bleibt unschlüssig stehen. Eigentlich hat er hier ja nichts mehr zu suchen, aber er mag auch nicht einfach so gehen, vielleicht will noch jemand was von ihm wissen. Döpke stellt sich schwer atmend neben ihn. So eine Herzmassage ist anstrengend. Das weiß Henner aus eigener Erfahrung, schließlich hat er die zusammen mit Rudi auch schon mal bei Rosa angewendet. Zum Glück mit Erfolg.

Schweigend sehen Henner und Döpke zu, wie die Sanitäter und der Notarzt versuchen, Alice wiederzubeleben. Die Pflegerin steht stumm in der Terrassentür, ihre Hände kneten ein Geschirrtuch, mit dem sie den Teig von ihren Fingern gewischt hat.

Nach einer halben Stunde ist klar: Man kann nichts mehr machen, Alice Döpke ist tot.

«Mein Beileid», sagt der Notarzt zu ihrem Mann. «Ihre Frau war krank?»

Döpke nickt. «MS.»

«Ging es ihr in den letzten Tagen schlechter?»

«Nein. Alles war so wie immer, der letzte Schub ist eine Weile her. Aber das will ja nichts heißen.»

«Ich würde mich gern an den Tisch setzen, um den Totenschein auszufüllen», sagt der Notarzt. «Wer war der behandelnde Arzt?»

Döpke diktiert den Namen und die Anschrift des Hausarztes.

Das sieht alles nach Routine aus, doch Henner überkommt ein merkwürdiges Gefühl. Ohne groß darüber nachzudenken, sagt er: «Müsste die Todesursache nicht noch intensiver abgeklärt werden? Immerhin war Frau Döpke Zeugin im Mordfall ihrer Nachbarin.»

Unwillig blickt Döpke ihn an. «Das eine hat doch mit dem anderen nichts zu tun!»

«Na ja, immerhin stand heute in der Mitmach-Zeitung, dass Ihre Frau eine vermummte Person gesehen hat, die am vergangenen Samstag bei Müllers war, kurz bevor Karin Müller ermordet wurde. Vielleicht hat derjenige sie getötet, damit sie ihn am Ende nicht identifizieren kann.» Henner hat den Artikel zwar nicht selbst gesehen, aber Adelheid hat ihm davon in allen Einzelheiten berichtet.

Erschrocken blickt der Notarzt ihn an. «Das habe ich nicht gewusst. Frau Müller ist also tatsächlich durch die Injektion gestorben? Ich habe vergangene Woche ihren Tod festgestellt.» Er wendet sich an Döpke. «Unter diesen Umständen muss ich mir Ihre Frau noch einmal genauer anschauen.» Ohne seine Zustimmung abzuwarten, beugt sich der Arzt über die Tote und untersucht ihre Haut. Er beginnt am Kopf. Als er den Nacken kontrolliert, stutzt er. «Hier ist was. Ganz eindeutig eine frische Einstichstelle.»

«Wir sollten der Polizei Bescheid sagen», schlägt Henner vor. Döpke schaut ihn bitterböse an.

Bei herrlichstem Sonnenschein spazieren Rosa und Clara über den Deich Richtung Hafen und genießen die leichte Brise. Rosa ist nicht nach Reden zumute, zu sehr hängt sie ihren Gedanken nach. Clara scheint das zu spüren und sucht kein Gespräch. Der Häkelbüdel-Club hat den schmalen Gang neben Bäcker Hinrichs als Treffpunkt gewählt. Hier kann Ludwig sie von seinem Fenster aus nicht sehen. Es haben sich schon etliche Mitglieder des Shanty-Chors eingefunden, alle gekleidet in den blau-weißen Fischerhemden mit dickem Rollkragenpullover darunter. Um den Hals ist ein rotes Tuch geknotet. Dazu tragen die Männer Elbsegler, so wird die dunkelblaue Schiffermütze genannt, wie Rosa inzwischen gelernt hat. Neben Gisela, Gudrun und Adelheid steht ein gut gefüllter Bollerwagen, der mit einem großen Handtuch abgedeckt ist. Auf ihr «Moin» kommt ein kollektives «Moin» als Antwort zurück und Rosa ist erstaunt, wer alles erschienen ist. Tante Hildegard grinst verschmitzt. «Na, die beiden werden Augen machen.»

«Auf jeden Fall», sagt Gudrun. «Ich glaube, sie haben nicht die geringste Ahnung.»

«Gestern Abend hatte ich schon Angst, dass Sigrid irgendwann im Dattein aufkreuzt», sagt Adelheid. «Aber ist ja noch mal gut gegangen.»

«Wann geiht dat denn los?», fragt Sacky. Er trägt das Schifferklavier vor dem Bauch.

Adelheid wirft einen Blick auf ihre Armbanduhr. «In fünf Minuten.» Rosa tritt näher zu den beiden Schwestern. «Welches Lied habt ihr für den Anfang ausgesucht?» Viele Seemannslieder handeln schließlich davon, dass der Mann wieder zur See fährt und die Frau alleine zurückbleibt. Das passt zu dem Anlass eigentlich gar nicht.

«Lasst euch überraschen», sagt Feuerwehr-Dieter mit einem Augenzwinkern, der als Gitarrist zum Chor gehört.

«Los geht's», ruft Adelheid, und schon setzen sich alle in Bewegung. Sie hören das laute Tatütata eines Martinshorns. Gleich darauf noch ein zweites. Da scheint etwas passiert zu sein.

«Hoffentlich verlässt Ludwig deswegen nicht das Haus», murmelt Adelheid, die weiß, wie neugierig der umtriebige Online-Reporter ist.

Das gute Dutzend Sänger stellt sich in Kreisformation vor dem Fischkutter von Onkel Arnold auf, der direkt vor Ludwigs Haus vertäut ist. Der Häkelbüdel-Club steht mit dem Bollerwagen daneben. Feuerwehr-Dieter schlägt die ersten Töne auf der Gitarre an, Sacky haut in die Tasten des Akkordeons, und der Chor legt los.

Weine nicht, wenn der Regen fällt. Dam dam, dam dam
Es gibt einen, der zu dir hält. Dam dam, dam dam
Marmor, Stein und Eisen bricht
Aber unsere Liebe nicht
Alles, alles geht vorbei
Doch wir sind uns treu

Rosa schaut zur oberen Etage des Hauses hinauf. Das Fenster wird geöffnet. Ludwig schaut heraus, aber schon drängt Sigrid ihn zur Seite. «Ach, wie schön!», ruft sie. «Was für eine Überraschung!» Sie schmiegt sich eng an ihren Mann. «Hast du davon gewusst?»

Ludwig schüttelt den Kopf.

Marmor, Stein und Eisen bricht
Aber unsere Liebe nicht
Alles, alles geht vorbei
Doch wir sind uns treu

Sigrid stehen Tränen in den Augen, das kann Rosa sogar von hier unten sehen. Auch Ludwig wirkt gerührt, obwohl er sich Mühe zu geben scheint, keine Miene zu verziehen. Die Männer beginnen zu schunkeln, die Mädels vom Häkelbüdel-Club haken sich unter und singen lauthals mit. *Nimm den goldenen Ring von mir …* Rosa wird ganz anders, wenn sie nur ans Heiraten denkt. Auch wenn – wie bei Sigrid – sicher nicht immer alles eitel Sonnenschein ist. Dennoch. Es muss schön sein, einen Menschen fest an seiner Seite zu wissen. Andererseits kann sie sich nicht beklagen. Mit Henner und Rudi hat sie zwei tolle Kumpel, und in der Familie Steffens fühlt sie sich gut aufgehoben.

Nach dem Lied tritt Tante Hildegard vor den Chor und richtet den Blick hinauf zu Sigrid und Ludwig. «Alles, alles Gute zu eurem Kennenlerntag. Wir wünschen euch noch viele gemeinsame Jahre.»

Es folgen drei weitere Seemannslieder, währenddessen gesellt sich das Jubelpaar zu ihnen. Gudrun bietet Getränke an, Adelheid geht mit zwei Platten voller Minibouletten und Miniwürstchen herum, Tante Hildegard hat Streuselkuchen gebacken, und die Bäckerei Hinrichs hat eine Platte mit belegten Brötchen spendiert. Ludwig und Sigrid stehen mittenmang, und Sigrid tupft sich Tränen aus den Augenwinkeln.

«Ich kann das gar nicht fassen», stammelt sie und hat vor lauter Rührung einen Kloß im Hals. «Ich hab gar nichts von euren Vorbereitungen mitbekommen.»

«Wir haben uns auch tüchtig angestrengt, um das vor dir zu verbergen», gibt Adelheid zu.

«Aber es ist doch gar kein Hochzeitstag», meint Sigrid.

«Wenn ihr euch nicht kennengelernt hättet, hättet ihr auch nicht geheiratet. So einfach ist das.» Rosa prostet ihr mit dem Glas Prosecco zu.

Ludwig lehnt auf seine Krücken gestützt an der Hafenmauer. Er berichtet zwar ständig über Feiern und Festivitäten in Neuharlingersiel, aber selbst scheint er nicht gerne im Mittelpunkt zu stehen. Rosa stellt sich neben ihn. «Sag mal, du hast doch diesen Aufruf in die Mitmach-Zeitung gesetzt.»

«Fängst du jetzt auch damit an. Rudi hat mich deswegen heute Morgen schon zur Schnecke gemacht.»

«Echt?» Das wundert Rosa nun schon. Normalerweise liest der die Online-Zeitung gar nicht. «Ich wollte ja nur wissen, ob sich wer auf deinen Zeugenaufruf hin gemeldet hat.»

«Ja, gerade vorhin.»

«Und?»

«Jemand hat einen Mann gesehen, der letzten Samstag gegen Mittag zu den Müllers gegangen ist.»

«Das hast du doch schon heute Morgen gepostet.»

«Nein, das kam jetzt nicht von Alice Döpke, sondern von einem Hundebesitzer, der das beim Gassigehen beobachtet hat.»

Vor Aufregung trinkt Rosa das Glas leer. «Und, hat er ihn beschreiben können?»

«Auch nicht wirklich. Er hat nur gesagt, dass es ein Mann war, nicht besonders groß. Mit breiten Schultern. Er hat gedacht, es ist ein Paketbote, und hat sich nur gewundert, dass kein Sprinter am Straßenrand stand. Übers Alter konnte er keine Angaben machen, so genau hat er nicht hingeguckt.»

«Na, das ist aber doch schon ein großer Schritt nach vorn», sagt Rosa begeistert. «Das musst du unbedingt Rudi erzählen.»

«Nee. Der hat mich vorhin dermaßen angepflaumt, dem sag ich gar nichts. Soll der Typ das der Polizei doch selbst sagen.»

«Nun sei nicht gleich eingeschnappt. Du weißt genau, dass Rudi dich nur schützen will. Oder hast du vergessen, dass du fast …»

«Ist ja schon gut.»

Sigrid tritt mit zwei Gläsern Prosecco zu ihnen. «Seid ihr zwei Schnüffelnasen schon wieder dabei, Geheimnisse zu lüften? Jetzt wird aber nicht rumgerätselt. Jetzt wird gefeiert. Prost!»

Je mehr dieser Wut-Mails Rudi liest, desto beklommener wird ihm zumute. Unvorstellbar großer Hass kommt darin zum Ausdruck. Wenn man das liest, wundert es ihn fast, dass nicht Döpke getötet wurde, sondern Karin Müller.

Es muss für Döpke wahnsinnig belastend gewesen sein, neben dieser Frau zu wohnen. Das war ja direkt krankhaft. Eigentlich hätte Döpke Karin Müller auf Unterlassung solcher Mails verklagen müssen. Vielleicht hat er ihr auch bitterböse zurückgeschrieben? Haben die beiden sich per Mail gezofft, weil sie es offen nicht tun konnten, ohne dass ihre Affäre aufgeflogen wäre?

Aber dann hätten mehr Mails von Döpke im Postfach sein müssen. Es sei denn, Karin Müller hätte sie gelöscht. So wie sie angeblich alle Drohbriefe vernichtet hat. Halt! Vielleicht hat Döpke die Drohbriefe geschrieben und keine Mails? Fragen über Fragen. Rudi raucht schon der Kopf. Es bleibt nichts anderes übrig, als ihn zu fragen und auch Döpkes Mail-Account zu durchforsten: hadidoe@web.de. Hadidö. Klingt ein bisschen wie das Training fürs Jodeldiplom bei Loriot. Die Fanfare seines Handys schmettert los. Nanu. Henner ruft an.

«Is was mit deinen Eltern?», fragt Rudi erschrocken, denn sein bester Kumpel ruft ihn nie während der Dienstzeit an.

«Nee. Aber mit Alice Döpke. Die ist tot. Ich finde, ihr solltet mal herkommen.»

«Schiete! Jo, sind gleich da.» Rudi legt auf. Jetzt ist unverzügliches Handeln angesagt. Er schließt Karin Müllers Postfach und läuft hinüber zu Haueisen.

Wenig später sitzen Schnepel und er im Einsatzwagen und rasen mit Blaulicht nach Neuharlingersiel.

In der Deichringstraße liegt Alice Döpke zugedeckt auf der Terrasse, Henner steht an der Seite, Döpke und der Notarzt sitzen am Tisch.

«Moin», grüßt Rudi, und Schnepel fragt den Arzt ohne einleitende Worte: «Was ist Ihrer Ansicht nach die Todesursache?»

«Wie es aussieht, Herzversagen. Aber ich habe eine frische Einstichstelle entdeckt. Allerdings nicht am Oberarm, so wie bei Frau Müller, sondern im Nacken.»

«Na dann, ab mit ihr in die Rechtsmedizin», sagt Schnepel beinahe fröhlich.

«Das ist doch nicht Ihr Ernst», protestiert Döpke. «Sie glauben doch nicht, dass meine Frau getötet wurde! Alice war krank. Wir haben jederzeit damit rechnen müssen, dass sie stirbt.»

«Das mag sein, aber in diesem Fall sieht die Sache anders aus. Ihre Frau hat eine Person gesehen, die zur Tatzeit bei den Müllers war. Vielleicht war das der Grund, weshalb sie sterben musste. Wir werden das abklären lassen. Rudi, ruf Pöppelmeyer an, der soll Frau Döpke in die Rechtsmedizin bringen.»

Rudi nickt, greift zum Handy und tritt ein paar Schritte beiseite.

Hinter seinem Rücken hört er Schnepel sagen: «Und wir, Herr Döpke, werden uns gleich noch unterhalten. Herr Steffens, Sie können gehen. Falls sich der Tod von Frau Döpke als Tötungsdelikt herausstellt, benötigen wir natürlich noch Ihre Aussage.»

Henner nickt. «Allns klar. Tschüs denn.»

Bedrückt steigt Henner auf sein Postrad. Ein paar Briefe hat er noch in der Nähe vom Hafen zu verteilen. Er hat sich die Route heute extra so gelegt, dass er das Überraschungsständchen vom Shanty-Chor nicht verpasst. Aber nun ist alles anders gekommen, und die Lust auf heiteren Gesang ist ihm vergangen. Die arme Alice Döpke. Da ist sie nun so krank gewesen, und zu allem Überfluss wurde sie wohl auch noch getötet. Henner muss gar nicht warten, bis Rudi ihm unter dem Siegel der Verschwiegenheit vom Ergebnis der Obduktion berichtet, er ahnt schon so, was dabei herauskommt. Gut, dass er den Arzt darauf hingewiesen hat, dass Alice Döpke Zeugin in einem Mordfall war. Langsam färbt Rosas Spürsinn auf ihn ab.

Am Sieltor angekommen, stellt Henner sein Fahrrad ab und holt die Post fürs Hotel Mingers, das Rodenbäck und den Bäcker aus der Vordertasche. Vor dem Haus der Twenges ist mächtig was los. Die Jungs vom Chor stehen in ihrer Fischerkluft und mit einer Flasche Bier in der Hand an der Hafenmauer und unterhalten sich angeregt mit Ludwig, Sigrid und Rosa. Am liebsten würde Henner sich drücken und nicht zu dem Haufen dazustoßen. Nach Feiern ist ihm nämlich grad gar nicht.

Er gibt schnell die Briefe in der Bäckerei ab und will sich schon verdünnisieren, da winkt ihm Adelheid zu. «Huhu, Henner, sind noch Bouletten da.»

«Von Muddern?»

Als Adelheid nickt, zögert er nicht länger. Mord hin oder her. Hunger hat er trotzdem. Er greift sich erst eine Boulette, dann ein Mettbrötchen mit Zwiebeln. Lecker!

«Du kommst ganz schön spät.» Rosa nimmt ein Stück Streuselkuchen von der Platte, mit der Gisela gerade herumgeht.

«Wurde aufgehalten», sagt er.

«Aufgehalten? Was war denn los?» Klar, Rosa lässt nicht locker. Dann kann er es auch gleich erzählen.

«Ich hab Alice Döpke auf ihrer Terrasse gefunden. Tot.»

«Tot?» Rosa verschluckt sich, beginnt zu husten, und Henner haut ihr geistesgegenwärtig zwischen die Schulterblätter. Schnell geht es Rosa wieder besser.

«Die war ja auch schon lange krank», sagt Gisela und nimmt sich selbst ein Stück Kuchen.

«Vielleicht wurde die auch ermordet.» Henner schaut Ludwig fest in die Augen.

«Was redest du denn da?», sagt Rosa aufgebracht. «Vielleicht? Ermordet? Was ist denn passiert? Lass dir doch nicht alles aus der Nase ziehen.»

«Ich hab ihr ein Einschreiben bringen wollen. Sie saß auf der Terrasse, und es sah aus, als ob sie schlafen würde. Ihr Mann kam, und der hat dann gemerkt, dass was nicht stimmt. Deswegen hab ich die Rettung angerufen, und so kam alles in Gang. War nix mehr zu machen, die war schon tot. Jetzt ist die Polizei da.» Wieder sieht Henner Ludwig beim Reden direkt an.

«Warum guckst du so?»

«Weil ich weiß, was du heute Morgen in der Zeitung geschrieben hast», sagt Henner. «Das hättest du nicht machen sollen.»

«Warum nicht?»

«Weil der Mörder das vielleicht auch gelesen hat und nun eine lästige Zeugin beseitigt hat», übernimmt Rosa.

«Mörder. Also bitte, Rosa, übertreib doch nicht.» Ludwig legt seine angebissene Brötchenhälfte auf die Hafenmauer. Ihm scheint der Appetit vergangen zu sein.

«Damit hast du die Frau quasi ans Messer geliefert. Schutzlos, wie die in ihrem Rollstuhl ist.» Rosa schüttelt fassungslos den Kopf. «Das war total fahrlässig.»

«Vielleicht war das ja gar kein Mord», versucht sich Ludwig halbherzig rauszureden.

«Ich glaub, das war es doch», sagt Henner, doch in diesem Moment stimmt der Shanty-Chor lauthals ein Lied an, und bald fallen alle in den Refrain ein:

La Paloma ohe
Einmal muss es vorbei sein
Nur Erinnerung an Stunden der Liebe
Bleibt noch an Land zurück.

Nachdem der Bestatter den Leichnam abgeholt hat, setzen sich Rudi und Schnepel mit Döpke im Wohnzimmer an den Esstisch. Dem Apotheker passt das nicht, wie er deutlich zum Ausdruck bringt.

«Muss das jetzt wirklich sein? Meine Frau ist gerade gestorben. Da brauche ich Ruhe. Ich muss das alles erst einmal kapieren! Es gibt so viel, um das ich mich jetzt kümmern muss.» Er stützt den Kopf auf die Hände.

Wiktoria kommt herein und stellt ein Tablett auf den Tisch. «Hier Kaffee. Und Schnaps. Schnaps in solchem Fall immer gut.»

Außer Kaffee, Zucker, Milch und einem Teller mit selbst gebackenen Keksen stehen auch drei Schnapsgläser neben einer Flasche ohne Etikett.

«Danke.» Döpke schenkt sich einen Schnaps ein. «Für Sie auch?»

«Nein, danke. Kaffee reicht», lehnt Rudi ab, und auch Schnepel verzichtet auf den Kurzen. Wiktoria streift mit der Hand kurz Döpkes Schulter und geht wieder hinaus. Für sie muss das auch ein Schlag sein, nun hat sie in diesem Haus keine Aufgabe mehr und kann sich wahrscheinlich eine neue Arbeit suchen. Aber das ist nicht Rudis Bier.

Nachdem Döpke den Klaren runtergekippt hat, atmet er tief ein. «Also, was wollen Sie von mir?»

«Haben Sie die Apotheke heute geschlossen?», fragt Schnepel.

«Natürlich nicht. Wie kommen Sie denn da drauf?»

«Nun ja, Mittagspause hatten Sie ja noch nicht», stellt Schnepel fest.

«Wieso spielt das eine Rolle?»

Rudi sieht, wie es in Döpkes Kopf arbeitet.

«Warum also sind Sie heute zu ungewohnter Zeit hier?»

«Ich bin heute eher gegangen und hab Frau Frohwein, meine Angestellte, gebeten, die letzten beiden Stunden bis zur Mittagszeit allein zu meistern. Ich brauchte frische Luft, bin zum Deich gefahren und habe mich bei einem Spaziergang vom Wind durchpusten lassen.»

«Ist denn etwas vorgefallen, weshalb Sie so dringend frische Luft brauchten?», fragt Rudi.

«Nein.»

Rudi glaubt Döpke nicht.

«Hat es etwas mit dem Tod von Frau Müller zu tun?», bohrt er weiter.

«Wie kommen Sie darauf?» Döpke spricht sachlich, ohne jegliche Emotion.

Rudi blickt zu Schnepel, der sich mit den Keksen beschäftigt. Nun gut, dann wird er eben weiter die Fragen stellen.

«Herr Döpke, wir brauchen nicht um den heißen Brei herumzureden. Wir wissen von Ihrer Affäre mit Karin Müller.»

Mit einem Blick, in dem Erstaunen, aber auch Wachsamkeit liegt, schaut Döpke ihn an. «Woher?»

«Wir haben Frau Müllers Mails gelesen.»

Döpke senkt den Kopf, aber Rudi sieht, dass seine Augen hin und her wandern, als suchten sie irgendwo Halt. «Das ist lange her», sagt er schließlich.

«Aber Frau Müller hat keine Ruhe gegeben. Sie hat Ihnen auch weiterhin hasserfüllte Mails geschickt. All die Jahre. Die letzte vor einer guten Woche. Das muss Sie wütend gemacht haben. Vor allem, weil sie nun gedroht hat, Ihrer Frau davon zu erzählen. Hat sie damit das Fass zum Überlaufen gebracht? Haben Sie sie deshalb getötet? An Ketamin kommen Sie in der Apotheke ohne Weiteres ran, es fällt auch nicht auf, wenn Sie mal eben durch den Garten hinüber zu den Müllers gehen. So konnten Sie ihr leicht die tödliche Spritze geben.»

Döpke schüttelt heftig den Kopf. «Das stimmt nicht. Ich habe Karin nicht getötet.»

Schnepel, der die ganze Zeit wie unbeteiligt danebengesessen hat, sagt mit vollem Mund: «Vielleicht haben Sie sich ja auch nicht selbst die Hände schmutzig gemacht. Vielleicht hat die Pflegekraft Ihrer Frau das für Sie erledigt.»

«Das wird ja immer wilder! Nein, garantiert nicht! Ich habe mit Karins Tod nichts zu tun!» Döpkes Kopf läuft rot an, die Ader an seinem Hals pulsiert. Eine gute halbe Minute ist es still, dann spricht er weiter: «Ja, ich hatte eine kurze Affäre mit Karin, das war vor fünfzehn Jahren. Meine Frau hatte gerade die Diagnose Multiple Sklerose erhalten, und über mir schwebte das Schreckgespenst einer pflegebedürftigen Frau. Ich hatte Angst. Ich wollte das nicht. Ich war doch gerade erst Mitte vierzig. Ich dachte, ich hätte das Recht auf ein unbeschwertes Leben. Auf einem Schützenfest hat sich das mit Karin ergeben. Ich mochte sie. Als Nachbarin, als Freundin der Familie. Wir hatten beide zu viel getrunken. Da ist es passiert. Es war wie ein Rausch. Ich dachte, ich hätte mich in Karin verliebt. Doch im Laufe der nächsten Wochen stellte ich fest, dass es wirklich nicht mehr als ein Rausch gewesen war. Ich liebte Alice. Ich wollte sie nicht verlassen und ihr vor allem nicht wehtun.»

«Und da haben Sie Schluss gemacht?», hakt Rudi nach.

Döpke rutscht auf seinem Stuhl herum. «Ich habe versucht, es Karin auf freundschaftliche Art zu erklären, aber sie hat es nicht akzeptieren wollen. Deswegen habe ich ihr in einer Mail unmissverständlich klargemacht, dass es aus ist. Danach habe ich in dieses Mailfach nicht wieder reingeguckt. Meine normalen Mails laufen über einen anderen Account. Alice sollte ja nichts davon mitkriegen. Heute Morgen habe ich mich daran erinnert. Ich hatte ihn all die Jahre vergessen. Was meinen Sie, wie erstaunt ich war, als ich die ganzen Mails gesehen hab, die Karin noch geschrieben hat. Davon hatte ich keine Ahnung.» Döpke greift zur Flasche, gießt sich einen weiteren Schnaps ein und kippt ihn herunter. «Ich war wirklich fassungslos, dass sie nicht lockergelassen hat, obwohl keinerlei Reaktion von mir gekommen ist.» Er beißt sich auf die Unterlippe. «Als ich ihre Drohung gelesen habe, bekam ich Angst.»

«Ha!», ruft Schnepel. «Also doch!»

«Natürlich. Karin ist schließlich getötet worden. Und mir ist durchaus bewusst, dass eine solche Drohung für die Polizei ein Motiv darstellt. Ich wollte den Kopf freikriegen, deshalb bin ich an den Deich gefahren. Ich habe überlegt, was ich machen soll. Und beschlossen, nichts zu tun. Ich habe mir gesagt, Karin war doch auch vorsichtig. Damals jedenfalls. So leicht wird keiner auf diese Mail-Adresse stoßen. Dachte ich.»

«Da unterschätzen Sie die Arbeit der Polizei aber gewaltig!», sagt Schnepel und schiebt sich selbstzufrieden den nächsten Keks in den Mund.

Na, Polizeirecherche war das ja nun nicht gerade, denkt Rudi, da ist Rosa draufgekommen. Aber er wird einen Teufel tun und das jetzt sagen.

«Das habe ich vielleicht wirklich», gibt Döpke zu, «aber nun haben Sie mich ja eines Besseren belehrt. Als ich nach Hause kam, stand der Postbote gerade auf der Terrasse und wollte meiner Frau das Einschreiben geben. Den Rest kennen Sie.» Döpke gießt sich einen dritten Schnaps ein.

Als das Lied zu Ende ist, guckt Rosa Henner an. «Du wolltest noch was sagen?»

Henner nickt. «Ich glaub, es war Mord. Alice Döpke hatte auch einen frischen Einstich. Genau wie Karin Müller letzte Woche. Deshalb ist die Kripo jetzt da.»

Eine blonde Frau tritt zu ihnen, in der Hand eine Tüte mit Brot. Sie kommt Rosa bekannt vor.

«Wo ist die Kripo?», fragt sie interessiert.

«Hallo, Monika», grüßt Henner. «Bei den Döpkes. Alice ist tot.»

Die Frau wird blass. «Um Gottes willen! Weiß mein Chef das schon?»

Natürlich! Das ist Monika Frohwein. Jetzt fällt Rosa ein, woher sie die Frau kennt. Aus der Apotheke in Esens. Dort trägt sie allerdings einen weißen Kittel. Schon eigenartig, dass man manche Menschen außerhalb des üblichen Umfelds nicht gleich zuordnen kann.

«Ja», platzt Rosa heraus. «Er ist praktisch zeitgleich mit Henner dort angekommen, stimmt's?»

Henner nickt.

«Es ist furchtbar!», fährt Rosa fort. «Erst wird Döpkes ehemalige Geliebte umgebracht. Und jetzt seine Frau.» Sie schaut Ludwig nachdenklich an. «Henner vermutet, dass der Artikel in der Mitmach-Zeitung der Auslöser für den zweiten Mord gewesen sein könnte.»

Monika Frohwein runzelt die Stirn. «Welcher Artikel?»

«Ludwig hat geschrieben, dass Alice Döpke eine Person mit Kapuzenpullover gesehen hat, die am Tattag ins Haus der Müllers gegangen ist.»

Monika Frohwein wird blass, Ludwig hingegen puterrot im Gesicht. «Wisst ihr was, das ist mir jetzt echt zu blöd», poltert er los. «Ihr mit euren dummen Unterstellungen. Damit macht ihr mir den ganzen schönen Kennenlerntag kaputt und die Überraschung sowieso. Wärt ihr man bloß alle weggeblieben.» Er schnappt sich die Krücken und steuert seinen Hauseingang an.

Rosa sieht ihm hinterher. Gudrun auch, sie schüttelt den Kopf. «Jaja, der Ludwig. Im Austeilen ist er ganz vorneweg, aber einstecken kann er nicht.»

«Henner, du warst aber auch ganz schön direkt mit deinem Vorwurf», sagt Rosa.

Ihr Kumpel zuckt mit den Schultern. «Das musste ihm mal deutlich gesagt werden», meint er. «Damit er merkt, was er anrichten kann. Sonst wusste ja nur die Polizei von dem Typen.»

«Und wir», ergänzt Rosa.

«Stimmt. Aber wir sind verschwiegen.» Henners strenger Blick trifft Rosa. «Sind wir doch, oder?»

Rosa nickt. «Und wie.»

Monika Frohwein ist noch immer geschockt. «Jetzt ist die Alice auch tot. Mir ist richtig schlecht. Vor allem, weil sie in den letzten Wochen so seltsam gewesen ist.»

Rosa horcht auf. «Seltsam?»

«Ja. Dauernd hat sie um die Mittagszeit in der Apotheke angerufen. Das hat sie früher nie gemacht. Sie wollte nichts Besonderes, sie fragte immer nur nach ihrem Mann.» Monika Frohwein legt das Brot auf die Hafenmauer, streicht sich die halblangen Haare hinter die Ohren und starrt auf das graue Wasser des Hafenbeckens. Rosa liegt schon eine Frage auf der Zunge, wartet aber doch lieber ab, bis die Apothekerin von sich aus weiterredet. Und richtig, schon geht ein Ruck durch ihren Körper.

«Wenn er nicht da war, wollte sie wissen, wo er hingegangen ist. Als wenn er mir das sagen würde.»

Auch Rosa findet diese Nachfragerei seltsam. «Warum hat sie ihn denn nicht auf seinem Handy angerufen?»

«Das wollte sie nicht. Sie hat immer irgendetwas von ihrer Pflegekraft gemurmelt. Die war wohl oft mit dem Auto unterwegs, wenn Frau Döpke mit dem Essen durch war und ihre Mittagsruhe machte. Das kam ihr spanisch vor, denn so viel brauchen sie für einen Drei-Personen-Haushalt nicht, und zum Einkaufen müsste die Frau nicht bis Esens fahren. Das dauert immer ewig. Schließlich gibt es in Neuharlingersiel auch einen Edeka, hat sie gesagt.» Wieder starrt Monika Frohwein aufs Hafenbecken. «Ich hatte das Gefühl, dass es Kontrollanrufe sind. Dass sie Angst hatte, ihr Mann und die Pflegerin würden sich heimlich in der Mittagszeit treffen. Ich hab ihn nie mit der gesehen. Aber zutrauen würde ich es ihm. Er ist eben ein Mann in den besten Jahren. Und die Frau seit Langem krank.»

Alle drei Frauen seufzen und werfen sich beredte Blicke zu. «Ich muss dann mal los», sagt Henner.

«Tschüs», antwortet Gudrun und ruft unvermittelt: «Guck mal, da ist Phillip!» Sie tippt Monika an, damit die sich umdreht. «Huhu, Phillip!» Gudrun winkt dem jungen Mann zu. Der hebt kurz die Hand zum Gruß, geht aber weiter. «Bestimmt hat er Mittagspause», vermutet Gudrun. «Caro macht die Praxis erst um drei wieder auf.» Sie lächelt Monika an. «Der Junge hat sich ganz schön gemacht», meint sie anerkennend und sagt erklärend zu Rosa: «Sven und Phillip waren zusammen im Kindergarten und in der Grundschule. Ich hab Sven früher öfter abgeholt. Rudi musste doch arbeiten.»

«Jaja», antwortet Monika Frohwein und wirft einen Blick auf die Uhr. «Oje. Ich denke, ich fahre am besten wieder nach Esens und schließe die Apotheke auf. Herr Döpke wird dazu jetzt nicht in der Lage sein.» Sie seufzt erneut. «Dabei habe ich heute wieder solche Kopfschmerzen. Tschüs dann.»

«Tschüs.» Sie blicken Monika Frohwein hinterher.

«Kennt eine von euch die Krankenpflegerin von Frau Döpke näher?», fragt Rosa und erinnert sich an die dunkelhaarige Frau, die sie hinter Müllers Gartenzaun gesehen hat.

Adelheid schüttelt den Kopf, aber Gudrun nickt. «Wiktoria war schon ein paarmal bei mir. Eine nette Frau. Die hat es auch nicht leicht. Obwohl der Tod von Alice vielleicht ein Zeichen des Himmels für sie ist.»

«Wie meinst du das denn?», fragt Rosa sogleich neugierig.

«Auch wenn Sie Döpke des Mordes an seiner Frau verdächtigen, sind uns die Hände gebunden. Bis das Ergebnis der Obduktion da ist, können wir nur abwarten», sagt Haueisen. «Wir haben nach wie vor keinerlei Beweise, dass Döpke Frau Müller getötet hat. Er hat für die Tatzeit ein Alibi. Selbst wenn es jetzt eine zweite Zeugenaussage von einem Hundebesitzer gibt, der den gleichen Mann gesehen hat, der auch von Frau Döpke gemeldet wurde.»

«Aber es gibt doch deutliche Verdachtsmomente gegen ihn», beharrt Schnepel. Sie stehen vor Haueisens Schreibtisch. Der Chef sitzt zurückgelehnt mit vor der Brust verschränkten Armen und hört sich Schnepels Argumentation nachdenklich an. «Wir wissen, dass er eine Affäre mit der Müller hatte, wir haben die Hassmails, die sie ihm geschrieben hat. Und von wegen, er hätte all die Jahre nicht an den Mail-Account gedacht. Die Müller hat denen das Leben zur Hölle gemacht. Da wird er sicher sehr oft dran gedacht haben. Der lügt wie gedruckt. Zudem ist es für Döpke kein Problem, an Ketamin zu kommen.»

«Aber wir haben seinen Bestand kontrolliert», wirft Rudi ein. «Da fehlt nichts.»

«Ach was», widerspricht Schnepel. «Der kann tricksen. Das ist so sicher wie das Amen in der Kirche. Außerdem hat der was mit der Pflegekraft. Hast du gesehen, wie die ihn beim Rausgehen gestreichelt hat, Rudi?»

Haueisens Blick springt von Schnepel zu Rudi und zurück wie beim Tennis.

«Sie hat ihm über die Schulter gestrichen», korrigiert Rudi. «Das ist eine menschliche Geste in solch einem Fall.»

«Nee, nee. Tu das mal nicht so ab. Er hat was mit der. Und das hat seine Frau rausbekommen. Deswegen musste sie sterben. Er war doch auch gar nicht so überrascht von ihrem Tod. Und du hast selbst gehört, wie er sagte, dass er kein Leben mit einer pflegebedürftigen Frau wollte. Er wollte unbeschwert und frei sein. Seine Männlichkeit ausleben.»

«So hat er das nicht gesagt», meint Rudi. «Und dass die Diagnose seiner Frau damals ein Schock für ihn war, ist verständlich. Außerdem ist das mit der Affäre schon lange her. Und selbst wenn Alice Döpke das jetzt erfahren hätte ... er ist schließlich bei ihr geblieben und hat sie nicht verlassen.»

«Du bist so naiv.» Schnepel schaut ihn mitleidig an. «Der Typ hat es faustdick hinter den Ohren. Wir müssen die Finanzen der Döpkes durchleuchten. Was, wenn Alice über ein Vermögen verfügte? Hätte er sie verlassen, hätte er den Anspruch darauf verloren.» Schnepel haut mit der Faust in die Hand. «Genau, vielleicht ging es ihm gar nicht um seine Frau, sondern um deren Geld. Über das er nun verfügen kann. Er war doch überhaupt nicht betroffen, dass sie tot ist.»

«Das stimmt nicht.» Rudi schüttelt den Kopf. «Das nimmt ihn sehr mit, das haben wir doch gesehen. Allein dass er drei Schnäpse getrunken hat, zeigt, wie fertig er war.»

«Schampus konnte er in dieser Situation ja schlecht in unserer Gegenwart trinken», meint Schnepel und lacht auf.

Haueisen haut mit der Hand auf den Schreibtisch. «Es reicht, meine Herren! Bevor Sie sich noch mehr in wilde Theorien versteigen, warten wir ab, was die Obduktion ergibt. Dann schauen wir weiter.»

«Wie Sie meinen, Chef», sagt Rudi. «Aber ich befürchte, es war ein Tötungsdelikt. Immerhin gab es diese Einstichstelle im Nacken.»

«Genau», stimmt Schnepel zu. «Es ist die zweite Tote mit so einer Injektionswunde, da dürfen wir keine Fehler machen. Außerdem ist die Einstichstelle bei Frau Döpke so ungewöhnlich, dass es gar keinen anderen Schluss zulässt als den, dass hier etwas mit der Absicht gespritzt wurde, um die Frau zu töten. Gut, dass wir vorhin gleich die KTU benachrichtigt haben, damit die sich im Haus umsehen und im Müll der Döpkes nach einer benutzten Spritze suchen.»

Feierabend. Am liebsten würde sich Henner auf die Couch legen und irgendwas im Fernsehen schauen. Nach allem, was heute passiert ist, steht ihm der Sinn nach einem ruhigen Abend. Aber Rosa hat einfach nicht lockergelassen. Sie hat ihn so lange bedrängt, bis er nachgegeben hat. Es klingelt an seiner Tür. Einmal. Das ist Rosa. Ausnahmsweise zehn Minuten vor der Zeit. Ihr muss da etwas wirklich auf der Seele brennen.

«Is offen», ruft er und bleibt auf dem Küchensofa sitzen.

Im nächsten Augenblick steht sie auch schon vor ihm und stellt ein Tablett mit den Resten von heute Mittag auf den Tisch. Von Mudderns Bouletten sind tatsächlich noch welche übrig geblieben, wie Henner erfreut feststellt. Sofort knurrt sein Magen, und er schnappt sich eine.

«Gut, dass es mit dem Treffen geklappt hat», sagt Rosa und zieht eine vor Kälte beschlagene Weinflasche aus dem Stoffbeutel, der über ihrer Schulter hängt. «Wann kommt Rudi?»

Wie auf Kommando klingelt es dreimal. «Wenn man vom Teufel spricht ...», sagt Henner. Auch sein Kumpel ist früh dran, wahrscheinlich will er gleich noch zum Skatspielen ins Dattein. «Ein kleiner Abendimbiss, das lobe ich mir!» Rudi hat schnell die erste Boulette in der Hand.

«Ostfriesenbräu und Senf sind im Kühlschrank», sagt Henner mit vollem Mund. Es sind nur noch sechs Frikadellen übrig, da langt er lieber schnell noch mal zu.

«Was gibt es denn so Wichtiges?», fragt Rudi, wischt sich die Finger an seiner Jeans ab, öffnet die Flasche und prostet Henner zu.

«Du zuerst», erwidert Rosa und schenkt sich Wein ein. Wo die Gläser stehen, weiß sie ja inzwischen.

«Ich denke, *du* hast was Wichtiges. Aber gut. Dann fange ich eben an. Viel gibt es ohnehin nicht. Bis Emterbäumler mit der Obduktion fertig ist, können wir nichts machen. Obwohl Schnepel fest davon ausgeht, dass der Apotheker oder die Pflegerin Frau Döpke umgebracht haben. Im Fall Karin Müller sind die beiden ja auch seine Hauptverdächtigen. Er vermutet, dass die beiden ein Verhältnis miteinander haben. Aber ihr kennt ihn, Schnepel ist immer schnell dabei, Leute zu verdächtigen.»

Wohl wahr. Henner kann sich an wilde Spekulationen von Rudis Kollegen erinnern, da ist ihm glatt die Spucke weggeblieben. Meist haben die sich dann auch schnell in Luft aufgelöst.

«Okay. Das ist ja nun wirklich nicht viel. Aber Henner und ich haben was Interessantes. Uns ist heute zu Ohren gekommen, dass Frau Döpke ihrem Mann wohl hinterherspioniert hat», sagt Rosa mit blitzenden Augen.

Rudi angelt sich die vorletzte Boulette mit den Fingern. «Was heißt hier zu Ohren gekommen?»

«Das hat die Apothekerin erzählt, als wir nach der Gesangseinlage noch am Hafenbecken zusammenstanden. Stimmt doch, Henner. Oder?»

«Jo.»

«Aha», sagt Rudi mit vollem Mund und schielt nach der letzten Boulette, doch Henner ist schneller.

«Die Döpke hat häufig gegen Mittag in der Apotheke angerufen und wissen wollen, wo ihr Mann ist.» Rosa berichtet haarklein, was Monika Frohwein gesagt hat. Henner wundert, dass die sich alles gemerkt hat.

«Ist doch egal, wo man einkauft», sagt er und unterdrückt ein Gähnen.

«Vielleicht hatte sie aber auch geheime Stelldicheins mit Döpke», nimmt Rudi den Faden auf. «Mit der Treue hat er es ja wohl nicht so genau genommen. Und vielleicht liegt Schnepel dieses Mal tatsächlich richtig. Hübsch ist diese Pflegerin schon, die hat so was Warmherziges an sich.»

Rosa nippt an ihrem Weinglas. «Theoretisch könnten die ein Verhältnis haben. Aber das glaube ich nicht. Wiktoria Pitrowsky ist glücklich verheiratet und hat drei Kinder. Es fällt ihr nicht leicht, die Familie immer sechs Wochen am Stück alleine zu lassen. Sie wechselt sich ja mit einer anderen Polin bei der Pflege ab. Was soll sie machen, sie braucht das Geld.»

«Woher weißt du das denn nun wieder?», staunt Rudi.

«Von Gudrun. Die hat sich im Frisörsalon länger mit ihr unterhalten.»

«Was heißt schon glücklich verheiratet ...?» Rudi greift nach einer Käsebrötchenhälfte. «Der eine glaubt, es läuft alles prima, und der andere macht sich vom Acker.»

Stimmt. Von unglücklich verheiratet kann Rudi ein Lied singen. Henner ist froh, dass er so etwas nie erlebt hat. Also heiraten und so. Obwohl. Manchmal wäre es ganz schön, wenn jemand an einen denkt. Selbst wenn man eigentlich nur ruhig auf dem Sofa sitzen will. Sein Blick wandert zu Rosa.

SAMSTAG

Zum Skatspielen hat Rudi es gestern Abend doch noch geschafft. Henner wollte seine Ruhe haben, viel zu besprechen gab es ja auch nicht, und Rudi hatte keine Lust, sich mit Rosa in Spekulationen zu verlieren. Die hat sich dann beleidigt in ihre Wohnung verkrümelt, aber das war Rudi egal. Ohne große Erklärungen hat er sich auf den Weg ins Dattein gemacht. Beim Skatspielen hat er den zweiten Platz belegt. Was nützt das größte Können, wenn die Karten mies sind, hat Vadder Steffens früher schon gesagt. Immerhin ist ihm ein Grand ohne zwei geglückt. Und Schneider hat er Dieter und Sacky einmal gespielt, beinahe sogar Schneider schwarz, aber den letzten Stich musste er abgeben.

Egal. Die Stimmung war gut, das Bier und der hauseigene Schnaps haben geschmeckt, er hat sich mit einem wohlig warmen Gefühl ins Bett gelegt und ist schnell eingeschlafen, ohne noch lange an die Morde zu denken. Allerdings klingelte sein Wecker schon um fünf nach sieben. Der Chef hat für acht Uhr eine Besprechung angesetzt. Da ist er nur schnell unter die Dusche gesprungen, hat im Stehen einen Kaffee getrunken und die Stulle mit Deichlammsalami während der Fahrt nach Wittmund in seiner Ente verzimmert, um nicht zu spät zu sein.

Als Rudi zügigen Schritts im ersten Stock ankommt, steht die Tür zu Haueisens Büro schon offen.

«Moin, Chef», grüßt Rudi.

«Moin. Nehmen Sie Platz, Bakker, es gibt Neuigkeiten.»

Rudi setzt sich auf einen der beiden Stühle vor Haueisens Schreibtisch. «Ich hab auch was», sagt er. Haueisen blickt ihn auffordernd an, Rudi will schon loslegen, da kommt Schnepel herein.

«Pünktlich wie die Maurer», ruft er zufrieden aus und lässt sich auf den Stuhl neben Rudi fallen. «Heute können Sie nicht meckern, Chef.»

Haueisen übergeht den Spruch und deutet auf seinen Bildschirm. «Emterbäumler war gestern noch fleißig. Die Obduktion hat ergeben, dass auch Alice Döpke durch eine Überdosis Ketamin starb.»

«Der wusste ja auch, wonach er suchen musste. Döpke war's. Motiv und Gelegenheit passen. Der könnte ja auch schon längst zu Hause gewesen sein. Für seinen Strandspaziergang hat er keine Zeugen. Garantiert hat er noch schnell die Spritze entsorgt, als Henner Steffens kam. Hat die Kriminaltechnik sie in der Mülltonne der Döpkes gefunden?»

«Nein», antwortet Haueisen. «Weder in der Mülltonne noch im Hausmüll.»

«Im Badezimmer?», fragt Rudi.

«Auch nicht. Wir können überhaupt dankbar sein, dass Herr Döpke uns gestattet hat, den Müll zu durchsuchen. Einen Durchsuchungsbeschluss hätten wir ohne Obduktionsergebnis nicht bekommen.»

«Ach was, das war reines Kalkül. Döpke hat die Spritze so gut versteckt, dass wir sie in den Müllbehältern gar nicht finden konnten», sagt Schnepel. «Vielleicht in der Handtasche seiner Frau. Oder in der von der Pflegerin. Oder in seiner Sakkotasche. Möglichkeiten gibt es viele.»

«Aber er konnte doch nicht ahnen, dass Henner seine Frau

finden würde. Er hatte doch überhaupt keine Veranlassung, die Spritze zu dem Zeitpunkt zu verstecken», widerspricht Rudi.

«Tsss. Du nun wieder.» Schnepel schaut Rudi mitleidig an. «Natürlich hatte er die Veranlassung dazu. Er ist ja kein Blödmann. Er wusste, dass man seine Frau obduzieren würde. Deswegen musste die Spritze verschwinden.»

«Du begehst einen Denkfehler, Helmut», sagt Rudi. «Als Apotheker kennt er sicher noch andere Mittel, mit denen er seine Frau hätte töten können. Warum hätte er zweimal das Gleiche nehmen sollen?»

«Damit wir uns eben genau diese Frage stellen», sagt Schnepel von oben herab. «Der hält uns für blöd. Aber da hat er sich geschnitten.»

Haueisen schüttelt den Kopf. «Nein, Kollege Schnepel, Bakker hat recht. Döpke hätte sich für etwas anderes entscheiden können, das nicht gespritzt werden müsste. Vor allem wenn man die Krankheitsgeschichte seiner Frau bedenkt.»

Schnepel lässt den Einspruch nicht gelten. «Egal was er genommen hätte, wir hätten es bei der Obduktion entdeckt. Und wer außer einem Apotheker kommt so einfach an eine tödliche Dosis solcher Medikamente heran oder hat überhaupt eine Ahnung von den Wirkungsweisen?» Er verschränkt die Arme vor der Brust. «Döpke war's. Ganz klar.»

Rudi kommt ins Grübeln. «Warum hätte er auch noch seine Frau umbringen sollen?»

«Mensch, stell dich doch nicht dümmer, als du bist. Wenn Alice Döpke mitgekriegt hat, dass ihr Mann ins Haus der Müllers gegangen ist und Karin danach tot war, könnte er Angst gehabt haben, dass sie ihn verpfeift.»

Rudi kneift die Augen zusammen. «Wenn sie ihn wirklich

hätte verpfeifen wollen, warum hat sie dann den Zeugen gemeldet? Das passt doch nicht.»

«Und wie das passt. Sie meldet eine Person, die eben nicht wie ihr eigener Mann aussieht, damit hat sie ihn in der Hand.»

«Es gibt aber noch einen anderen Zeugen, der diesen Mann gesehen hat», meldet sich Haueisen zu Wort.

«Äh ...»

«Außerdem hat Döpke ein Alibi», ergänzt Rudi. «Er war letzten Samstagvormittag in seiner Apotheke.»

Aber so schnell gibt Schnepel nicht auf: «Dann hat er Karin Müller eben von der Pflegerin töten lassen. Oder die hat es aus Eigennutz getan. Weil ...» Er holt theatralisch Luft. «Nun, wo die Ehefrau tot ist, kann Döpke die Polin heiraten.»

«Einspruch», meldet Rudi sich zu Wort. «Ich weiß, dass Wiktoria Pitrowsky glücklich verheiratet und Mutter dreier Kinder ist. Sie arbeitet in Deutschland, weil ihr Mann in Polen nicht genug verdient.»

«Von wem hast du das denn?», fragt Schnepel höhnisch.

«Von Rosa Moll. Und die weiß es von Gudrun, der Schwester von Henner Steffens. Wiktoria ist schon mehrmals bei ihr im Frisörsalon gewesen.»

«Ach nee! Das ist Hörensagen und absolut nicht aussagekräftig. Aber wir werden sie uns vornehmen. Und danach ist die so klein mit Hut.» Schnepel hält Daumen und Zeigefinger fünf Zentimeter auseinander. «Außerdem würden mich die Finanzen der Döpkes interessieren.»

Haueisen räuspert sich. «Wir müssen zunächst einmal Herrn Döpke über das Ergebnis der Obduktion informieren.» Er nimmt die Brille ab und reibt sich die Nasenwurzel.

«Ich hab noch was anderes», sagt Rudi und fühlt sich etwas unbehaglich, weil er weiß, dass er damit seiner eigenen Aussage von vorhin widerspricht. «Frau Moll und Herr Steffens haben gestern zufällig mit der Angestellten von Herrn Döpke gesprochen. Die hat gesagt, dass Frau Döpke in letzter Zeit vermehrt in der Apotheke angerufen und nach ihrem Mann gefragt hat. Meistens um die Mittagszeit, wenn ihre Pflegerin zum Einkaufen war. Frau Frohwein vermutet, dass Frau Döpke befürchtet hat, ihr Mann und die Pflegerin hätten ein Verhältnis.»

Kaum hat er das gesagt, funkeln Schnepels Augen wie ein Kronleuchter. «Hab ich grad gesagt!», frohlockt er. «Von wegen glücklich verheiratet. Also, Chef! Was halten Sie davon, wenn wir in die Apotheke fahren, dort mit dieser Frau …?» Er blickt Rudi an.

«Frohwein.»

«Frohwein sprechen und natürlich Herrn Döpke darüber unterrichten, dass auch seiner Frau eine letale Dosis Ketamin verabreicht wurde?»

«Nun gut. Fahren Sie am besten als Erstes in die Apotheke. Zum Witwer können Sie hinterher.»

Manchmal sind Rudi und Henner einfach stieselig. Gestern Abend hätten sie noch so schön weiter zusammensitzen können. Aber nicht mal mit einer Runde Just Music hat Rosa die beiden locken können.

Immerhin ist sie deshalb früh im Bett gewesen und heute Morgen ausgeschlafen und energiegeladen. Sie weiß bloß nicht so recht, was sie machen soll. Das angefangene Bild vom Malkurs hat sie gestern Abend in die hinterste Ecke ihres Arbeitszimmers verbannt. Und da wird es auch bleiben. Von dem Bild geht kein gutes Karma aus. Drei Tote. Und mindestens einer wurde ermordet. Wenn nicht sogar zwei.

Unter der Dusche geht Rosa noch einmal alle Theorien durch, die sie gestern Abend mit Rudi und Henner erörtert hat. Frisch geföhnt und angezogen ist sie aber keinen Schritt weiter. Vor allem fehlt ihr noch immer das Motiv. Aus Hadi Döpke wird ja kein liebestoller Mann mit Midlife-Crisis, nur weil er vor Jahren mal was mit Karin Müller hatte. Dass Alice eifersüchtig war, leuchtet ihr schon eher ein. Man kann ja auch grundlos eifersüchtig sein. Die Frau saß im Rollstuhl und hatte viel Zeit, sich alle möglichen Dinge auszumalen. Die Zeitungen sind schließlich voll von Berichten über Seitensprünge und Trennungen von Prominenten.

Rosa schlüpft in ihre Daunenjacke und macht sich auf den Weg zum Bäcker. Es geht nichts über ein paar frische Brötchen zum Frühstück. Ob sie Henner welche mitbringen soll? Ach was, der ist ja schon lange unterwegs und mittags bestimmt bei seinen Eltern zum Essen auf dem Hof.

Vor der Tür blinzelt Rosa in die Sonne. Der Frühling kommt mit Macht, und die Vögel trällern, was das Zeug hält. Im Vorgarten haben erste Osterglocken ihre Blüten geöffnet, und die Forsythien im Nachbargarten haben sich über Nacht in einen gelb leuchtenden Busch verwandelt. Beschwingten Schrittes überquert Rosa die Straße und stutzt, als sie am Sieltor steht. Direkt vor der Bronzeskulptur der beiden Fischer steht eine Frau mit zwei Koffern. Sie sieht aus wie die Pflegekraft der Döpkes. Rosa geht auf sie zu. «Moin!»

«Guten Tag.» Die dunkelhaarige Frau hebt die Koffer an und setzt sich wieder in Bewegung.

«Sind Sie nicht Wiktoria?»

«Ja.» Die Frau geht weiter.

«Wollen Sie verreisen?» Rosa hält Schritt mit ihr.

«Zurück zu Kindern und Mann, habe hier nix mehr Arbeit.»

«Aber Sie können doch nicht einfach weg.»

«Doch. Bus kommt gleich.»

«Hat die Polizei Ihnen denn erlaubt wegzufahren?»

«Wieso erlaubt?» Wiktoria stellt die Koffer ab und blickt Rosa an.

«Weil die Polizei im Todesfall von Frau Döpke ermittelt. Da sind Sie eine wichtige Zeugin.»

«Ich bleibe nix länger in Haus von Döpke. Allein mit Mann. Betrunken gestern. Ich richtig Angst. Bleibe nicht da.»

«Das sollten Sie aber. Sie können sonst jede Menge Ärger bekommen.»

«Ich nicht bleiben bei Döpke.»

«Aber in Neuharlingersiel. Die Polizei will Sie noch sprechen. Das weiß ich. Bleiben Sie heute noch hier. Bitte.»

«Aber wo? Hotel teuer.» Wiktoria marschiert mit den beiden Koffern in der Hand weiter, während Rosa fieberhaft überlegt.

Dann hat sie eine Idee. «Warten Sie! Ich wüsste, wo Sie unterkommen können.»

Schon zückt sie ihr Handy.

«Rosa, du so früh?», meldet sich Mudder Steffens. «Ist wieder was passiert?»

«Nein», beruhigt Rosa sie. «Aber ich hätte eine Bitte.» Mit wenigen Worten erzählt sie, was passiert ist, und fragt, ob Wiktoria für ein, zwei Tage auf dem Hof bleiben kann, die Malkurs-Gäste sind ja abgereist.

Rudi und Schnepel haben Glück, vor der Apotheke ist ein Parkplatz frei. Die Glastür öffnet sich automatisch, und im Verkaufsbereich stehen bereits zwei Kundinnen, eine von ihnen hat ein Kleinkind auf dem Arm. Von Frau Frohwein ist nichts zu sehen, sie wird wohl hinten Medikamente holen.

«Hallo, ist hier jemand?», ruft die ältere Frau genervt, die direkt vor dem Tresen mit den kunstvollen Holzschnitzereien steht.

«Das dauert heute aber echt lange, bis jemand kommt», beschwert sich die junge Mutter, die ihr Rezept bereits in der Hand hält. «Paul hat Fieber. Ich brauche nur schnell den Saft, dann bin ich weg. Er muss dringend ins Bett.» Wie zur Bestätigung beginnt der Kleine zu weinen, und sie fühlt noch einmal seine Stirn.

«Vielleicht telefoniert der Döpke, und die Frohwein rührt irgendeine Salbe an», mutmaßt die Dame mit Filzhut auf dem Kopf.

Rudi tritt neben sie. «Wie lange warten Sie denn schon?»

«Zehn Minuten. Mindestens», sagt die junge Frau, und die Ältere blickt ihn mit hochgezogenen Augenbrauen an.

«Polizei? Sind Sie auch krank?»

«Nein», sagt Rudi, sieht, dass Schnepel zum Reden ausholen will, kommt ihm aber zuvor. Geht ja gar nicht, hier in der Apotheke irgendwelche Dinge breitzutreten. «Frau Frohwein?», ruft er laut. Keine Antwort. Rudi überlegt. «Ich geh mal nach hinten», sagt er zu Schnepel.

«Das können Sie doch nicht machen», ruft die ältere Dame, doch nun schlägt Schnepels große Stunde: «Wir sind die Polizei. Wir können alles.»

«Alles nun auch wieder nicht», moniert die junge Mutter. «Aber Hauptsache, ich krieg den Fiebersaft schnell.»

Rudi umrundet den Tresen und geht durch den Rundbogen in den hinteren Bereich.

Tatsächlich findet er dort Monika Frohwein.

Doch sie rührt keine Salbe an.

Sie liegt bewegungslos auf dem Boden der Teeküche.

Schnell kniet Rudi sich neben sie. «Frau Frohwein?»

Keine Reaktion.

«Frau Frohwein?» Als Rudi ihren Puls fühlen will, entdeckt er am Hals Würgemale. «Schnepel!», brüllt er, zieht sein Handy aus der Tasche und wählt die 112, während er mit der anderen Hand vergeblich versucht, den Puls zu finden. Ganz schwach spürt er ihn. Schnepel kommt hereingestürzt, Rudi erklärt der Leitzentrale, was vorliegt.

«Scheiße», flucht Schnepel.

«Stabile Seitenlage», ordnet Rudi an und sieht aus dem Augenwinkel, dass auch die beiden Frauen im Durchgang stehen. «Raus», ruft er und dreht Monika Frohwein behutsam auf die Seite. «Warte hier», bittet er Schnepel, steht auf und geht nach vorn.

«Es tut mir leid, meine Damen», sagt er, «aber Sie müssen in eine andere Apotheke, um Ihre Rezepte einzulösen.»

«Was ist denn mit Frau Frohwein?», fragt die ältere Dame voller Neugier, während die junge Mutter flucht: «Was für ein Mist. Das ist nun schon die zweite Apotheke, in der ich keinen Fiebersaft kriege. Mein Kind ist krank, verdammt, und die Temperatur muss runter.»

«Versuchen Sie es mal mit Wadenwickeln», schlägt die ältere Dame vor. «Hat bei unseren Kindern früher immer geholfen.»

«Darf ich Sie nun bitten, die Apotheke zu verlassen», sagt Rudi. «Aber vorher brauche ich noch Ihre Personalien.»

Erschrocken schaut die ältere Dame ihn an. «Warum das denn?»

«Weil hier vermutlich ein Überfall stattgefunden hat und Sie Zeuginnen sind.»

«Aber wir haben doch gar nichts gesehen!», protestiert die junge Mutter. «Als ich reinkam, war der Laden leer. Ich hab gewartet, dann kam diese Dame, wir haben zusammen gewartet und irgendwann gerufen. Das hab ich doch gerade schon gesagt.»

«Stimmt, aber da wussten wir noch nicht, dass es einen Überfall gegeben hat.» Er lächelt beruhigend.

«Ist gut», sagt die junge Mutter, nennt Namen und Adresse und eilt davon. Auch die ältere Dame macht die entsprechenden Angaben.

Kaum sind die beiden Kundinnen fort, bremst der Notarztwagen mit quietschenden Reifen und Signallicht auf dem Bürgersteig vor der Apotheke. Die Sanitäter stürmen mit ihrer Notfallausrüstung herein.

«Hinten durch», sagt Rudi. «Frau Frohwein liegt in der Teeküche. Sie wurde stranguliert und ist nicht ansprechbar.»

Mann, ist der Koffer schwer. Rosa hat Wiktoria einen abgenommen und ihn zu ihrem Fiat 500 geschleppt. Bis zum Steffens-Hof tragen sie die nie und nimmer. Rosa öffnet den Kofferraum, und sofort ist ihr klar, dass der ziemlich klein im Vergleich zur Größe der Koffer ist. Sie klappt die Rücksitze um und wuchtet den ersten Koffer hinein. Passt. Den zweiten bekommt sie auch noch mit Ach und Krach hinein. Wieder einmal ist sie begeistert von ihrem Auto: Es ist eben ein kleines Platzwunder.

«Komm, steig ein», sagt Rosa, die auf dem Weg vom Hafengelände zu ihrem Haus zum «Du» übergegangen ist.

Mit einem scheuen Lächeln haucht Wiktoria «Danke» und setzt sich auf den Beifahrersitz. Sie wirkt angespannt, und Rosa fragt sich, ob die Pflegerin nicht schon bereut, dass sie sich von ihren Heimreiseplänen hat abhalten lassen.

Als sie die Auffahrt zum Steffens-Hof hochfahren, sieht sie Vadder Steffens auf der Bank vorm Haus sitzen. Sie parkt den Wagen unter dem Carport so nah wie möglich am Haus.

«Moin», grüßt Vaddern freundlich, bleibt aber sitzen und dreht sich eine Zigarette. Das Rauchen kann er einfach nicht sein lassen, sooft Mudder Steffens ihn auch darum bittet.

«Moin.» Rosa lächelt ihn an. «Das ist Wiktoria.» Vaddern lächelt ebenfalls. «Muddern hat mir schon gesagt, dass ihr kommt. Geht man gleich zu ihr. Die Koffer holen wir gleich.»

Die Wärme des Kachelofens schlägt ihnen entgegen, als sie die Küche betreten.

«Moin, schön, dass ihr da seid.» Muddern stellt zwei Teetassen auf den Tisch, die Kanne steht schon auf dem Stövchen. «Nun erzählt mal», sagt sie, als der Tee eingeschenkt und das Wulkje aufgestiegen ist.

Wiktoria berichtet, wie schrecklich gestern alles gewesen ist. Dabei nimmt sie ihr Handy zu Hilfe. Sie spricht Polnisch ein, die App übersetzt ins Deutsche. «Arme Alice», murmelt sie schließlich, während sie Rosa das Handy zum Lesen der Übersetzung hinhält.

«Ich versteh schon, dass sie nach Hause möchte», sagt Muddern.

«Ich auch», erwidert Rosa. «Aber ich weiß auch, dass Rudi sie als Zeugin braucht. Bislang ist ja noch unklar, ob es sich bei Alice Döpkes Tod nicht auch um Mord handelt.»

Bei dem Wort Mord zuckt Wiktoria zusammen. «Ich nichts getan.»

«Das glaube ich dir ja», sagt Rosa und legt ihr beruhigend die Hand auf den Arm. «Wenn Rudi dich befragt hat, kannst du bestimmt ganz schnell nach Hause fahren.»

Wiktoria nickt, zeigt auf ihr Handy und steht auf. «Muss anrufen mein Mann, dass muss bleiben noch hier.»

«Mach das», sagt Rosa. «Danach zeigen wir dir dein Zimmer und holen die Koffer.»

«Puh, das war ja echt heftig», sagt Rudi, nachdem die Sanitäter Monika Frohwein abtransportiert haben. Eine Sauerstoffmaske reichte nicht aus, es musste intubiert werden. Und so ein Schlauch im Hals ist nichts für schwache Nerven. Auch am Arm wurde ein Infusionsschlauch gelegt. Ob es bereits dauerhafte Schäden gibt, konnte der Notarzt nicht sagen.

«Wir sollten Döpke anrufen, der muss kommen und schauen, was fehlt.» Rudi tritt an den Schreibtisch des Apothekers, streift sich Einmalhandschuhe über, nimmt das Telefon und schaut nach der dort eingespeicherten Nummer für den Privatanschluss der Döpkes.

Er ist zu Hause, und Rudi erklärt ihm in wenigen Worten, was passiert ist.

«Ein Überfall?» Hans-Dieter Döpke ist entsetzt. «Natürlich, ich mache mich sofort auf den Weg.»

Während Rudi und Schnepel auf ihn warten, trifft die Spurensicherung ein.

«Einbruchspuren?», fragt Kröver, der trotz des weißen Einmalanzugs wieder blendend aussieht. Rudi ist ein wenig neidisch auf den Mittvierziger, der ein echter Womanizer ist.

«Gibt's nicht», antwortet Schnepel. «Jedenfalls haben wir keine entdeckt. Die Frau lag in der Teeküche. Auf dem Tisch steht eine Thermoskanne. Die hat sie wohl von zu Hause mitgebracht.»

«Zeugen?»

«Zwei Frauen, die haben aber nichts gesehen.»

«Habt ihr deren Adressen, zwecks Abgleich der Fingerabdrücke, falls wir das brauchen?»

Rudi nickt. «Haben wir. Der Inhaber der Apotheke ist auch informiert. Er ist bereits auf dem Weg hierher und wird uns sagen können, was fehlt.»

«Gut. Dann lasst uns mal ran.» Kröver macht seinen Leuten ein Zeichen, und schon legen sie los.

Tatsächlich ist Herr Döpke in Windeseile da. «Wie geht's Frau Frohwein?», fragt er besorgt.

«Das können wir nicht genau sagen», antwortet Rudi. «Der Notarzt konnte sie zunächst stabilisieren, aber wie lange sie schon dort hinten bewusstlos lag, wissen wir nicht. Wir müssen also abwarten.»

«Das ist ja auch nicht weiter wichtig», bringt sich Schnepel ins Gespräch ein. «Wichtig ist zu erfahren, was der Typ wollte, der sie gewürgt hat.»

Überrascht schaut Döpke Schnepel an. «Sie wissen, dass es ein Mann war?»

«Nein», gibt Schnepel widerwillig zu. «Aber es muss eine Person mit ordentlich Kraft gewesen sein. Ohne Muckis kann man niemanden mit bloßen Händen erwürgen.»

«Ich denke, sie ist nicht tot?» Döpke sieht ihn verunsichert an.

«Nun legen Sie doch nicht jedes Wort auf die Goldwaage»,

schimpft Schnepel. «Helfen Sie uns lieber festzustellen, was der Täter ...», Rudi blickt ihn auffordernd an, «oder die Täterin wollte. Wahrscheinlich ging es um Drogen. Wo haben Sie die gelagert?»

«Im hinteren Raum.»

Während die Kollegen der Spurensicherung noch die Teeküche unter die Lupe nehmen, begutachten Rudi, Schnepel und Döpke den verschlossenen «Giftschrank», in dem die heikleren Medikamente aufbewahrt werden. Hier gibt es keine Aufbruchspuren, und es fehlt auch nichts, wie Döpke feststellt.

«Wo bewahren Sie das Ketamin eigentlich auf?», will Schnepel wissen.

«Das darf ganz normal im Generalalphabet gelagert werden, es fällt nicht unter das Betäubungsmittelgesetz. Warum fragen Sie?»

Schnepel verzieht das Gesicht zu einem schrägen Grinsen. «Ach ja, das haben wir in all der Aufregung vergessen zu sagen: Die Obduktion Ihrer Frau hat ergeben, dass sie getötet wurde. Mit Ketamin. Genau wie Frau Müller.»

Döpke schluckt. «Alice wurde ermordet?»

«Ach kommen Sie, es war doch zu erwarten, dass das herauskommt. Die Kollegen der Spurensicherung können eigentlich auch gleich Ihre Fingerabdrücke nehmen, wenn Sie schon mal da sind. Ihr Alibi für Freitag zur möglichen Tatzeit ist ja nun auch mehr als wackelig. Ihre Pflegekraft wird uns sicher mehr zu der wirklichen Beziehung zwischen Ihnen und Ihrer Frau sagen können.»

Döpke wird blass. «Die wird Ihnen gar nichts sagen. Wiktoria ist abgereist.»

«Wie bitte?», brüllt Schnepel. «Was soll denn der Scheiß?

Sie wussten doch, dass wir mit ihr reden müssen. Da konnten Sie sie doch nicht gehen lassen!»

«Ich konnte sie ja wohl schlecht in Ketten legen», kontert Döpke. «Sie wollte auf keinen Fall länger bleiben, sondern unser Haus so schnell wie möglich verlassen. Ihre Agentur hat zwar eine andere Stelle für sie – es gibt ja Wartelisten für gutes Pflegepersonal –, aber sie wollte unbedingt nach Hause.»

«Das wird ja immer besser», regt sich Schnepel auf. «Nicht nur, dass die Ihr Haus verlassen hat, die ist sogar schon auf dem Weg nach Polen?»

Döpke nickt.

Mit einem Mal wird Schnepel ganz ruhig und betrachtet Döpke wie die Schlange das Kaninchen. Nach einem Moment des Schweigens schießt sein Zeigefinger vor und tippt auf Döpkes Brust. «Sie meinen wohl, Sie sind ein ganz Schlauer, was?»

Der Apotheker blickt ihn fragend an.

«Sie glauben, Sie haben das ganz geschickt eingefädelt. Lassen die Pflegerin erst Karin Müller und dann Ihre Frau umbringen und schicken Sie anschließend zurück nach Polen, wo wir ihrer nicht so schnell habhaft werden können. Wie viel Geld haben Sie der Frau eigentlich dafür gezahlt?»

Entrüstet richtet Döpke sich auf. «Was fällt Ihnen ein, mir so etwas zu unterstellen? Ich werde mich bei Ihrem Vorgesetzten beschweren!»

«Tun Sie, was Sie nicht lassen können. Wir werden Sie jedenfalls an den Hammelbeinen kriegen, das garantiere ich Ihnen. Wann hat Frau … wie war noch der Name?»

«Pitrowsky», antwortet Döpke.

«… Pitrowsky das Haus verlassen? Wo genau wollte sie hin?»

«Sie wollte den Bus nach Esens nehmen, von dort mit der Bahn über Osnabrück nach Stettin. Keine Ahnung, ob ihr Mann sie von da abholt. Das ist mir auch egal. Ich bin ziemlich enttäuscht von ihr, dass sie mich jetzt mit allem allein sitzen lässt.»

«Ach!» Schnepels Augen funkeln. «Dann haben Sie doch mehr für die Frau empfunden, als Sie zugeben wollen?»

«Nein. Aber ich habe gedacht, sie gehört zur Familie. Alice hatte Wiktoria sehr in ihr Herz geschlossen. Dass sie nun abhaut, bevor wir Alice beigesetzt haben, fühlt sich an wie Verrat.»

«Fühlen Sie, was Sie wollen», sagt Schnepel ungerührt, «dann werden Sie anhand Ihrer Kontobewegungen auch nachweisen können, dass Sie keine größere Summe an Frau ... Pit...»

«Pitrowsky», hilft Rudi nun aus.

«... mir doch egal ... an diese Frau geleistet haben. Wir brauchen die Unterlagen zu Ihren Konten. Heute noch.»

Muddern setzt die Kartoffeln auf, während Wiktoria in der Diele mit ihrem Mann telefoniert. Rosa nippt an ihrer Teetasse und überlegt. Besser, sie ruft Rudi gleich an. Umso schneller können Schnepel und er Wiktoria befragen, und sie kann nach Hause fahren. Bei dem Gedanken an Schnepel hat Rosa sofort ein mulmiges Gefühl, kennt sie doch seine haltlosen Verdächtigungen und sein Talent, diese ohne Rücksicht auf Verluste rauszuschmettern. Aber es hilft nichts. Sie wählt Rudis Nummer.

«Moin, Rosa, du rufst mal wieder im unpassendsten Moment an.»

«Wieso unpassend? Ist doch Samstag. Ich weiß nicht, was daran unpassend sein soll, dich anzurufen.»

«Ach so. Na ja, bin im Dienst. Schnepel und ich sind in Döpkes Apotheke. Es gab einen Überfall.»

«Was ist denn nun schon wieder?»

«Wir haben Monika Frohwein bewusstlos in der Teeküche gefunden. Sie wurde gewürgt und ist gerade auf dem Weg ins Krankenhaus. Genaueres wissen wir nicht, die Spurensicherung ist dabei, alles aufzunehmen. Döpke ist auch hier. Also, fass dich kurz. Was gibt's?»

Für einen Moment verschlägt es Rosa die Sprache, doch schnell hat sie sich wieder im Griff. «Ich wollte dir nur Bescheid geben, dass ich mit Wiktoria Pitrowsky bei Henners Eltern bin. Ich habe sie heute früh zufällig getroffen. Sie wollte zurück nach Polen, aber ich konnte sie überzeugen, zu bleiben, bis du sie befragt hast. Allerdings wollte sie nicht wieder zurück in Döpkes Haus. Der muss gestern Abend ziemlich betrunken gewesen sein, und jetzt hat sie Angst vor ihm.»

Sofort ändert sich Rudis Tonlage. Geradezu begeistert sagt er: «Das hast du gut gemacht. Wenn wir hier fertig sind, kommen wir und reden mit ihr. Danke, Rosa.» Damit legt er auf, und Rosa blickt nachdenklich auf ihr Handy. Wow. Ein «Danke» hat sie von Rudi schon lange nicht mehr gehört.

«Lass uns noch eben bei Phillip Frohwein halten», sagt Rudi, als er und Schnepel vor der Apotheke in den Einsatzwagen steigen. «Ich möchte ihn gern persönlich informieren, dass seine Mutter im Krankenhaus liegt.»

Schnepel runzelt die Stirn. «Warum das denn? Die ist doch nicht tot.»

«Ich kenne Phillip, seit er klein ist. Deswegen möchte ich das nicht anderen überlassen, wo wir doch sowieso mit der Sache betraut sind. Dauert ja auch nicht lang. Und die Pitrowsky ist auf dem Steffens-Hof bestens aufgehoben.»

«Ist gut. Aber mach da kein großes Theater von.»

«Mach ich nicht.» Rudi ist erleichtert.

«Ich warte hier», sagt Schnepel, als Rudi vor dem Mehrfamilienhaus hält, in dem Phillip Frohwein wohnt.

Svens Kindergartenfreund öffnet in Boxershorts und T-Shirt, einen Keramikbecher in der Hand. Er wird blass, als er Rudi in Uniform vor sich stehen sieht. «Herr Bakker. Was ist passiert?»

«Darf ich reinkommen?»

«Natürlich.» Phillip tritt einen Schritt zurück in einen schmalen Flur. Schuhe und Jacken hängen an Haken verteilt den Gang entlang. «Möchten Sie auch einen Kaffee?»

«Danke, nein. Ich muss gleich weiter. Es ist nur ... In der Apotheke gab es einen Überfall, bei dem deine Mutter verletzt wurde.»

Phillip wird kreidebleich, und schnell schiebt Rudi hinterher: «Ich habe sofort den Notarzt verständigt, und sie ist auf dem Weg ins Krankenhaus. Das wollte ich dir selber sagen und nicht den Kollegen überlassen.»

Der Becher in Phillips Hand beginnt gefährlich zu wackeln.

«Wollen wir uns kurz hinsetzen?», schlägt Rudi vor.

Phillip nickt, und Rudi folgt ihm in den Wohnbereich, wo der junge Mann sich auf die Couch fallen lässt. Kaffee schwappt aus dem Becher über seine Beine, aber Phillip reagiert nicht darauf. Mit heiserer Stimme fragt er: «Ist sie schwer verletzt?»

Rudi setzt sich ihm gegenüber und nickt. «Man hat sie gewürgt. Wir wissen nicht, wie lange sie bewusstlos im Raum gelegen hat, aber es wird schon nicht so lange gewesen sein», ergänzt er, um Phillip die größten Sorgen zu nehmen.

Ein Zucken durchläuft Phillips Körper. «Kann ich zu ihr?»

Rudi hebt unbestimmt die Schultern. «Keine Ahnung. Ich denke, am besten rufst du nachher mal im Krankenhaus an. Im Moment wird alles für sie getan, was möglich ist. Vielleicht wartest du einfach noch etwas?»

«Ist gut. Danke, dass Sie gekommen sind.» Noch immer ist der junge Mann leichenblass.

«Ich muss leider wieder weiter», sagt Rudi beinahe entschuldigend und erhebt sich. «Wir versuchen natürlich, so schnell wie möglich herauszufinden, wer dafür verantwortlich ist.»

Phillip nickt.

«Kann ich noch etwas für dich tun? Jemanden anrufen, damit er kommt?»

«Nein. Das geht schon.» Tapfer schaut Phillip zu ihm auf.

«Okay. Wenn ich dir doch helfen kann, du weißt, wo du mich findest. Bleib ruhig sitzen, ich finde allein raus.»

«Danke.»

Nanu, was ist denn hier los, wundert sich Henner, als er mit seinem E-Trike schwungvoll auf den Hof seiner Eltern fährt. Rosas Auto steht da, ein paar Meter weiter ein Einsatzwagen der Polizei. Beruhigend ist nur, dass Vaddern vorm Haus sitzt und schmökt. Kann also nicht so schlimm sein.

«Polizei? Und Rosa? Was ist passiert?», fragt er trotzdem.

«Erst kam Rosa mit der Frau und zwei Koffern. Und dann Rudi und Schnepel.»

«Mit was für 'ner Frau? Und was wollen die?», fragt Henner irritiert. Wo hat Rosa denn jetzt eine fremde Frau hergezaubert? Und was will die Polizei?

«Keine Ahnung. Geh man rein. Die werden es dir sicher sagen.»

«Jo. Post nehm ich mit?»

«Nee, die kannste mir geben.»

«Ist nich viel. Ein Brief von der Versicherung und Werbung von so 'nem Versand für Seniorenbekleidung.»

Vaddern grient. «Deine Mudder ist neugierig auf das Online-Shopping. Aber das is nix für sie. Sie hat damals schon beim Otto-Versand immer viel zurückgeschickt. Geht eben nichts darüber, Sachen im Laden anzuprobieren. Und 'nen Kaffee kriegt man in Esens in dem Laden auch immer.»

Henner grient. «Stimmt. Ich geh dann mal rein.»

In der Küche herrscht viel Betrieb. Muddern steht neben dem Herd und schneidet Kartoffeln in Scheiben, Rosa und eine dunkelhaarige Frau sitzen am Tisch, Rudi und Schnepel stehen vor ihnen. Die Atmosphäre wirkt angespannt.

«Moin.» Henner tritt zu seiner Mutter und drückt ihr einen Kuss auf die Wange. «Hier ist ja mächtig was los.»

Muddern zuckt mit den Schultern und macht in ihrer Arbeit weiter. Henner dreht sich zum Tisch um.

«Das spricht doch Bände, dass Sie so stiekum abhauen wollten.»

Die dunkelhaarige Frau sieht erst Schnepel, dann Rosa mit großen Augen an. «Ich zu aufgeregt.» Sie zeigt auf ihr Handy. «Bitte sprechen Frage hier.»

«Wieso soll ich was in Ihr Handy sprechen?», poltert Schnepel weiter. «Wir sind hier in einer Zeugenvernehmung.»

«Eben», fährt ihm Rosa über den Mund. «Auf dem Handy

ist ein Übersetzungsprogramm installiert. Wenn Sie Ihre Frage dort in die Spalte schreiben oder diktieren, wird sie ins Polnische übersetzt, und Wiktoria kann Ihnen antworten. Das wird dann wieder vom Polnischen ins Deutsche übersetzt. So können Sie auch ohne Dolmetscher mit ihr reden», fügt sie in scharfem Ton dazu.

«Was sind das denn für neue Methoden?», murrt Schnepel. «Die wollte abhauen, weil sie für den Tod der beiden Frauen nicht verantwortlich gemacht werden will. Sie hat die umgebracht, weil sie ein Verhältnis mit Döpke hat. Das ist doch klar wie Kloßbrühe.»

«Ich nicht Verhältnis mit Döpke», stammelt Wiktoria.

«Siehste!» Schnepel blickt Rosa triumphierend an. «Und ob die mich versteht.»

«So geht das trotzdem nicht», widerspricht Rudi, und Henner ist froh, dass sein Kumpel endlich dazwischengeht. Schnepel kann doch nicht einfach solche Beschuldigungen vorbringen. Die arme Frau. Die versteht doch nur die Hälfte.

«Wieso geht das nicht?», fährt Schnepel ungerührt fort. «Wir bringen sie jetzt ins Kommissariat und nehmen dort ihre Fingerabdrücke.»

«Reicht nicht das Stempelkissen?», fragt Rudi.

«Auf keinen Fall. Wir machen das digital. Ist immerhin eine Ausländerin. Da besteht Fluchtgefahr. Und keine unerhebliche, wie wir festgestellt haben. Nur dank Frau Moll ist diese Person noch hier. Außerdem: Vielleicht liegt ja in Polen was gegen sie vor.»

Bei seinen Worten erhebt sich Rosa vom Stuhl. Henner sieht, dass sie innerlich vor Wut bebt. Sie baut sich vor Schnepel auf.

«Was ist das für eine Unsitte, in der dritten Person von jemandem zu reden, der anwesend ist? Ohne Dolmetscherin sagt Wiktoria kein Wort mehr. Sie ist bereit, als Zeugin auszusagen. Da hat sie diese Behandlung nicht verdient.»

«Was sie verdient hat oder nicht, werden wir sehen, wenn wir die Fingerabdrücke gecheckt haben», entgegnet Schnepel ungerührt. «Wir haben es hier mit zwei heimtückischen Morden zu tun. Da können wir die Höflichkeit getrost zur Seite schieben, Frau Moll.»

Sprachlos verfolgt Henner das Wortgefecht. Genau wie Wiktoria, Muddern und Rudi. Rosa fängt sich als Erste wieder.

«Wieso *zwei* Morde?»

«Das Obduktionsergebnis von Alice Döpke ist heute Morgen gekommen. Sie starb ebenfalls an einer Überdosis Ketamin», erklärt Rudi.

Vor Schreck schlägt sich Wiktoria mit der Hand vor den Mund, und Tränen fluten ihre Augen. «Frau Döpke ermordet?»

«Genau», sagt Schnepel mit triumphierendem Blick. «Und Sie kennen sich ja mit Spritzen bestens aus. Wo sind Sie eigentlich jeweils zur Tatzeit gewesen, und wohin sind Sie mittags immer gefahren?»

Wiktoria dreht sich zu ihm um. «Meist ich war bei Alice. Mittags manchmal einkaufen in Esens. Und mit Svetlana. Svetlana hat Stelle in Esens. Haben uns bei Bäcker getroffen und getrunken Kaffee.»

«Na, Sie können uns viel erzählen. Wir fahren jetzt erst einmal wegen Ihrer Fingerabdrücke nach Wittmund.»

Rosa springt auf. «Ich komme mit. Schließlich habe ich Wiktoria versprochen, mich um sie zu kümmern.»

«Tja, meine Herren», sagt Haueisen, nachdem die KTU Wiktorias Fingerabdrücke gesichert und Rudi sie und Rosa verabschiedet hat. Auch die Adresse von Svetlana haben sie sich geben lassen, um Wiktorias Aussage zu überprüfen. Anscheinend haben die beiden sich tatsächlich öfter mittags zu einem Plausch getroffen. Nun steht Rudi mit Schnepel im Büro des Chefs. Der überlegt laut: «War es ein Zufall, dass ausgerechnet Döpkes Apotheke überfallen wurde? Es fehlt ja nichts. Die Kasse wurde nicht aufgebrochen, auch der Schrank mit den Betäubungsmitteln ist unversehrt. Es gab lediglich den Angriff auf Frau Frohwein. Könnte dieser Überfall mit den Delikten an Frau Müller und Frau Döpke zusammenhängen? Wenn ja: Wo ist die Verbindung zwischen den drei Frauen?» Haueisen atmet tief durch.

«Frau Müller und Frau Döpke waren Nachbarinnen», sagt Schnepel. «Und Döpke ist der Arbeitgeber von Frau Frohwein. *Er* ist die Verbindung.»

Rudi schüttelt den Kopf. «Das mag oberflächlich so sein, aber Döpke war nachweislich in Neuharlingersiel.» Er schnauft hörbar. «Der hat mit dem Bestatter Pöppelmeyer gesprochen. Der war nämlich richtig verärgert, dass Döpke ihn nach unserem Anruf hinauskomplimentiert hat, um so schnell wie möglich nach Esens zu kommen. Außerdem wäre Döpke kaum so blöd, seine Angestellte in der Apotheke töten zu wollen.»

«Vielleicht wollte jemand die Sache wie einen Tötungsversuch aussehen zu lassen, um Döpke und die Frohwein aus der Schusslinie zu bringen.»

Überrascht sieht Rudi seinen Chef an. Auf diesen Gedanken wäre er nie gekommen.

«Klar, das könnte so gewesen sein!», ruft Schnepel energiegeladen. «Verdammt, ist das gerissen! Die haben sich abgesprochen. Vielleicht hat die Frohwein sich auch selbst gewürgt.»

Rudi schüttelt den Kopf. «Helmut! Das ist nun wirklich kompletter Schwachsinn. Die war nicht ansprechbar, und ihr Puls war schwach. Sie musste intubiert werden. Das kriegst du doch allein nicht hin.»

«Stimmt.» Enttäuscht lässt Schnepel die Schultern sinken, um sich aber gleich wieder aufzurichten. «Mo-ment! Wenn es ein reines Ablenkungsmanöver war, ist Döpke nur als Hauptverdächtiger in Sachen Monika Frohwein aus dem Schneider.»

«Und wer hat Frau Frohwein gewürgt, wenn es Döpke nicht gewesen sein kann?», fragt Rudi genervt.

«Irgendwer. Das kriegen wir schon raus.» Schnepels Miene hellt sich auf, nur um sich gleich wieder zu verdunkeln. «Verdammt, ich dachte gerade, ich hätte es, aber die Pflegekraft kann es nicht gewesen sein, weil die sich auf dem Steffens-Hof aufhielt.» Er seufzt. «Nein, Döpke steckt hinter allem. Er könnte einem der Junkies Drogen oder Geld dafür gegeben haben, Frau Frohwein zu überfallen.» Schnepel hält einen Moment inne. «Da muss es doch Überwachungskameras geben!»

Rudi schüttelt den Kopf. «Ich hab keine gesehen, und wenn es welche gäbe, hätte Döpke die erwähnt.»

«Sind vielleicht welche in der Straße installiert?»

Nachsichtig sagt Haueisen: «Wenn dem so wäre, müssten wir als Polizei das wissen. So groß ist Esens nicht, außerdem darf man nicht so einfach im öffentlichen Raum Überwachungskameras anbringen. Aber überprüfen Sie das, Schnepel.»

Rudi grient in sich hinein. Das hat Schnepel nun davon.

Wahrscheinlich hat der Chef auch keine Lust mehr auf seine verworrenen Theorien.

«Mach ich. Aber selbst wenn ich mich irre, könnte Döpke trotzdem seine Frau umgebracht haben. Warten wir ab, wie die Finanzen der Eheleute aussehen. Die Bank gibt uns am Montag Bescheid.»

Haueisen wirft einen Blick auf die Uhr und schiebt seinen Stuhl zurück. «Jetzt gehen wir erst mal ins Wochenende. Ist durch diese Sache ohnehin kurz genug. Sie, Schnepel, informieren sich über eventuell vorhandene Videokameras im Bereich rund um die Apotheke, und wir alle drücken die Daumen, dass nicht noch mehr passiert. Ein Frauenmörder in Esens und Neuharlingersiel wirkt sich schließlich negativ auf den Tourismus aus. Und ich möchte nicht, dass die Buchungen für unsere Ferienwohnung storniert werden.»

SONNTAG

Morgens endlich mal wieder joggen. Das tat richtig gut nach der langen, dunklen und nassen Winterzeit. Rudi hat es erst langsam angehen lassen, zügig aber wieder zu seinem gewohnten Rhythmus gefunden. Wahrscheinlich hat die Gymnastik, die er dreimal wöchentlich zu Hause vor dem Tablet macht, einiges dazu beigetragen, dass er nicht gar so eingerostet ist. Nur den wachsenden Bauchansatz hat sie nicht verhindert. Aber eine Pizza ist am Abend eben einfach schnell in den Ofen geschoben, und mit extra Käse drauf schmeckt sie besonders gut. Ein Salat mit Knobi-Dressing und Baguette hat auch nicht unbedingt wenig Kalorien. Egal, er geht es ja nun an. Zehn Kilometer zeigt die Fitness-App auf seiner Uhr für heute Morgen.

Jetzt noch unter die Dusche springen, bevor Henner zum Frühstück kommt. Sie wollen mal ihre Ruhe haben und ohne Rosa reden. Wie früher eben. Henner bringt frische Brötchen mit, Aufschnitt und Käse hat Rudi gestern eingekauft. Dazu eine stattliche Portion Würzmett vom Schlachter. Das essen beide so gern. Mit extra viel Zwiebeln. Rosa verzieht jedes Mal angewidert das Gesicht, wenn sie Mett nur aus der Ferne sieht. Das verdirbt einem regelrecht den Appetit darauf. Und ihr vegetarischer Kram ist auch nicht immer nach Rudis Geschmack.

Seine Haare sind noch nass, als es an der Tür klingelt. Rudi öffnet, und Henner drückt ihm freudestrahlend die Brötchentüte in die Hand. «Endlich allein», sagt er spitzbübisch. «Hab zwei Weltmeister, zwei Roggen, zwei Normale und zwei Käse-Croissants mitgebracht.»

Rudi grinst. «Wer soll das denn alles essen?»

«Wir haben doch Zeit», sagt Henner fröhlich. «Bis zum Mittagessen bei Muddern ist es ja noch hin.»

«Ich komme mir fast vor, als würden wir etwas Verbotenes tun.»

«Ich auch», gesteht Henner und schält sich aus seiner Jacke. «Die Schuhe hab ich erst draußen vor der Haustür angezogen, damit Rosa mich nicht beim Weggehen hört.»

Beide lachen herzhaft, wie kleine Jungs, die anderen einen Streich spielen.

«Möchtest du Rührei?» Rudi öffnet den Kühlschrank. «Mit Zwiebeln und ordentlich Speck?»

Schwärmerisch verdreht Henner die Augen. «Das wäre himmlisch!» Lachend decken sie den Tisch, Henner registriert begeistert den Batzen Würzmett, sticht sich mit einem Löffel etwas ab und isst es genüsslich ohne Brot.

Rudi verquirlt die Eier, gibt etwas Mineralwasser mit Kohlensäure und Kräuter dazu, und gleich darauf zieht auch der Duft von gebratenem Speck durch die Küche. «Was geht's uns gut», sagt er, als alles auf dem Tisch steht, der Tee in den Tassen dampft und er das Rührei verteilt.

«Jo.»

Zufrieden schweigend essen sie das erste Brötchen.

«Hat sich so einiges verändert in der letzten Zeit, oder?», sagt Henner mit vollem Mund.

Rudi nickt. «Ist schon ungewohnt, dass Sven nicht mehr jedes Wochenende nach Hause kommt. Er fehlt mir. Unser Zwei-Männer-Haushalt hatte was.»

«Dafür meint nun Rosa, uns in Beschlag nehmen zu können.» Henner belegt eine Brötchenhälfte dick mit Käse.

Rudi nickt. «Ich mag sie ja wirklich gern, aber irgendwie ist sie immer da. Wenn das so weitergeht, werde ich niemals eine neue Partnerin finden. Vielleicht ist Susanne auch deshalb nach Bremen gegangen. Weil Rosa dauernd bei uns rumhockt. Ist ja fast so was wie eine Ehe zu dritt mit ihr. Nur ohne zusammenleben. Und ohne Sex.»

Henner wird rot. «Nun übertreib mal nicht. Ich finde, so ist es doch eigentlich prima. Ständig ist sie ja nun auch nicht da. Und man kann sich ganz gut mit ihr unterhalten. Ich weiß gar nicht, ob ich überhaupt mit einer Frau zusammenleben will. Hab meine acht Schwestern lange genug ertragen müssen.»

«Nö», widerspricht Rudi. «Mir reicht das nicht. Ich will eine richtige Frau an meiner Seite. Mit allem, was dazugehört. Ich hab schon mit dem Gedanken gespielt, mich bei einer dieser Online-Partnerbörsen anzumelden. Bei der Arbeit lerne ich ja nur Frauen kennen, die entweder eine Anzeige erstatten wollen oder eine Straftat melden. Oder Ganovinnen.» Er nimmt sich noch einen Schlag Rührei. «Da hast du es besser, Henner. Dir macht doch sicher so manche Frau im Nachthemd die Tür auf?» Er zwinkert seinem Kumpel zu.

Henner grinst breit und beißt in sein Brötchen. Nachdem der Mund wieder leer ist, sagt er. «Jo. Aber meist die Alten im schlottrigen Blümchennachthemd.»

Am Küchentisch des Steffens-Hofes hat Rosa das Gefühl, die Welt wäre in Ordnung. Sie sitzt zwischen Henner und Rudi. Wiktoria, Gudrun und ihr Mann Sacky haben die Plätze gegenüber. Vaddern und Muddern sitzen an den Kopfenden.

Neben dem gusseisernen Bräter mit Sniertjebraa dampfen die Schüsseln mit Klößen und frischem Rotkohl. Rosa hat noch nicht gefrühstückt; ihr Magen knurrt, seit sie die Küche betreten hat. Aber nicht nur der Hunger hat sie hierhergeführt. Es ist vor allem die Neugierde. Rudi weiß inzwischen bestimmt schon mehr als gestern. Er hat zwar versprochen, sie auf dem Laufenden zu halten, aber in dieser Hinsicht ist er eigen. Rosa argwöhnt, dass er ab und zu absichtlich «vergisst», sie zu informieren.

«Nun langt man ordentlich zu», sagt Muddern. Gudrun reicht die Schüssel mit den Klößen herum, und Muddern gibt jedem Fleisch und Soße auf den Teller.

Rosa wendet sich an Rudi, kaum dass sie die Klöße weitergereicht hat. «Was hat sich denn gestern noch im Mordfall ...»

«Beim Essen wird nicht über Mord und Totschlag geredet», fährt Muddern Rosa über den Mund. «Hinterher von mir aus. Aber jetzt möchte ich nichts davon hören. Wir sind ja hier nicht im Fernsehen, wo es auch fast nur noch um Verbrechen geht. Stimmt doch, Vaddern. Oder?»

«Jo.»

Nach dieser Ansage ist es ungewöhnlich still am Tisch, nur das Klappern des Bestecks ist zu hören.

«Die Klöße schmecken heute anders», stellt Henner fest. «Und sehen auch anders aus.»

«Die hat Wiktoria gemacht», erwidert Muddern mit einem Lächeln. «Das sind polnische Kartoffelklöße. Kluski nennt man die. Die haben extra eine Delle für die Soße.»

«Sind saulecker.» Henner nimmt sich trotzdem keinen Nachschlag.

Auch Rudi winkt ab. «Danke, ich bin heute nicht so hungrig.»

Sonst essen die beiden immer wie die Scheunendrescher, wundert sich Rosa. «Macht ihr Diät?»

«Quasi», murmelt Rudi und klopft auf seinen Bauch.

«Aber vom Nachtisch müsst ihr nehmen. Den hat Wiktoria auch gemacht. ‹Polnische Faulenzer› heißt das Gericht, weil es so leicht und schnell geht», sagt Muddern.

«An düsteren Tagen soll diese süße Quarkspeise ganz viel Liebe und Wärme geben und ist eine Liebeserklärung an alle polnischen Omas», zitiert Rosa, die das Rezept vorhin gegoogelt hat.

Wiktoria ist sichtlich gerührt über die Anerkennung. «Danke für Lob», murmelt sie.

Wenig später lässt Gudrun das Abwaschwasser in die Spüle laufen, Vaddern ist zum Schmöken vor die Tür gegangen, Rosa hilft, das Geschirr hinüberzutragen, und setzt sich schließlich Rudi gegenüber. «Also, Rudi, was gibt es Neues?»

«Zum Glück eigentlich nichts. Monika Frohwein ist zwar immer noch nicht ansprechbar, zumindest ist sie jetzt auf die normale Station verlegt worden. Der Arzt will uns aber noch nicht zu ihr vorlassen. Wenn sich ihr Zustand bessert, werden wir informiert. Ansonsten sollen wir uns Montagmittag wieder melden.» Rudi steht auf und greift sich ein Geschirrhandtuch. Bei Muddern legt jeder in der Küche mit Hand an. Außer Vaddern. An dem ist ihre Erziehung vorbeigegangen.

«Glaubt ihr denn, dieser Überfall hängt mit den Morden zusammen?», will Gudrun wissen und reicht Rudi eine tropfnasse Schüssel.

«Polizeiarbeit besteht nicht aus Glauben, sondern aus Fakten. Haben die gestern erst im Fernsehkrimi gesagt», ruft Sacky ihr vom Tisch aus zu.

«Wir sind hier aber nicht im Fernsehen. Und Rudi ist nicht der Alte», zischt Gudrun.

«Aber unrecht hat Sacky nicht», meint Rudi, während er die Schüssel sorgfältig abtrocknet. «Wir wollten Monika Frohwein ja wegen der Anrufe von Alice Döpke befragen. Jetzt haben wir nur das, was sie euch am Freitagmittag vor Ludwigs Haus erzählt hat.»

Rosa schnappt sich ebenfalls ein Trockentuch und das Besteck, Rudi stellt die Schüssel auf den Tisch und greift zu einem nassen Topf. «Wir müssen uns die Finanzen der Döpkes vornehmen. Schauen, ob Alice vermögend war. Das wäre ein Motiv für ihren Mann.»

«So ein Quatsch», sagt Gudrun. «Alice hat zwar das Haus gehört, in dem sich die Apotheke befindet, das hat sie von ihren Eltern geerbt, aber sie hat festgelegt, dass das Vermögen nach ihrem Tod an das Kinder- und Jugend-Hospiz Joshuas Engelreich in Wilhelmshaven gehen soll. Das hat sie mir mal erzählt. Weil sie doch keine eigenen Kinder haben. Und deswegen wollte sie da helfen, wo Hilfe für sterbenskranke Kinder benötigt wird. Ich finde das toll.»

Rosa sortiert die trockenen Messer in die Besteckschublade. «Dementsprechend kann Hadi Döpke kein finanzielles Motiv gehabt haben, im Gegenteil; ihm musste daran gelegen sein, dass Alice möglichst alt wird», stellt sie trocken fest.

«Da hast du recht.» Rudi greift nach dem Topfdeckel. «Das ist alles ganz schön verworren.»

Gudrun wringt den Abwaschlappen aus. «Um wie viel Uhr sind wir eigentlich bei Tante Hildegard verabredet? Um drei oder um vier?»

Rosa zuckt zusammen. Oje, das Osterbasteln hat sie in der Aufregung völlig vergessen. «Ich glaube, um drei.»

Gudrun und Sacky sind bereits gegangen, Vaddern macht sein Mittagsschläfchen, aber Henner und Rudi sitzen noch mit Muddern bei einem handgefilterten Kaffee in der Küche. Die Bohnen mahlt Muddern neuerdings selbst. In der alten Kaffeemühle ihrer schon lange verstorbenen Mutter. So schmeckt er viel besser als der fertig gekaufte, findet sie, und Henner gibt ihr recht. Er schmeckt direkt die Liebe heraus, mit der sie die Kurbel der Mühle dreht.

Langsam rührt Muddern die Sahne in ihrem Kaffee um und seufzt. «Armer Junge», sagt sie.

Henner blickt sie mit gerunzelter Stirn an. «Wen meinst du?»

«Phillip. Hoffentlich kommt seine Mutter durch. Er hat ja sonst niemanden. Sein Vater hat sich doch schon vor Jahren von der Familie getrennt.»

«Ich wusste gar nicht, dass du die so gut kennst», sagt Rudi erstaunt.

«Na, die haben doch neben Hildegard gewohnt. Aber daran könnt ihr euch sicher nicht mehr erinnern. Die mussten umziehen, als Phillip noch im Kindergarten war. Allein konnte Monika sich das Häuschen nicht leisten. War ja auch nur gemietet. Ich glaub, dadurch wurde Monika so 'n büschen depressiv. Kann man ja auch irgendwie verstehen. Da lässt dich der Mann mit einem Kleinkind allein, noch dazu mit einem so lebhaften wie Phillip.» Sie schmunzelt. «Wenn es den Begriff Zappelphilipp nicht schon gäbe, könnte man denken, er wäre für Phillip Frohwein erfunden worden. Der Bengel hatte nur Flausen im Kopf. Ich weiß noch, dass der beim Edeka immer in die Kühltruhen gekrabbelt ist, wenn seine Mutter nicht aufgepasst hat. Nee, einfach war das bestimmt nicht mit dem. Aber sie hat ja nur den einen gehabt. Mit meinen neun – ach nee, mit dir sind's zehn, Rudi – also mit zehn kleinen Rackern war auch immer jede Menge Leben in der Bude. Ich weiß heute gar nicht mehr, wie ich das alles geschafft hab. Vaddern war da keine große Hilfe. Bei uns gab's das alte Rollendenken: Der Bauer kümmert sich um Haus und Hof, die Bäuerin um Haus, Hof und Kinderschar.» Sie trinkt ihren Kaffee und klopft zweimal mit den Fingerknöcheln auf den Tisch. «So, ihr beiden. Nun muss ich auch mein Schläfchen halten. Das ist das Vorrecht des Alters.» Sie grinst breit.

«Von wegen Vorrecht des Alters», sagt Henner lächelnd, steht auf und stellt die Kaffeetassen in die Spüle. «Den Mittagsschlaf hast du doch schon immer gehalten. Ich erinnere mich jedenfalls noch gut daran, dass wir nach dem Abwaschen in unsere Zimmer gehen und leise sein mussten, bis du wieder wach warst.» Er drückt seiner Mutter einen Kuss auf die Wange. «Tschüs.»

«Tschüs», sagt auch Rudi, und Muddern grient breit. «Ach, meine Jungs. Ich bin froh, dass ich euch habe.»

Nach Osterbasteln steht Rosa nun gar nicht der Sinn, aber sie kann die Mädels vom Häkelbüdel-Club schließlich nicht hängen lassen. Pünktlich um drei steht sie deshalb vor Tante Hildegards Haustür.

Schon als die Tür geöffnet wird, hört sie lautes Geplapper und Gelächter.

«Immer rin in die gute Stube», begrüßt Gudrun sie, von der sie sich vor nicht mal zwei Stunden auf dem Steffens-Hof verabschiedet hat. «Die anderen sitzen bei einem Glas Eierlikör in der Stube. Sozusagen als Einstimmung. Tante Hildegard hat heute Morgen weitere dreißig Fläschchen für den Basar gemacht. Jetzt wollen wir testen, ob er so gut wie immer ist.»

«Moin!», grüßt Rosa und amüsiert sich beim Anblick des wilden Chaos, das auf dem Couchtisch herrscht. Kleine Schnapsgläser, zwei angebrochene Eierlikörflaschen, Kekse, Bastelkleber, farbiges Tonpapier, Scheren, ausgepustete Eier und Wolle. Gisela hat schon einen roten Kopf, und Adelheids Strickjacke hängt über der Sofalehne.

«Moin», rufen die anderen wie im Chor, und Tante Hildegard schenkt ihr sofort ein Gläschen ein. «Damit du ein büschen in Osterstimmung kommst.»

«Na, wenn das man klappt. Prost, Mädels!» Rosa hebt das Glas. Aber auch der Eierlikör kann weder ihre Gedanken an den Überfall auf die Apothekerin noch die an die beiden Todesfälle verdrängen. Doch sie will den anderen die Stimmung nicht verderben, schiebt die Gedanken beiseite und bewundert ausgiebig das von Gisela gehäkelte Küken. Auch Gudrun und Adelheid häkeln in einer rasenden Geschwindigkeit. So schnell wird Rosa das niemals schaffen, Handarbeiten ist nicht so ihr Ding. Sigrid hingegen bemalt kunstvoll die ausgeblasenen Gänseeier. Eier anmalen liegt Rosa schon eher, auch wenn sie wohl eher bei farbigen Punkten bleibt.

«Ich bin mehr Team Eier», sagt Rosa, als Gisela ihr Häkelnadel und Wolle in die Hand drücken will. Prompt reicht Sigrid ihr Pinsel, Farbnäpfe und drei Eier. «Du musst den dünnen Schaschlik-Spieß durch das untere Loch des Eis schieben. Dann kannst du das Ei von allen Seiten bemalen, ohne es anzufassen. Ich fixiere es dann immer noch mit einem Stück Korken, damit es sich nicht so dreht.» Sie hält Rosa eine Scheibe eines durchbohrten Korkens hin.

Kaum hat Rosa das Ei präpariert, setzt sie viele kleine blaue Punkte dicht nebeneinander. Mit jedem Tupfer ähnelt das Gebilde mehr einer Perlhyazinthe. Jetzt noch den Stängel und ein paar zarte längliche Blätter in Grün. Fertig!

«Gut sieht das aus», befindet Sigrid. «Vielleicht malst du auf die andere Seite noch ein paar Osterglocken.»

In diesem Moment scheppert es laut in der Küche. Dann klirrt es. «Ist nichts weiter», ruft Tante Hildegard. Augenblicke später ein lauter Fluch. «Herrgott noch eins!»

Rosa springt auf und rennt hinüber in die Küche. Dort hält Tante Hildegard die blutende Hand über das Spülbecken. «So 'ne Schiete», schimpft sie.

«Das blutet ja wie Sau», sagt Sigrid, die ebenfalls in die Küche gekommen ist. Rosa greift nach der Papierrolle und gibt Hildegard ein paar Blätter. «Fest auf die Wunde drücken», kommandiert sie.

Doch die Blutung lässt sich nicht stoppen, Augenblicke später ist das Krepppapier durchtränkt. Rosa schiebt Tante Hildegard einen Stuhl hin. «Setz dich mal lieber. Nicht, dass du noch umkippst.»

Das Küchenpapier wird gewechselt, schnell ist es wieder blutdurchtränkt.

«Das kommt vom Blutverdünner», murmelt Tante Hildegard und ist ganz blass. «Nein, och nein. So eine Sauerei. Hätte ich doch bloß die Scherben nicht in den Mülleimer gedrückt.»

Vorsichtig zieht Rosa das Küchenpapier ab. Sie starrt auf die Wunde. Ein tiefer Schnitt am Handballen. Unaufhörlich sickert Blut heraus.

«Das muss genäht werden», sagt Rosa.

«Ach was», wiegelt Tante Hildegard ab. «Das wird schon.»

«Nein, der Schnitt ist zu tief. Zusammen mit deinem Blutverdünner ist da nicht zu spaßen», sagt Gudrun, die sich die Wunde ebenfalls genau angesehen hat. «Ich kann dich in die Notaufnahme nach Wittmund bringen, mein Auto steht allerdings …»

«Ich fahr dich ins Krankenhaus. Mein Auto parkt gleich um die Ecke.» Rosa schlüpft in ihre Daunenjacke.

«Das ist doch nicht nötig», wehrt Tante Hildegard ab.

«Und ob das nötig ist», insistiert Rosa. Tante Hildegard will nie viel Aufhebens um sich und ihre Person machen, da muss man manchmal ein Machtwort sprechen «Ich fahre dich da jetzt hin.»

Nach dem Mittagessen und der schönen Tasse Filterkaffee auf dem Steffens-Hof ist Rudi nach Hause gefahren, hat sich auf die Couch gelegt und den Fernseher eingeschaltet. Dabei ist er ganz gemütlich eingedöst.

Die Fanfare seines Handys reißt ihn aus dem Schlaf. Kurz muss er sich orientieren, wo er ist, bevor er das Gespräch annimmt. Er hat mit Sven gerechnet, doch es ist Schnepel.

«Helmut!» Sofort setzt Rudi sich kerzengerade hin. Auf dem Bildschirm flimmert eine alte Filmschnulze aus den frühen Sechzigerjahren mit Lilo Pulver. *Kohlhiesels Töchter*. «Was ist? Hast du deinen Junkie auf einer Überwachungskamera gefunden?» Das wäre ja echt ein Ding.

«Nee. Der Chef hat gerade angerufen. Die Frohwein ist ansprechbar und kann vernommen werden. Ich soll hin, aber ich kann nicht. Hat mir schon gereicht, mich um diese blöden Videokameras zu kümmern.»

«Und gibt's welche?»

«Nee.»

«Wollen wir denn nicht zu zweit ins Krankenhaus?»

«Geht nicht.»

«Wieso nicht? Was hast du denn Wichtiges? Damenbesuch?» Rudi grinst.

«Schön wär's. Ich war seit drei Tagen nicht auf'm Klo und hab vorhin ein Abführmittel genommen. Kurz bevor der Chef anrief. Das wirkt ziemlich schnell, und deswegen muss ich in Klo-Nähe bleiben.»

«Ach so. Na dann … Vielleicht solltest du mehr Gemüse und Ballaststoffe essen, dann klappt's auch mit der Verdauung.» Rudi kennt solche Probleme zum Glück nicht.

«Nun schwafel nicht rum. Sieh zu, dass du ins Krankenhaus kommst und mit der Frohwein redest. Ich muss jetzt. Tschüs.» Schon hat Schnepel aufgelegt. Das Abführmittel zeigt wohl wirklich durchschlagende Wirkung.

«Sechs Stiche hat der Arzt genäht.» Wie eine Trophäe hält Tante Hildegard den verbundenen Arm hoch. «War doch gut, dass du mich gleich hierhergefahren hast. Der Doktor hat gemeint, dass so was auch schlimm ausgehen kann.» Tante Hildegard hakt sich mit dem gesunden Arm bei Rosa ein. «Danke, dass ihr so rührend um mich besorgt wart. Das vergess ich euch nicht.»

«Ach, Tante Hildegard. Das ist doch selbstverständlich.»

Rosa ist froh, dass alles glimpflich abgegangen ist. «Jetzt fahren wir zurück, und du kriegst noch einen ordentlichen Eierlikör. Bin gespannt, wie viele Küken fertig gehäkelt und wie viele Eier bemalt sind.»

Während sie vor dem Fahrstuhl stehen, hetzt ein junger

Mann durch den Gang. Das ist doch der Tierpfleger von Caro. Sie nickt ihm zu, als er an ihr vorbeigeht. Doch er bemerkt sie gar nicht.

Auch Tante Hildegard hat den jungen Mann gesehen. «Armer Phillip. Der sieht ganz schön mitgenommen aus. Ist aber ja auch kein Wunder. Seine Mutter ist gestern in der Apotheke überfallen worden. Ich kenne die Familie schon lang. Die haben ja mal bei mir nebenan gewohnt. Bis der Mann abgehauen ist. Da konnte sie sich das Haus nicht mehr leisten.»

«Die arme Frau. Ich hab von Gudrun beim Mittagessen gehört, was passiert ist.»

Rosa zeigt auf die Stühle auf der anderen Seite des Gangs. «Was meinst du, kannst du hier einen Moment warten? Ich gehe mal eben hinterher. So, wie der gehetzt ist, kann es ja sein, dass sich der Zustand seiner Mutter verschlechtert hat. Vielleicht braucht er jemanden, der ihm jetzt zur Seite steht.»

«Du hast wirklich ein gutes Herz, Rosa. Hab ich dir das eigentlich schon mal gesagt?» Tante Hildegard lächelt sie an, und mit einem warmen Gefühl folgt Rosa Phillip Frohwein in die Krankenstation.

Rosa braucht einen Moment, bis sie herausgefunden hat, in welchem Zimmer Monika Frohwein liegt. Sie klopft an und öffnet fast gleichzeitig die Tür.

Es ist ein kleiner Raum, das Krankenbett steht vor dem Fenster. Der junge Mann steht mit dem Rücken zur Tür. Er beugt sich über seine Mutter. Rührend. «Entschuldigung», sagt Rosa. «Ich möchte nicht stören.»

Ruckartig dreht Phillip den Kopf zu ihr um.

Erst jetzt sieht Rosa das Kissen.

Seine Hände drücken es auf Monika Frohweins Gesicht. Ihr Arm fuchtelt wild herum.

«Was wollen Sie hier?», brüllt Phillip. «Raus!»

Er lässt das Kissen los und kommt auf sie zu.

Rosa stockt der Atem, doch bevor sie in der Lage ist, irgendetwas zu machen, hat er ein Messer aus seiner Hosentasche gezogen.

Und lässt es aufspringen.

«Hilfe», ruft sie kraftlos, doch da hebt er das Messer.

Es hat etwas gedauert, bis Rudi seine lässige Jogginghose gegen die Uniform getauscht hat und zum Krankenhaus gefahren ist. Aber es eilt ja nicht, Monika Frohwein wird schon nicht weglaufen. Er stutzt, als er Tante Hildegard beim Fahrstuhl sitzen sieht.

«Was machst du denn hier?»

Sie zeigt auf ihren verbundenen Arm. «Hab mich ganz fies geschnitten. Jetzt warte ich auf Rosa. Und du? Was machst du hier?» Sie mustert seine Uniform.

«Zeugenbefragung.»

«Die Frohwein?»

«Woher weißt du das?»

«Ihr Sohn ist hier grad lang. Und Rosa ist ihm nach. Um ihm beizustehen.»

Rudi nimmt die Treppe in den zweiten Stock, orientiert sich kurz und hört einen Schrei.

«Hilfe!»

Das ist doch Rosas Stimme. Rudi beschleunigt seinen Schritt, sein Herz pumpt wild. Schon sieht er eine geöffnete Zimmertür.

Phillip Frohwein steht vor Rosa, ein Messer in der gehobenen Hand.

«Lass die Waffe fallen!», brüllt er und zieht reflexartig die Pistole aus dem Holster.

Phillip reagiert nicht. Seine Hand saust runter.

Gleichzeitig hebt Rosa schützend ihre Arme.

Rudi drückt ab.

Der Schuss kracht. Phillip schreit auf. Rosa auch.

Aus dem Augenwinkel sieht Rudi ein Kopfkissen auf den Fußboden fallen. Seine Waffe ist noch immer auf Phillip gerichtet.

Der lässt das Messer fallen. Und sinkt zu Boden. Fasst sich ans Bein. Blut sickert durch den Hosenstoff.

Rosa zittert am ganzen Körper. Blut tropft auch von ihrer Hand.

«Was ist denn hier los?» Eine Krankenschwester kommt in den Raum gestürmt.

«Ihr habt alles versaut», ruft Phillip, windet sich am Boden und hält sich das Bein. «Alles! Mein ganzes Leben! Mit Medikamenten vollgestopft habt ihr mich, damit ihr eure Ruhe habt! Kaputtgemacht habt ihr mich. Und du warst die Schlimmste!» Er schaut zum Bett seiner Mutter. «Ich bin nicht schuld daran, dass Papa dich verlassen hat. Ich bin nicht schuld daran, dass wir aus dem Haus rausmussten. Ich war ein Kind, verdammt! Aber ihr habt es euch leicht gemacht. Alle. Du, Karin und der Arzt.»

Schockiert hört Rudi ihm zu. Was meint Phillip? Seine Mutter, Karin und der Arzt? Hat er was mit Karin Müllers Tod zu tun? Noch mit der auf Phillip gerichteten Pistole zieht Rudi sein Handy aus der Tasche und bittet die Kollegen in der Leitstelle um Unterstützung. Er hat weiche Knie. Und er mag gar nicht daran denken, was alles hätte passieren können, wenn er nicht so gut gezielt hätte.

Zwei Krankenpfleger kommen mit einer Notfalltrage herein. Phillip verstummt.

Zwanzig Minuten später ist Rosa allein mit Monika Frohwein im Krankenzimmer. Sie hat sich einen Stuhl herangezogen und sitzt an ihrem Bett. Die Wunde an ihrer Hand ist nicht tief, die Kugel aus Rudis Waffe hat Phillip zum Glück rechtzeitig außer Gefecht gesetzt, sodass er Rosa nicht ernsthaft verletzen konnte. Jetzt klebt ein beeindruckendes Pflaster auf der Außenseite ihrer linken Hand.

Rosa kann immer noch nicht fassen, in welcher Gefahr sie gerade noch geschwebt hat. Das Messer hätte auch ihre Halsschlagader treffen können. Beim bloßen Gedanken daran beginnt sie am ganzen Körper zu zittern.

Die beiden Krankenpfleger haben Phillip herausgebracht, damit er ärztlich versorgt werden kann. Rudi hat sie gebeten, bei Monika Frohwein zu bleiben, bis seine Kollegen kommen. Um Tante Hildegard wollte er sich kümmern, damit sie zurück nach Neuharlingersiel gefahren wird.

Es ist eine eigenartige Situation. Zwei Frauen, die sich fremd und durch die Ereignisse der vergangenen Minuten doch nah sind.

Instinktiv fasst Rosa nach Monikas Hand, schweigt aber. Die Zeit verstreicht, keine der beiden bewegt sich.

«Es ist wohl meine Schuld», beginnt Monika Frohwein schließlich zu reden. Ihre Stimme klingt rau. Rosa merkt, dass ihr das Sprechen schwerfällt. «Ich habe ihm nicht genug Liebe gegeben.»

«Das glaube ich nicht», widerspricht Rosa aus dem Bauch heraus.

«Sie kennen ihn nicht. Sie kannten ihn nicht, als er klein war. Er war ein absolutes Wunschkind, wissen Sie?» Monika Frohwein lächelt. «Aber er war schon als Baby schwierig. Ein Schreikind, wie man so sagt. Er hat mich damals fast um den Verstand gebracht. Meinen Mann auch. So hätte er sich das Vatersein nicht vorgestellt, hat er gesagt. Er wollte nach Feierabend seine Ruhe haben. Hatte sich als Vater eher auf dem Fußballplatz gesehen. Ein ständig schreiendes Baby hatte er sich nicht vorgestellt. Aber ich konnte doch nichts dafür. Ich habe alles getan, was man damals machte, damit das Kind sich gut entwickelte. Aber nichts lief gut. Als Kleinkind hatte Phillip nur Flausen im Kopf. Nichts als Unfug. Man konnte gar nicht so schnell gucken, wie er Blödsinn veranstaltete. Im Kindergarten wurde es noch schlimmer. Da gab uns Karin Müller den Tipp, Phillip auf ADHS hin untersuchen zu lassen. Dieses Aufmerksamkeitsdefizit-Syndrom. Doktor König hat das auch tatsächlich bei ihm diagnostiziert. Endlich wussten wir, was mit Phillip los war. König hat ihm Ritalin verschrieben. Das sollte alles ins Lot bringen. Es wurde auch besser, aber mein Mann ist trotzdem gegangen. Er hatte die Nase voll. Ich hab ihn angefleht zu bleiben. Doch seine Entscheidung war endgültig.» Monika Frohwein lässt Rosas Hand los und wischt sich die Tränen aus dem Gesicht, die ihr über die Wangen rollen. «Er hat mich einfach verlassen. Ich fürchte, ich habe Phillip die Schuld dafür gegeben. Und es ihn spüren lassen. Ich konnte nichts dagegen machen. Für mich war er der Grund, warum ich meinen Mann verloren habe. Und mein Zuhause, denn zu zweit reichte das Geld nicht, um dort weiter wohnen zu können.»

«Aber Sie sind doch Apothekerin. Da müssten Sie doch genug verdienen.»

«Jetzt ja. Aber als Phillip klein war, habe ich nicht voll gearbeitet. Heute weiß ich, ich hätte mir damals Hilfe holen sollen. Aber ich war zu stolz.»

«Hat er Sie auch in der Apotheke angegriffen?»

Monika Frohwein senkt wie zur Bestätigung für einen Moment die Augenlider.

«Wollte er Drogen?»

Unmerklich schüttelt Monika Frohwein den Kopf. Rosas Gedanken sausen im Kreis wie eine Roulettekugel. Schließlich dämmert es ihr. «Er hat Karin Müller getötet?», fragt sie ungläubig.

Monika Frohwein nickt wieder. «Ich vermute es.»

«Hat er Ihnen das gesagt?»

Kopfschütteln.

«Glauben Sie, dass er auch Alice Döpke getötet hat?»

Monika Frohwein zuckt mit den Schultern. Mit leiser Stimme sagt sie: «In der Mitmach-Zeitung stand, dass die Nachbarin einen Mann mit Hoodie ins Haus der Müllers hat gehen sehen. Vermutlich den Mörder. Und kurz danach kam Alice selbst ums Leben. Da bekam ich Angst, dass er etwas damit zu tun hatte, und bat ihn um ein Gespräch. Er wohnt ja schon lange nicht mehr bei mir. Seit er sechzehn ist. Erst hat er in einer Wohngruppe gelebt, mit achtzehn ist er in eine eigene Wohnung gezogen.»

«Warum befürchteten Sie, er könnte was mit den Morden zu tun haben?»

«Er hatte schon lange einen regelrechten Hass auf Karin.» Monika Frohwein beißt sich auf die Unterlippe und sieht Rosa direkt an.

«Das verstehe ich nicht», sagt sie.

«Nachdem wir mit der Medikation begonnen hatten,

wuchs er nicht mehr so wie seine Freunde. Er litt unter Schlafstörungen und hatte keinen Appetit mehr. In der Grundschule wurde er ständig gehänselt. Spargelzwerg haben sie ihn genannt. Das hat ihm sehr wehgetan. Lange Zeit habe ich keinen Zusammenhang mit dem Ritalin gesehen, sondern alles einfach als gegeben hingenommen. Nach der Schule hat Phillip die Ausbildung zum tiermedizinischen Fachangestellten gemacht. Er hatte schon immer ein Händchen für Tiere. Ich dachte, er hätte endlich seine Erfüllung gefunden, doch im letzten Jahr bewarb er sich bei der Bundeswehr. Er wollte Fallschirmjäger werden.»

«Fallschirmjäger?»

Monika Frohwein schaut Rosa wieder an. «Ich war auch überrascht. Das war plötzlich sein Traumberuf. Aber da wurde nichts draus. Begründet wurde das mit seinem ADHS. Allein die Diagnose von damals reichte. Phillip warf mir vor, ich hätte ihm seine Zukunft verbaut. Wenn ich ihn einfach als *den* lebhaften Jungen akzeptiert hätte, der er war, statt ihn mit Medikamenten ruhigzustellen, könnte er jetzt beruflich nach vorne schauen.» Sie stockt, bevor sie weiterredet. «Aber nicht nur mir, auch Karin Müller machte er schwere Vorwürfe. Sie wäre schuld gewesen, dass ich mit ihm zum Arzt gegangen bin. Aber warum hätte ich das denn nicht tun sollen? Ich wusste zwar, dass der Wirkstoff des Medikaments zu den Betäubungsmitteln gehört. Dass es Suchtpotenzial in sich trägt, war mir nicht klar. Außerdem hat der Arzt mich damit beruhigt, dass er gute Erfahrung mit Ritalin bei ADHS gemacht hat. Warum hätte ich das anzweifeln sollen? Nach dem Ablehnungsbescheid der Bundeswehr konnte ich überhaupt nicht mehr normal mit ihm reden. Er war so von Wut erfüllt: auf seine Kindergärtnerin, den Kinderarzt und mich.

Ich habe gedacht, das legt sich wieder. Aber das Gegenteil war der Fall, wie ich mit Entsetzen erkennen musste.»

Rosa ist für einen Moment sprachlos. «Und dann?»

«Er kam jedenfalls wie verabredet am Samstagmorgen zu mir in die Apotheke. Ich habe ihn direkt auf meinen Verdacht angesprochen. Da ist er ausgerastet. Karin hätte den Tod verdient, genau wie Doktor König, schrie er. Die beiden hätten sein Leben verpfuscht. Und ich hätte mitgemacht. Er sei ruhiggestellt worden, weil er Karin und mir zu anstrengend gewesen sei.» Wieder rinnen Tränen aus Monikas Augen. «Er hatte ja nicht mal unrecht. Ich war froh, als es die Diagnose und das Medikament gab. Phillip war krank. Dafür konnte ich nichts.»

Rosa kann nicht glauben, was sie hört. Sie hat schon häufiger Schüler mit ADHS in der Klasse gehabt und ist gut mit ihnen klargekommen. Nie im Leben wäre sie auf die Idee gekommen, dass jemand wegen dieser Diagnose einen mörderischen Rachefeldzug startet. Was muss in dem Jungen vor sich gegangen sein, um so aus der Spur zu laufen? Und zu morden.

«Woher hatte er eigentlich das Ketamin?»

Monika Frohwein zuckt zusammen. «Das weiß ich nicht. Vielleicht aus der Tierarztpraxis, in der er arbeitet?»

Die Tür geht auf. Rudi kommt herein. «Ihrem Sohn geht es den Umständen entsprechend gut», sagt er zu Frohwein. «Es ist nur ein Streifschuss. Er wurde verarztet, und ich fahre nun gleich mit ihm nach Wittmund in die Polizeiinspektion. Dort werden wir ihn verhören, er wird dem Haftrichter vorgeführt und in die Untersuchungshaft nach Oldenburg gebracht.»

Monika Frohwein nickt. «Egal, was auch kommt, ich stehe zu ihm. Er ist mein Sohn.»

EPILOG

Die Regenfront der letzten Tage hat sich verzogen. Pünktlich zu Ostern hat sich die Sonne den Himmel zurückerobert, auch wenn die Temperaturen noch im einstelligen Bereich liegen. Aber wen stört das schon. In der Küche des Steffens-Hofes ist es dank des Kachelofens behaglich warm.

Muddern genießt es sichtlich, im Kreise ihrer Familie am Küchentisch zu sitzen. Von der reichhaltigen Frühstückstafel ist nicht viel übrig geblieben. Die Platte mit dem marinierten Lachs ist leer, die aufgeschnittene Deichsalami verputzt, und von dem Weidemilchkäse ist auch fast nichts mehr da. Zwischen geöffneten Marmeladegläsern und einem aufgeschnittenen Hefezopf, den Muddern immer zu Ostern backt, stehen Eierschalen, aus denen Kresse wächst. Dazwischen liegen bunt gefärbte Ostereier, die die Jüngsten vorhin im Garten gesucht haben. Mittlerweile sind die größeren Enkelkinder mit den Urenkeln schon wieder draußen im Garten. Sie machen einen Spaziergang mit den Alpakas, das ist die Sensation für Kinder schlechthin. Nicht nur bei den Feriengästen, sondern auch beim eigenen Nachwuchs.

«Schön, dass mal wieder alle zusammen sind.» Mudder Steffens seufzt und legt ihrem Mann die Hand auf den Arm. Vaddern streicht mit einer zärtlichen Geste darüber. «Ist aber auch gut, dass die jetzt nach draußen sind. So viel Kindergezappel vertrag ich nicht mehr.»

«Ich auch nicht», sagt Muddern. «Dabei sind unsere doch

alle pflegeleicht gewesen. Obwohl die manchmal auch ganz schön wild waren. Aber ADHS muss ja eine ganz andere Hausnummer sein.»

«Was wird denn jetzt mit Phillip?», fragt Adelheid schließlich.

Rudi greift zu einem rot gefärbten Ei, schlägt es an sein Wasserglas und pellt es ab. «Phillip schweigt und lässt sich durch einen Anwalt vertreten. Die Sache liegt jetzt bei der Staatsanwaltschaft. Wir gehen zwar davon aus, dass er erst Karin Müller ermordet hat und dann Alice Döpke, aber beweisen können wir ihm das nicht. Gar nicht zu reden von Doktor König. Nach dem, was Monika Frohwein zu Rosa gesagt hat, liegt die Vermutung nahe, dass Phillip auch seinen Kinderarzt getötet hat. Aber die Asche in seiner Urne wird uns keine Antwort geben. Auch ist unklar, woher das Ketamin stammt. Aus der Apotheke in Esens hatte er es nicht. Und auch in Caros Tierarztpraxis fehlt nichts. Allerdings bekommt man eine Ampulle Ketamin auf dem Schwarzmarkt für dreißig Euro», sagt Rudi mit hängenden Schultern. «Er hatte sicher keine Probleme, sich das Zeug zu besorgen, nur beweisen können wir es ihm nicht.»

«Aber für den Mordversuch an seiner Mutter gibt es doch Zeugen. Uns beide. Und mich hat er auch angegriffen», sagt Rosa, die natürlich mittenmang in der Familienrunde sitzt.

«Tja, aber seine Mutter verweigert die Aussage.» Rudi beißt vom Ei ab.

«Das kann ich verstehen», sagt Muddern. «Ist doch ihr Kind. Egal, was er getan hat.»

«Genau», pflichtet Adelheid ihr bei. «Und für dieses ADHS kann er schließlich nichts. Das ist vererbbar. Hab ich in der Apotheken Umschau gelesen.»

«Ich auch», sagt Gudrun. «Manche merken sogar erst im Alter, dass sie das haben. Und verstehen endlich, warum bei ihnen im Leben immer alles drunter und drüber gegangen ist.»

«Jetzt hört aber mal auf, die ganze Zeit über Krankheiten und Morde zu reden. Das ist ja nicht zum Aushalten. Und das am heiligen Osterfest!» Vaddern steht auf. «Ich geh nach draußen.»

«Mach das.» Muddern greift zur Teekanne. «Möchte noch jemand eine Tasse?»

«Gerne», sagt Adelheid. Gudrun steht auf und holt die Flasche selbst gemachten Eierlikör von Tante Hildegard. «Wer möchte noch?»

Sofort schnellen alle Finger in die Höhe.

«Was ist eigentlich aus dem Bild mit den Booten geworden, das ihr nach Amsterdam gebracht habt?», fragt Rosa und sieht Rudi an. «Ist das nun eine Fälschung oder ein Original?»

«Wie es aussieht, ist es tatsächlich ein van Gogh und stammt aus dem größten Kunstdiebstahl der ehemaligen DDR. Die Gemälde wurden aus einem Schloss gestohlen, die Täter nie überführt. Es gab damals die wildesten Theorien über die Täter. Bislang haben wir vom BKA nur gehört, dass der Bruder von Kasimir, das ist der alte Freund von Käthes Mann, Hausmeister in dem Museum gewesen ist. Vermutlich war er am Raub beteiligt. Genau wird man das nie herausbekommen. Ist ja alles schon so lange her, und der Mann ist schon ewig tot. Auf jeden Fall bleibt der Platz in der Küche von Käthe Dornfeld leer, es sei denn, sie bekommt als Dank die Kopie von Conrad Gravenberg. Ich hab das jedenfalls vorgeschlagen.»

Unzufrieden rollt Rosa mit den Augen. «Ich mag es nicht, wenn solche Geschichten keinen glatten Ausgang haben. Bei Phillip weiß man nicht, ob er nun wirklich der Mörder gewesen ist, und bei dem Kunstraub ist das genauso offen.»

«Phillip Frohwein ist ein Kunsträuber?», fragt Tante Hildegard erschrocken. «Nicht nur ein Mörder?»

«Nein», sagt Muddern. «Das hast du falsch verstanden. Ich glaub, du solltest mal zum Hörtest.»

«Vielleicht sollte ich das wirklich», gibt Tante Hildegard zu. «Das Hören fällt mir nicht mehr so leicht.» Sie zwinkert. «Aber auf das zu hören, was andere mir sagen, ist mir schon immer schwergefallen.» Gudrun und Adelheid grinsen sich an.

In diesem Moment fährt ein Auto laut hupend auf den Hof. Henner schaut aus dem Fenster und glaubt seinen Augen nicht zu trauen. Ist das nicht Denise, Rudis Ex-Frau?! Was will die denn hier?

DAS STAMMPERSONAL DER SERIE

UNSER LIEBENSWERTES TRIO:

Rudi – ist Dorfpolizist. Und alleinerziehender Vater von Sven. Seine Frau Denise hat vor ein paar Jahren die Biege gemacht.

Henner – der Dorfpostbote ist Single und hatte noch nie eine feste Beziehung, dafür hat er acht Schwestern. Da er gegen Tierhaare allergisch ist, kann er den elterlichen Hof nicht übernehmen.

Rosa – ist aus Hannover nach Neuharlingersiel gezogen. Sie ist Lehrerin und Krimifan. Versucht sogar, selbst welche zu schreiben.

DIE WITTMUNDER POLIZISTEN:

Kriminalhauptkommissar Siegfried Haueisen – sehnt den Ruhestand herbei. Unrasiert und mit tiefen Ringen unter den Augen wirkt er müde und angeschlagen. Seit 25 Jahren verheiratet.

Kriminaloberkommissar Helmut Schnepel – ein Wichtigtuer, der gern den großen Kommissar herauskehrt und der auf Freiersfüßen wandelt, seit seine Frau Susanne ihn verlassen hat.

UND HIER DER REST UNSERES STAMMPERSONALS:

Dr. Valentin Emterbäumler – Rechtsmediziner, den es aus Bayern an die Nordsee verschlagen hat.

Klaus Kröver – Chef der Spurensicherung. Ein Womanizer.

Bernie Bütefisch – Rudis Kollege in der Polizeistation Esens. Er löst gerne Kreuzworträtsel und liebt Kuchen und Mettbrötchen.

DIE NEUHARLINGERSIELER:

Sven – Rudis fast erwachsener Sohn.

Ludwig Twenge – Frührentner, Mitmach-Reporter, gehbehindert.

Sigrid – Ludwigs Frau, hilft im Andenkenladen von Adelheid aus.

Gisela Frerichs – größte Tratschtante Neuharlingersiels.

Susanne Schnepel –Ex-Frau von Helmut Schnepel, hat bei Gudrun im Frisörsalon gearbeitet und sich ab und an mit Rudi getroffen. Mittlerweile ist sie nach Bremen gezogen.

HENNERS GROSSE FAMILIE

Seine Eltern:

Gerda und Heinrich Steffens – haben sich inzwischen damit abgefunden, dass Henner den Hof nicht übernehmen kann.

Seine acht Schwestern:

Adelheid – führt den Andenkenladen. Ihre Freundinnen kommen jeden Morgen zum Elführtje.

Gudrun – führt den Frisörsalon. Da ist immer etwas los, und auch ihr Hund Schecki ist immer dabei.

Bärbel, Clara, Doro, Engeline, Friederike und **Ina**

Tante Hildegard – gehört das Haus, in dem Henner die Erdgeschosswohnung bewohnt. Über ihm wohnt Rosa.

WEITERE PERSONEN IN DIESEM FALL:

Doktor König, Kinderarzt

Conrad Gravenstein, Künstler

Jette Schröder, Galeristin

Karin Müller, genannt Knöllchen-Karin

Andrea, Verena, Mechthild, Barbara und **Eckhard Hövelkamp** sind Teilnehmer des Workshops auf dem Steffens-Hof

Claas Müller, Ehemann von Karin, Finanzbeamter

Hans-Dieter Döpke, genannt Hadi, Apotheker in Esens

Alice Döpke, seine Ehefrau. Hat Multiple Sklerose

Wiktoria Pitrowsky ist ihre Krankenpflegerin aus Polen

Monika Frohwein, angestellte Apothekerin in Döpkes Apotheke

Mercedes Schneider, Hundesalonbesitzerin

Caro Bellmann, Tierärztin

Phillip Frohwein, ihr Assistent

REZEPTE

Einige Rezepte schmecken «unseren Neuharlingersielern» so gut, dass sie sie öfter essen.

So finden sich das **Rührei** und der **Sniertjebraa** in den Rezepten von «Miss Wattenmeer singt nicht mehr» und «Zum Teufel mit den fiesen Friesen», wie man den Lachs zubereitet steht unter den Rezepten in «Es muss nicht immer Labskaus sein», und die Anleitung für die Ostfriesentorte findet man bei «Krabbenkuss mit Schuss».

GLÜHWEINBRATEN

Mudder Steffens' Glühweinbraten für 8 Personen
2 kg Rinderbraten
0,5 l–1 l Glühwein, ganz nach Gusto
4 Schalotten (in Ringe schneiden)
Wacholderbeeren, Pimentkörner
2 Zweige Rosmarin, 6 Lorbeerblätter, 4 Zweige Thymian
1–2 TL Salz, 2 TL Pfeffer
Rapsöl zum Anbraten
Wahlweise Preiselbeeren und Sahne zum Abschmecken

Eigentlich gehört dieser Braten eher in die Adventszeit, aber alle Mitglieder der Familie Steffens lieben diesen Rinderbraten, der mit Glühwein verfeinert wird. Und frei nach dem Motto «nicht nur zur Weihnachtszeit» kommt er auch um Ostern auf den Tisch.

Muddern bestellt dafür beim Metzger ihres Vertrauens ein gut abgehangenes Stück Fleisch aus der Keule, Hüfte, Unterschale oder der Schulter. Sie wäscht das Fleisch mit kaltem Wasser ab und tupft es mit einem Tuch trocken.

Sämtliche Gewürze gibt sie in den Mörser, zermahlt sie mit dem Stößel, reibt damit das Fleisch ein und lässt es mindestens eine halbe Stunde «ziehen».

Dann gibt sie Rapsöl in den gusseisernen Bratentopf, bis der Boden leicht bedeckt ist, und erhitzt es. Anschließend gibt sie den Braten und die Zwiebelringe ins heiße Öl und brät das Fleisch von allen Seiten an. Dann gießt sie den Glühwein dazu (Menge ganz nach Geschmack), setzt den Deckel auf den Bräter und schmort alles bei kleiner Hitze etwa zwei Stunden. Zum Schluss gibt sie noch Preiselbeeren und Sahne hinein, aber zwei ihrer Töchter vertragen keine Sahne, deshalb ersetzt sie sie durch Hafersahne.

Dazu serviert sie Salzkartoffeln und Rotkohl. Sie nimmt mittlerweile den aus dem Glas und gibt nur ein paar Apfelstücke dazu, weil ihr Mann den Unterschied zum selbst gemachten Rotkohl in den letzten drei Jahren nicht rausgeschmeckt hat 😊.

POLNISCHE KLÖSSE (KLUSKI)
FÜR 4 PERSONEN NACH WIKTORIAS REZEPT

16 mittelgroße Kartoffeln, mehlig kochend
Kartoffelmehl
2 Eigelb
Salz

Wiktoria liebt diese Knödel aus ihrer Heimat, die aus nur vier Zutaten bestehen. Damit die Klöße beim Kochen nicht auseinanderfallen, ist der Stärkeanteil in den Knödeln besonders wichtig. Deshalb verwendet sie mehlig kochende Kartoffeln, weil die am meisten Stärke enthalten.

Die geschälten Kartoffeln werden in Salzwasser 20 Minuten gekocht, dann wird das Wasser abgegossen, und die Kartoffeln werden anschließend in einer Schüssel mit dem Kartoffelstampfer zu einer breiigen Masse gestampft (oder durch eine Presse gegeben). In der Mitte der Masse formt sie mit den Händen eine Mulde und gibt das Kartoffelmehl hinein. Die Menge Mehl sollte ungefähr einem Viertel der Masse des Kartoffelbreis entsprechen. (Aus Erfahrung nimmt Wiktoria immer ein bisschen weniger, sie kann später noch etwas dazugeben, wenn es sich noch nicht fest genug anfühlt.) Nun fügt sie das Eigelb dazu und knetet alles zu einer geschmeidigen Masse, die nicht klebrig-trocken sein soll.

Sie feuchtet ihre Hände mit Wasser an und formt kleine Klöße, mit dem Daumen drückt sie eine Mulde in die Mitte, damit sich später die Soße darin sammeln kann.

Dann werden die fertig geformten Klöße behutsam in köchelndes Salzwasser gegeben. Zuerst fallen sie auf den Boden, dann steigen sie langsam auf und schwimmen an der Oberfläche. Insgesamt sollen sie etwa 20 Minuten bei schwacher Temperatur im Wasser ziehen, bevor sie mit einem Schaumlöffel herausgenommen werden.

WIKTORIAS POLNISCHE FAULENZER

500 g Quark, gerne auch Magerquark

200 g Weizenmehl

1 Ei

1 Prise Salz

1 Päckchen Vanillezucker
Außerdem 200 g Butter
Zimt und Zucker nach Bedarf

Den Namen verdankt dieses Gericht der Tatsache, dass es so schnell zuzubereiten ist. Für Wiktoria gilt es außerdem als Seelentröster und ist einfach gut fürs Wohlbefinden.

Als Erstes schlägt sie das Ei auf und trennt es. Das Eigelb verrührt sie mit dem Quark zu einer cremigen Masse, gibt eine Prise Salz und den Vanillezucker dazu. Dann schlägt sie das Eiweiß mit dem Mixer steif. Anschließend hebt sie den Eischnee und die Hälfte des Mehls unter den Quark und verrührt beides vorsichtig, bis es gut verteilt ist.

In der Zwischenzeit hat sie einen großen Topf Wasser aufgesetzt und bringt es zum Kochen.

Nun verteilt sie das übrig gebliebene Mehl auf der Arbeitsfläche und gibt nacheinander jeweils einen Esslöffel Quarkmasse darauf. Vorsichtig dreht sie diese Häufchen im Mehl, bis sie von allen Seiten damit ummantelt sind. Fertig sind die Faulenzer, die nun nacheinander in das siedende Wasser gegeben werden, das nicht kochen darf. Ganz wichtig! Sonst fallen die Faulenzer auseinander. Zu viele dürfen auch nicht auf einmal im Wasser schwimmen, weil sie sonst aneinanderkleben.

Genau wie die Kluski-Klöße sind sie fertig, wenn sie an der Oberfläche schwimmen, und können mit einem Schaumlöffel oder einem Sieb herausgehoben werden. Es ist gut, sie noch auf einem Küchentuch abtropfen zu lassen.

Nun die Butter im Topf schmelzen, Zimt und Zucker in einer kleinen Schüssel ganz nach Geschmack verrühren (den Rest kann man in einem Marmeladenglas aufheben) und das Ganze zu den fertigen Faulenzern reichen.

ROSINENZOPF

Nicht nur zu Ostern backt Muddern gern einen Rosinenzopf. Der schmeckt immer. Mit Butter, aber auch mit Butter und Käse ist er eine Delikatesse. Allerdings braucht man für Hefeteig eine Menge Geduld und Zeit.

500 g Mehl
20 g frische Hefe
250 ml Milch
80 g Butter
1 Ei
1 Eigelb (zum Bestreichen)
80 g Zucker
100 g Rosinen

Als Erstes erwärmt Muddern etwas Milch, gibt die in eine Schüssel und verrührt sie mit 1 Esslöffel Zucker und der Hefe. Das lässt sie 15 Minuten stehen. Während dieser Zeit siebt sie das Mehl in eine Schüssel, formt eine Mulde in der Mitte und gibt die Milch-Hefe-Mischung dazu. Auch das muss jetzt eine Viertelstunde zugedeckt an einem warmen Ort «gehen». In der Zwischenzeit verquirlt Muddern das Ei in einer Tasse und erhitzt den Rest der Milch mit der Butter, bis diese geschmolzen ist. Sobald das der Fall ist, gibt sie den restlichen Zucker hinzu und gießt das Butter-Milch-Zucker-Gemisch und auch das Ei zu der Hefemischung. Jetzt muss sie ordentlich kneten. Am liebsten backt sie diesen Stuten, wenn sie sich über Vaddern aufgeregt hat, weil sie dann ganz besonders viel Kraft ins Kneten stecken kann 😊. Wenn der Teig schön glatt aussieht, fügt sie die Rosinen hinzu und knetet noch einmal tüchtig, bevor der Teig wieder 30 Minuten ruhen muss.

Den Backofen heizt sie auf 180 Grad vor, legt Backpapier auf ein Backblech, macht zum Schluss 3 Stränge aus dem Teig, flicht daraus einen Zopf, legt den aufs Blech und deckt ihn noch einmal für eine Viertelstunde zu. Zum Schluss bestreicht sie den Zopf mit Eigelb und schiebt ihn für 25 bis 30 Minuten in den Ofen.

Wenn er verlockend braun gebacken ist, nimmt Muddern ihn raus und haut mit einem Kochlöffel ein wenig auf die Unterseite. Hört sich das hohl an, ist der Stuten fertig. Muddern schneidet meist schon nach einigen Minuten den Knust ab, um zu kosten, ob er so gut gelungen ist wie immer.

KNÜPPELTORTE

Die Knüppeltorte trägt ihren Namen, weil sie am Anfang ganz schön hart ist. Da sie über Nacht ziehen muss, ist sie aber schön weich, wenn Muddern sie am nächsten Tag serviert. Die Basis sind Pfannkuchen, Muddern stellt den Teig dafür aus folgenden Zutaten her:

6 Eier
200 ml Milch
75 g Zucker
200 g Mehl
Sonnenblumen- oder Rapsöl

Sie vermischt alles zu einer flüssig-glatten Masse, erhitzt ein wenig Öl in der Pfanne und gibt eine Kelle Teig hinzu, verstreicht ihn glatt und backt sieben Pfannkuchen nacheinander.

Für die Füllung braucht sie:
300 g Zucker
100 ml Zitronensaft
250 g Mandeln
1 Päckchen Vanillezucker
1 EL Rum
Für die Deko:
200 g Schlagsahne
Rum
Aprikosenkonfitüre
Mandelblättchen

Für die Füllung erhitzt Muddern Zucker und Zitronensaft unter Rühren so lange, bis sich der Zucker gelöst hat. Dann gibt sie Mandeln, Vanillezucker und Rum dazu. Eigentlich gehört noch Orangeat dazu, aber das mag Vaddern nicht so gern. Den Rum umso lieber, deswegen bekommt er im Winter immer einen ordentlichen Schuss davon in seinen Tee, wenn Muddern die Knüppeltorte backt.

Wenn die Füllung fertig ist, legt Muddern den Boden einer Springform mit Backpapier aus, legt den ersten Pfannkuchen hinein, streicht dann etwas von der Zucker-Mandel-Masse drüber, schichtet dann den nächsten Pfannkuchen darüber und so weiter. Am Ende legt sie ein Tuch drüber und stellt die Torte über Nacht kalt.

Am nächsten Tag erhitzt Muddern etwas Rum mit Aprikosenkonfitüre und streicht das Ganze oben auf den letzten Pfannkuchen. Bevor am nächsten Tag der Besuch kommt, schlägt sie die Sahne und dekoriert die Torte abschließend mit Sahnetupfen. Als krönenden Abschluss bräunt sie Mandelblättchen in der Pfanne und streut sie darüber.

TEEKEKSE

Die Teekekse schmecken allen Steffens zu jeder Tageszeit, deswegen hat Muddern immer eine große Dose davon im Schrank. Einfach zuzubereiten sind sie auch.

250 g Butter
150 g Zucker
2 Päckchen Vanillezucker
2 Eigelb (Eiweiß aufheben!)
300 g Mehl
100 g Speisestärke
Guss:
200 g Zucker
2 Eiweiß
200 g gehackte Mandeln

Hat sie alles beisammen, legt Muddern los und rührt die Butter mit Zucker, Vanillezucker und Eigelb schaumig. Das Mehl mischt sie mit der Speisestärke, gibt ungefähr ein Drittel davon zur Butter-Ei-Mischung, rührt alles langsam zusammen, knetet dann den Rest darunter und stellt den Teig kalt. Die gehackten Mandeln vermengt sie mit dem Zucker und verteilt die Mischung auf einem großen Teller.

Nach mindestens einer halben Stunde im Kühlschrank nimmt sie ein Drittel des Teiges, knetet ihn noch einmal durch und formt ihn zu einer Rolle, bestreicht diese mit Eiweiß und dreht die Rolle in der Mandel-Zucker-Mischung. Vorsichtig schneidet sie nun einen halben Zentimeter dicke Scheiben ab und legt die auf ein mit Backpapier ausgelegtes Blech.

Ist das Blech voll, kommt es bei 225 Grad circa 8 bis 10 Minuten in den Ofen. Dabei achtet Muddern darauf, dass die Kekse hell bleiben, nur die Mandeln können leicht gebräunt sein.

ORANGENMARMELADE

Diese Marmelade liebt vor allem Rudi, weil sie so schön nach Sommer und ein wenig nach Spanien schmeckt.

1 große unbehandelte Orange
Quitten- oder Apfelsaft
Gelierzucker 1:1
1 Schuss Cointreau (es geht aber auch mit Quittenlikör)
Gläser mit Schraubverschluss

Muddern legt die Orange in einen Topf mit Wasser und kocht sie circa 1 Stunde lang bei kleiner Flamme, bis sie weich ist (Gabeltest).

Dann wiegt sie die Orange, schneidet sie in Stücke und püriert alles mit einem Pürierstab. Nun wird alles mit Quitten- oder Apfelsaft auf 1200 ml aufgefüllt, ein Schuss Cointreau kommt hinein (ein zweiter in ein kleines Probierglas für Muddern 😊, dann fügt sie 1200 g Gelierzucker zum Saft und lässt es 3 bis 5 Minuten sprudelnd kochen. Anschließend füllt sie die Marmelade noch heiß in Gläser. Einen kleinen Rest hebt sie auf, den gönnen Vaddern und sie sich abends zum Käse, wenn sie im Sessel sitzen und fernsehen.

HUNDEKUCHEN

Mercedes Schneider hat das Rezept für Hundekuchen von einer Freundin, die damit in ihrem Kundenkreis für Furore gesorgt hat. Der Hundekuchen sieht wie eine flach gedrückte Boulette aus, die Grundlage besteht aus Buchweizenmehl. Das ist glutenfrei, und darauf legen viele Hundebesitzer Wert, auch wenn Mercedes nicht ganz versteht, warum.

300 g Buchweizenmehl
300 g körnige Haferflocken
2 Eier
2 Eierbecher Wasser
150 g Rindfleischreste vom Bio-Schlachter, der die vor Ort gleich durch den Wolf dreht (oder Rindfleisch aus der Hundefutterdose)
oder 150 g Hühnerfleisch (kann man auch aus der Hundefutterdose nehmen, ist einfacher, findet Mercedes)

Zusätzlich möglich:
Als optisches Highlight können 100 g geraspelte Karotten dazukommen. Das ist den Hunden zwar nicht wichtig, aber bei den Besitzern kommt es gut an.

Alle Zutaten nun vermengen und mit der Küchenmaschine oder dem Mixer gut kneten und die Masse für eine halbe Stunde ruhen lassen.

Mit der Hand dann kleine Knödel formen und aufs Backpapier legen und flach drücken.

Anschließend 30 Minuten mit Unter- und Oberhitze bei circa 180 bis 200 Grad backen (je nach Größe). Danach mindestens einen Tag austrocknen lassen.

Einige der Hundebesitzer möchten vegetarische Hundekekse. Mercedes nimmt dann die doppelte Menge geraspelte Möhren und Eier. Damit der Hund auch Appetit auf die Kekse bekommt, gibt sie 50 g besonders gut zerkleinertes Fleisch dazu. Merken die Herrchen und Frauchen nicht, aber der Hund dankt es mit kleinen Freudentänzen.

NACHWORT

Schade, schon wieder ist die Zeit in Neuharlingersiel um, und wir müssen Mudder Steffens' Küche verlassen und in unsere eigenen zurückkehren. Manchmal haben wir das Gefühl, Rosa, Rudi und Henner gehören zu unseren Familien. Und manchmal ertappen wir uns im Gespräch mit anderen dabei, dass wir über sie reden, als wären sie lebendig. Was würde Rosa jetzt wohl sagen? Aber natürlich sind alle Personen, die Handlung und die meisten Orte frei erfunden. Auch die Polizeiarbeit in Ostfriesland läuft im echten Leben anders ab. Aber was wäre ein Fall unseres Trios ohne eine Prise Fantasie. Und wer jemals im Dattein in Neuharlingersiel gewesen ist, der taucht ein wenig ein in das Leben unserer Hauptprotagonisten, auch wenn er sie nicht an der Schiffsbug-Theke trifft.

Nun bleibt uns, Danke zu sagen. Zuerst all unseren Lesern und Leserinnen, die unsere Geschichten so sehr mögen, den Buchhandlungen, die uns liebevoll ihren Kunden präsentieren, den Bloggern, die uns ihren Followern vorstellen. Den Journalisten, die über uns und unsere Bücher berichten. Dem Team des Rowohlt Verlags, ganz besonders unserer Lektorin Nina Grabe. Ein Dank geht auch an die Apotheke am Brommygrün in Wilhelmshaven, die uns hinsichtlich der Lagerung des Ketamins Auskunft gegeben hat. Und last, but not least unseren Familien und Freunden, die uns bei der Arbeit immer wieder aufs Beste unterstützen.

Wir sagen Tschüs bis zum Fall 12, an dem wir schon fleißig arbeiten. Wer bis dahin Sehnsucht nach uns und unserem Trio hat, kann sich im Küstenkrimi-Fanclub auf Facebook anmelden. Wir freuen uns auf euch.

Ganz herzlich

Christiane und Conny
Im Februar 2024